LOCUS

LOCUS

LOCUS

LOCUS

to

fiction

to 124
瘟疫
La Peste

作者：卡繆 Albert Camus
譯者：嚴慧瑩
責任編輯：林盈志
封面設計：林育鋒
內頁排版：江宜蔚
校對：呂佳真
出版者：大塊文化出版股份有限公司
台北市 105022 南京東路四段 25 號 11 樓
www.locuspublishing.com
讀者服務專線：0800-006689
TEL：(02) 87123898　FAX：(02) 87123897
郵撥帳號：18955675　戶名：大塊文化出版股份有限公司
法律顧問：董安丹律師、顧慕堯律師

總經銷：大和書報圖書股份有限公司
地址：新北市新莊區五工五路 2 號
TEL：(02) 89902588　FAX：(02) 22901658

初版一刷：2021 年 7 月
定價：新台幣 380 元
ISBN：978-986-0777-09-3

# 瘟疫

# LA PESTE

卡繆
Albert
Camus

嚴慧瑩 譯

# 目錄

# 導讀

## 卡繆的「反抗」哲學

吳錫德（淡江大學法文系教授）

西方文明一項極重要的精神資產為「懷疑論」，那是古希臘時期智者思辨的依據。人唯有透過質疑某些理所當然的主張，才能取得身心靈的平衡。這個求知態度可一體適用到許多知識領域，舉凡哲學思辨、科學、宗教，乃至社會存有的意識形態。事實上，透過「懷疑論」的檢視，才是具體推動人類社會進步的動力。作家卡繆大學時專攻古希臘哲學，熟諳其精神，並且還提領出「南方思想」（la pensée de midi），即主張追求和諧、節制及平衡。但在這過程中，他更倡導以「反抗」作為行動綱領。認為唯有付諸行動，投入反抗，才能達成古希臘神祇涅墨西斯（Némésis）所主張的「適度」的理想世界。

## 每一部作品都在闡述「反抗」

卡繆在二十五歲那年（一九三八）即構思創作了《異鄉人》（一九四二）、《薛西弗斯的神話》（一九四二）、《卡里古拉》（一九三八）、《誤會》（一九四四），完成了他的「荒謬」系列。由於筆觸生動，風格清新，尤其反映彼時的時代精神，而洛陽紙貴，大獲好評。進而被冠上「荒謬作家」以及「存在主義作家」的封號，但他都予以否決。他的好友沙特很早就看出端倪，說卡繆是「發現荒謬，從而反對荒謬」的作家。一九四二年起，他另起爐灶，構思「反抗」系列，先後完成了小說《鼠疫》*（一九四七）、戲劇《正義者》（一九四九）、哲學論述《反抗者》（一九五一），他幾乎說出了二戰後西方一整代人共同的心聲，讓他的盛名因此達於顛峰，也獲得諾貝爾文學獎的青睞（一九五七），稱頌他的作品「以一種精闢又

---

*編按：La Peste 直譯為「鼠疫」，卡繆此書的譯名通常有「瘟疫」、「鼠疫」、「黑死病」幾種，考量卡繆在本書中描述疫病傳染與人性反應的普遍性，並非專指是在特定疫病下才有的狀況，因此將書名定為《瘟疫》。本導讀行文以卡繆當年背景稱為《鼠疫》。La Peste在本書中於不同脈絡語境時有「瘟疫」和「鼠疫」兩種譯法，在此周知讀者。

嚴謹的方式，闡述了當今人類的自覺問題」。

綜觀卡繆一生的書寫創作，無論是小說、戲劇、哲學論述，幾乎部部都與「反抗」息息相關。而他所揭櫫的「反抗」實則與沙特等人倡言的「邁向自由之路」殊途同歸，其最終目的就是追求最高度的自由，自由說話、信仰及表述。只是卡繆所採行的路徑更平實易解，更貼近庶民。他的方式更直截了當，更能打動人心，「反抗」在他的作品裡就有了極高的「正當性」。

## 我反抗，故我們存在

一九五一年，卡繆發表了一部深思熟慮的論著《反抗者》，他從笛卡兒的那句名言「我思，故我在」獲得靈感，提出「我反抗，故我們存在」的信念。笛卡兒的名言旨在強調「我存在的自覺」，卡繆的信念則更為深刻，更臻廣度；先是強調透過全面性的反抗，包括藝術的反抗，才足資證明我的存在。再則，我的存在這樣的自覺，也必須與他人團結互助才屬於真正的存在。也就是說，精神上，它更能反映現代性，甚至當代性，也就超越了笛卡兒的「小我」，是一種「大我」的表現。這種對「大我」

的關懷和自覺，便是人道主義的主要精髓。

卡繆一共花了八年時光（一九四三至一九五一）撰寫《反抗者》這部哲學思辯論集，包括形而上的反抗、歷史性的反抗、反抗與藝術，以及南方思想。卡繆說過這部論集是他所有作品中最喜愛的一本。書中的論點一路揭露左派知青的政治盲從與前衛派的虛無主義。結果，當時他獲得的攻訐比稱許還多。他的好友羅傑·柯尼葉（Roger Grenier）說道：「我們的時代歷經許多不平，《反抗者》卻讓我們不失勇氣，打開通向希望的大門。」

《鼠疫》應是卡繆躋身法國文壇的扛鼎之作。之前的《異鄉人》雖讓世人驚豔，但就規模、向度及內涵而言，後者更勝一籌。小說一出版便告轟動，之後也拍成電影（一九九二）。沒想到事隔半個多世紀，全球新冠肺炎大流行，撼動全球秩序，人不分畛域，無論貧富，皆見識到它的威脅。這期間這本書竟成了最被閱讀的一本文學創作。卡繆前後花了七年時光，博覽史料及文獻，又靜心思索人類處境。以納粹德軍入侵法國的大逃亡，以及確實發生在他的故鄉阿爾及利亞奧蘭市的疫情封城的真實背景，採編年史方式，寫出這本逼真寫實、人物鮮明、細節詳實的寓言式小說。他曾在一九四二年的札記裡寫道：「鼠疫，意味著痛苦和死亡的恐怖，隔離、流亡、分散，這些都是人的命運。人可能自暴自棄，屈膝服輸，並從中看到懲罰罪惡的上帝之手。但人也可以透過反抗，透過團結一致，重新取得自己的尊嚴及自由。」

《正義者》可說是當代的經典悲劇。這是沙俄時期為推翻專政，一群起義者密謀暗殺沙皇親戚的真實故事。卡繆亦在《反抗者》裡闡章申論，提出所謂的「有所不為的謀殺者」。主角卡利亞耶夫行刺謝爾日大公之所以失敗，被捕入獄，然後絞死，乃是因為他拒絕殃及馬車上無辜的孩子。卡繆結論指出：「如此全然忘記自身，卻又如此關懷其他人的性命，可以想見這些有所不為的謀殺者，算是體驗了反抗中最極端的矛盾。」正是這種舉棋不定的煎熬，難以取捨的情境，成了悲劇的主題。

卡繆十分推崇西方神話裡的天神普羅米修斯的勇氣與決心。祂應是第一位反抗者，以具體行動盜取火種給人類，而觸怒了天神宙斯。他在《反抗者》裡說道：「藝術最偉大的形式，就是表達最高層級的反抗。」他在《正義者》裡也明言：「真正的反抗就是創造價值。」他在《鼠疫》裡透過醫師李厄講出：「追求幸福沒什麼好羞愧的。」並由決心放棄潛逃出城投入救災團隊的記者藍柏回應說：「但是單獨一人的幸福，就會讓人覺得可恥。」卡繆的結語應是：反抗才是人類的本性，唯互助才更能彰顯反抗的力道。

導讀

# 刪去所有形容詞——從我們的時代讀《瘟疫》

洪明道（作家）

當我翻開此一版本的《瘟疫》，我們還照常逛街、買賣、旅行；當我闔上時，已經進入全國三級防疫警戒，救護車的鳴笛聲在夜裡越來越大聲，然後漸漸遠去。

新聞上充斥著淪陷、激增、延燒等字眼，隱喻在這種時候似乎是不必要的了。在《瘟疫》中讓書寫者有所共鳴的角色，或許是公務員葛朗。葛朗是為文字所苦的寫作者，讓人懷疑他是否就是敘述者。在疫情期間，葛朗因投入防疫而停止了創作，歷經瘟疫後，才又重新當起一個書寫者。「這次我刪掉了所有的形容詞」，他說。值此時刻，我也盡可能以這樣的方式來評述。

## 歷史中的疫病敘事

二〇一五年以希伯來文出版的《人類大命運》，在歐美出版獲得巨大成功後，二〇一七年在台灣也引發不少討論。這本書從〈啟示錄〉的四騎士開始，講述瘟疫、戰爭、飢荒和死亡對人類造成的影響。作者哈拉瑞抱持樂觀態度，認為「人類面對流行病束手無策的時代，很有可能已經成為過去了」[1]。《人類大命運》以四騎士消退為前提展開論述，重新思考人類世、人文主義的人本精神以及可能的未來走向。

不久後的二〇一九年，出現在武漢的病毒才正要引起一場大流行。這意味著《人類大命運》前提失效，我們應該否定他所展開的論述嗎？姑且不論對未來的預測如何，哈拉瑞對歷史和敘事之間的觀察，或許能幫助我們了解卡繆的《瘟疫》在文學史中的特出之處。

回顧人類和疫病的歷史，我們會發現隨著科學的進展，人類對瘟疫的描繪產生了轉變。《瘟疫》（*La Peste*）在中國或台灣的某些版本譯為鼠疫，Peste一詞兼具鼠疫、瘟疫的意思。這種桿菌在中世紀造成大量傷亡，不過當時人類不知有細菌，更別說病毒了。這個疫病被認為和空氣、神明或惡魔有關，在繪畫中被擬人成拿著鐮刀的死神。這個時期，醫學並沒有太大用處，不過人們卻發現了隔離的效用[2]，這項措施至今仍然十分好用。

在如此理解的架構下，瘟疫被認為是無差別的，無論是什麼信仰、身分的人，瘟疫都有可能找上門。然而，隨著醫學知識的累積，西方世界的人們不再認為瘟疫是上帝的懲罰。科技再加上人類社會中原本就有的階級，讓瘟疫變得並非無差別的了。現今一些文本或評論斷言式的宣稱瘟疫是平等的，看起來是一廂情願的。卡繆在《瘟疫》中提到城中和貧民區的死亡率差別，而二〇二一年的武漢肺炎從萬華蔓延開來，同樣也是城市的邊陲。

直到一九〇〇年代初期，鼠疫仍維持著它的威力。南台灣的「大湖」在日治初期仍稱為「大湖街」，但因為發生鼠疫和後續的人口遷移，不符合街的人口數，於是被取消「街」的資格[3]。卡繆的《瘟疫》出版於一九四七年，場景設在一九四〇年代的阿爾

---

1 哈拉瑞，《人類大命運：從智人到神人》。台北：天下文化，二〇一七。頁二〇。

2 Philip A. Mackowiak et. al., "The Origin of Quarantine," *Clinical Infectious Diseases*, Volume 35, Issue 9, 1 November 2002, Pages 1071–1072.

3 《府城報》第一〇〇一號，明治三十四年八月十四日。

及利亞城市，彼時的人類經歷了西班牙流感[4]、兩次的世界大戰，微生物學早已透過顯微鏡進入人的視野，疫苗技術也發展到可大規模施用了。在《瘟疫》中，不只有隔離措施，也出現了血清、疫苗這兩項技術物。不過，書中寫到由於工業生產的限制，不可能為大眾普遍施打疫苗，預防注射僅在防疫工作隊員身上使用。我們無法憑藉小說中的敘事，而認為是血清結束了這場鼠疫。相反的，《瘟疫》的敘事方式是無法用簡化的因果推論來詮釋的。不過，隔離、血清、公共衛生系統這些技術物是《大疫年紀事》的時代所沒有或未臻完備的，在《瘟疫》中成為人們「工作」的一部分。

## 回到字面上的第一層意義

武漢肺炎爆發之際，《瘟疫》在歐美重登排行榜，不只在文學社群中討論增加，醫師們也在學術期刊上分享閱讀心得。這次人們的閱讀方式和從前大不相同，大家暫時放下隱喻，以書中鼠疫大流行的社會反應，來對照現下疫病帶來的種種改變。

儘管醫學、科技等條件已有很大的不同，人類對傳染病大流行的反應似乎相去不遠，這使得《瘟疫》當今閱讀起來有如預言。「瘟疫」這個詞彙不單指鼠疫，也包含了引起人類相似反應的其他疾病，例如愛滋、SARS。醫學史家Charles Rosenberg從《瘟疫》中歸結出大流行時人類社會的三幕劇[5]。先是緩慢察覺及接受疫病，接著開始尋求解釋、處理混亂，最後則是與大眾協商。流行病一方面凸顯潛在的社會結構和問題，一方面逼迫人們選擇哪些是真正在乎的事。

在哪裡閱讀《瘟疫》影響著詮釋。美國醫師從中讀出政府的延遲反應如何影響疫情，如同書中人們起先對死老鼠的不在意。美國內部的種族議題也再次浮上檯面。不過，卻也有醫師認為中國的積極作為可能減緩了這場大爆發。這讓我再次確認了一項事實：這是頂級的醫學期刊，而非優良的政治評論雜誌[6]。

那麼，我們能在《瘟疫》中找到解決現實問題之道嗎？「對抗瘟疫唯一的方法，就是正直」，這是李厄在說服藍柏加入工作時，脫口而出的金句。或許讀者們和藍柏

4 起源地並非西班牙，推測的起源地包含中國、美國中西部、法國，如：“What happened in China during the 1918 influenza pandemic?”, “Paths of Infection: The First World War and the Origins of the 1918 Influenza Pandemic” 等論文，現今已無生物證據可證實。

5 Charles E. Rosenberg, “What Is an Epidemic? AIDS in Historical Perspective,” *Daedalus*, Vol. 118, No. 2, Living with AIDS (Spring, 1989), pp. 1-17, Cambridge, Massachusetts: American Academy of Arts & Sciences.

6 David S. Jones, “History in a Crisis — Lessons for Covid-19,” *N Engl J Med* 2020; 382:1681-1683.

一樣，會想問正直是什麼？在此，法文原文為honnêteté，英譯為decency，彼此之間存在著落差。在書中，李厄的回答是「做好工作本分」。

此時此地讀《瘟疫》，我想起二〇一六年電影《正宗哥吉拉》（シン・ゴジラ）。《正宗哥吉拉》裡沒有英雄般的人，也沒有屬於人類陣營的巨獸與之抗衡，描述的是人類作為集合體和哥吉拉的對決。哥吉拉反映出人類集合體面對災難時的樣貌，包含了僵化但仍不斷自我修正的官僚系統、恐慌而有秩序的市民、試圖解決問題的技術官員、日本政府的外交處境。日版電影海報中，廣告語為「真實（日本）對虛構（哥吉拉）」，精準而耐人尋味。

《瘟疫》同樣沒有偉大的故事，鼠疫並非上帝給人類的懲罰，人也並非正義的一方，沒有英雄從天而降拯救眾人。舊時代敘事失效，意義從何而來呢？《瘟疫》在這樣的框架下，寫下另一種版本的人類處境。

《瘟疫》中有些片段讀來尤其有共感，其中的角色和現下的人們一樣關心著每日確診數[7]。不過，《瘟疫》提供了使人拉開距離的契機，暫時脫離當下的種種情緒，重新對我們正在發生的事賦予評價。我們能看見《瘟疫》中每個角色的情感和經驗，其中沒有一個是完美的。即使看起來最接近主角的李厄，也透露了他的迷惘[8]。這樣的文本讓我們能和當下的敘事方式做比較，無論是對個人的過度吹捧，又或者極力貶低，相形之下顯得沒有說服力。

隨著小說推進，會發現當中每個人都是被需要的。看似宗教狂熱到荒誕地步的神職人員潘尼祿，在疫期加入了防疫工作。罪犯寇達深知人們在封城期間的欲望仍存在著，他和聖人般的塔盧在夜晚一起出去浪溜噠，還邀請他觀賞歌劇。正視人的各種面向，擔下責任，或許這就是《瘟疫》作為整體，給我們的對抗方法了。

## 那些像瘟疫的事物

雖然《瘟疫》的神職人員潘尼祿占了不少篇幅，敘事者卻點出沒有人真正相信上

---

7頁一九三：「……你們聽到今晚公布的數字了嗎？」塔盧和善地看著他，說他聽到了數字，情況很嚴峻，但這說明了什麼呢？這說明必須採取更加非常的措施。「呃！你們已經採取了啊。」「沒錯，但必須每個人都把這當作自己的事。」

8頁一五九：「我不知道，塔盧，說真的我不知道。當初進這一行，可以說誤打誤撞，因為我需要這份工作……也或許是因為我出身工人家庭，特別難進入醫生這行。還有，必須目睹死亡。」

帝，卡繆可說是將宗教的神聖性從中劃除了。即便如此，我們應該都能同意《瘟疫》帶給我們的並非全然的虛無，存在本身也不是毫無意義的困境[9]。或許你可以將努力視為徒然，反正瘟疫會再來。但積極意義的詮釋是行得通，甚至更為有效，《瘟疫》鼓吹每個人的參與。若要用單一詞彙來簡略指稱，可以用「人本主義」來概括這背後的思想系統，卡繆在小說中也對人本主義者自嘲了一番[10]。

不過，無論是《瘟疫》在法國出版時的一九四〇年代末，又或者是剛被引進台灣的一九六〇年代，文學評論家大都不是這麼直接的讀這本書，而是在書中尋找像瘟疫的事物。其中一種普遍的詮釋，將《瘟疫》視作對納粹占領時期法國的託寓（allegory）。

小說全書圍繞著瘟疫進行，單就文本來說，我們可能很難找到相關的線索。卡繆卻留下了可以擴大解釋的裝置，那便是引自《大疫年紀事》的卷首語：「以一種禁錮的情況來反映另一種禁錮的情況，就如同以不存在的事來反映其他任何存在的事，同樣合理。」將出版的時空背景納入考量，以瘟疫來比擬納粹的託寓便顯得合理，出版前不久，法國維琪政權才在一九四四年垮台。

早期的台灣讀者可能比較熟悉志文版本的《瘟疫》，彼時的情形可說是一個卡繆各自表述。《文星》雜誌以他作為封面，試圖在反共官方立場下偷渡「反極權」[11]。擁護官方的作家時而貶低卡繆或存在主義的反抗精神，時而聯想到民族偉大救星[12]。在志文版本的譯序中，周行之說得保留[13]，葉石濤的〈卡繆論〉[14]倒是直接了一些。葉石濤讀的《鼠疫》中，李厄被翻譯做相當本土的「劉醫師」，他認為《鼠疫》「在各方面和實際的政治和歷史有關聯。卡繆主張參加的文學，他認為作為一個作家需要參加於歷史和社會動態之中，消滅暴力和不正」。文末，葉石濤甚至寫道卡繆「反對專制政

---

9 相較之下，《瑞克和莫蒂》（*Rick and Morty*）中的莫蒂十足表現出了存在焦慮和無意義。容我引述他的名台詞：「沒有人活著是有目的的。人不屬於任何地方。每個人都要去死。」（Nobody exists on purpose. Nobody belongs anywhere. Everybody is going to die.）

10 頁六六：就這點來說，我們市民和所有人一樣，只為自己著想，換句話說，他們是人本主義者。

11 林彥伶，〈有沒有一種哲學是「臺灣哲學」？歷史系譜的百年回顧〉講座紀錄，主講林正弘、陳瑞麟、黃雅嫻（故事：https://storystudio.tw，2019）。網頁：https://storystudio.tw/article/gushi/ 有沒有一種哲學是「臺灣哲學」？歷史系譜的百年／（查閱時間：二〇二一年六月五日）。

12 李筑琳，〈一九六〇年代台灣現代小說與存在主義〉（成功大學台灣文學系學位論文，2013）。

13 「細讀一本好書，不惟增長知識，而且使人意識上有所轉移，移向比較明白的境地。本書對我，正復如是。」（周行之，〈譯序〉，《瘟疫》。台北：志文，一九六九。頁一二。）

14 葉石濤，〈卡繆論〉，《台灣文藝》三卷十期，一九六九年一月。

治的獨斷和壓迫，尊重民主主義的公開討論和人性的尊嚴」。

其時的專制政治指的是什麼呢？可以是中國共產黨，也可以是蔣介石。有趣的是，冷戰時期的反共標語「同島一命」，如今變成對抗瘟疫的團結喊話[15]。若我們採用這種方式來閱讀的話，當今最大的專制體制又在哪裡呢？

## 作為小說的《瘟疫》

人類對小說的標準隨時間改變，閱讀這本半世紀多之前的小說，我不得不承認有時會拐拐（khê-khê）。書中有些對話接近獨白，人物突然滔滔說起自己的故事。以今日的標準來看可能有些不自然，又或者人的說話方式因地域時代而有所不同。不過，卡繆藉由這些獨白，再加上日記、筆記，讓我們得以看見這些人物的自身探尋、在瘟疫肆虐時的情感，以及對處境的思考。

以小說技術來說，這名外表具有魅力的寫作者[16]讓我感到驚訝。他在三十出頭便對人類社會有如此透徹的了解，能和我們當今的狀況對照。儘管這是一個無法不嚴肅的作品，他也在裡頭埋藏了一些趣味，使用前作《異鄉人》的細節。而在疫情處於尖峰的緊繃時刻，李厄和塔盧打破了嚴格的防疫新生活，兩人在月光下裸泳。這個段落的意義，直到看完全書後才會浮現。

李厄、塔盧和藍柏相聚喝酒的段落讓我印象尤其深刻[17]。在這個段落裡，卡繆呈現了封城時期的枯燥、煩悶。藍柏原本想方設法要離開奧蘭市，透過足球員貢札列斯安排，希望突破封城回到巴黎。但因為封鎖範圍越來越大，計畫屢屢失敗，使他心情煩悶。

李厄劈頭就說，幫藍柏安排偷渡的那些人不會赴約。對一個遭受挫折的人來說似乎不太體貼。塔盧則試圖安慰藍柏，不要把發生一次的視為定律嘛！

藍柏卻回應，不，你們還沒明白，瘟疫的定律就是會一直重來。他一面說，一面用留聲機播放藍調名曲〈聖詹姆斯醫院〉（St. James Infirmary）。這首歌起源不明，有不同版本的歌詞，但都描述著心愛的人死去。在美國南方的爵士喪禮中，〈聖詹姆斯

---

15 劉亦，〈同島一命：冷戰馬祖記憶，與疫情下的「文化逆輸入」〉。（UDN 鳴人堂，2021/5/25，網址：https://opinion.udn.com/opinion/story/10124/5475658，查閱日期：二〇二一年六月五日。）

16 看看書架上的《異鄉人》。能用創作者肖像照當書封的不多吧！

17 頁一八九開始。

醫院〉是演奏的曲目之一。這首歌在小說前些段落的酒吧裡也曾出現過。接下來，請讓我直接引用書中的段落。

唱片放到一半的時候，遠處響起兩道槍聲。

「不是狗就是有人逃跑。」塔盧說。

過了一會兒，唱片放完了，一輛救護車的笛聲愈來愈清晰、大聲，從旅館房間窗戶下經過，聲音又漸漸變小，終至消失。

「這張唱片挺感傷，」藍柏說：「今天我已經聽了十遍了。」

「您這麼喜歡？」

「不是，是因為我只有這一張。」

藍柏提醒了他們一項薛西弗斯式的事實，瘟疫似乎永無盡頭。在這樣的時刻，三個人無言相對，音樂和窗外的聲響顯得格外清晰。音樂停止後，藍柏重啟對話，將音樂的重複和瘟疫連結在一起。無論李厄、塔盧或是藍柏，他們都即將要面臨最艱難的時刻。

在接下來的段落，卡繆描述大量死亡的情景。過多死亡帶來的麻木，以及為了避免疾病傳播，人們放棄追思儀式，只能有效率的進行掩埋。藍柏在前些段落播放的〈聖詹姆斯醫院〉，像是給死者們的輓歌，替無名者演奏的Sí-soo-mih（西索米）[18]。即使清楚知道挑戰必然來臨，強調理性和責任，《瘟疫》仍保有人的情感和溫度，也許這是給我們這個瘟疫時代的禮物吧。

18 西索米（Sí-soo-mih）為台灣民間喪禮中的西洋樂，於一九三〇年由天主教引進，以哀樂為主。現今多於出殯隊伍行進中演奏，曲風歡樂，和爵士喪禮相似。藍調樂團在喪禮中演奏的稱為西索米，喜慶中演奏的稱為法拉梭，老一輩樂師曾於一九五〇年代參與唱片錄製、歌廳演出，影響台灣流行音樂甚深。

# 瘟疫

以一種禁錮的情況來反映另一種禁錮的情況，
就如同以不存在的事來反映其他任何存在的事，同樣合理。

——丹尼爾．笛福*

*丹尼爾．笛福（Daniel Defoe, 1660-1731），英國記者、作者，《魯賓遜漂流記》的作者。譯註。

# I

本書所敘述的這些怪異事件發生在一九四幾年，奧蘭市。根據大多數人的看法，這些事真不該在這裡發生，委實超乎尋常。從第一眼看來，奧蘭市的確是個再尋常不過的城市，只不過是法國屬地阿爾及利亞海岸的一個省城，如此而已。

我們必須承認，這個城市本身很醜。外表一片寧靜，得花點時間才能發掘它和世界各處的商業城市不同的地方。例如，如何能想像一座沒有鴿子、綠樹、公園、聽不見鳥雀拍翅和樹葉摩挲聲音，總歸一句話就是蒼白無色的城市？季節轉變只能靠觀測天空，春天來臨只能從空氣或賣花小販從郊區捎來的花籃得知，是市場上叫賣的春天。夏季時，烈陽把太過乾燥的房舍曬得像著了火，把屋牆覆上一層灰色的塵埃，人們只能關上護窗板，生活在陰暗之中。秋季則相反，大雨加上泥濘。只有冬天氣候宜人。

想要認識一個城市，有個便捷的方法，就是了解居民在這裡如何工作、相愛、死亡。在我們這個小城裡呢，或許是氣候的關係吧，這三者都以同樣狂躁而漫不經心的方式攪混在一起；也就表示，居民在這個城市活得百般無奈，只能試著習慣它。居民們勤奮工作，但工作只是為了賺更多錢，他們最感興趣的是商業，按照他們自己的用詞——忙於營生。當然啦，他們也喜歡一些單純的娛樂：喜歡女人、電影、去海邊游泳。但是他們很知節制，這些娛樂都只在周六晚上和周日才做，周間其他時間則設法盡量賺錢。晚上下班後，他們按時在咖啡廳相聚、在同一條大道上散散步、或是在公寓陽台上透透氣。年輕人追求短暫而強烈的刺激，而年紀較大者的消遣只不過是參加滾球協會、交誼餐會、或是上俱樂部玩紙牌狂賭。

有人一定會說，這並非我們這個城市特有的現象，所有同時代的人都差不多這樣活著。沒錯，在今天的社會裡，人們從早到晚工作，然後把剩下的時間浪費在紙牌、咖啡館、閒聊上，這是再自然不過的。但是在有些城市、國家裡，人們不時會思考到一些其他東西，一般來說，這並不會改變他們的生活，但有過這些想法，總比沒有來得強。奧蘭則是相反，明顯是個沒有想法的城市，意即一個完完全全的現代城市。所以呢，沒必要準確描述本城居民的相愛方式，這裡的男男女女要不在所謂愛的行動中快速廝殺，要不就是投入日復一日長期的配偶生活。在這兩個極端之間，鮮少有中間狀態。這也沒什麼獨特的。不管是在奧蘭或是在其他地方，因為沒時間思考，人們只好不知所以地相愛。

我們這個城市最獨特的地方，應該算是死亡的困難。困難可能不是很適切的用詞，應該說難受比較正確。身有病痛當然不好受，但是在有些城市和國家裡，病人會受到關照支持，某種程度上可以讓病人放鬆。病人需要關懷，希望有個依靠，這是很自然的。但是在奧蘭，要適應極端的氣候、大量的商業活動、枯燥無趣的景觀、短促的黃昏、貧瘠的娛樂等等，這一切都需要一副健康的身體。病人在這裡倍感孤獨，更遑論一個垂死之人，像落入陷阱一樣被關在成千上百烈陽曬得劈啪裂響的牆面之後，而在此同時，全城的人都在電話裡或咖啡館裡談著票據、提單、貼現。我們可以理解，儘管在現代，在這樣一個冷淡無情的地方，死亡之際該有多麼難忍。

以上幾個描述或許足以讓大家對我們這個城市有個概念，不過也毋須誇張，應該強調的，是這個城市和生活平庸的面貌，但其實只要習慣了，日子一天天過也沒什麼大問題。既然我們這個城市很容易讓人習慣，一切就還挺好。從這個角度看，本城生活當然不算多姿多采，但至少井然有序。居民的坦率、友善和勤奮，向來博得遊客們相當程度的的好評。這個沒有秀麗風景、沒有花草、也沒有靈魂的城市，反倒給人一種寧靜的感覺，人們在這裡睡得很好。但是有一點不得不說，這個城市置身在一片無與倫比的美麗風景之中，位於一片空曠的高原中央，圍繞著燦爛的丘陵，面對著輪廓完美無瑕的海灣。唯一令人遺憾的是城市背海而建，放眼望去根本看不到海，得專程到海邊才見得到海。

說到這裡，大家應該不難想像，本城居民根本不會預期那年春天發生的狀況，以及——我們之後會明白——那些狀況是接下來一連串嚴重事件的前兆，這也就是本書將要記載的。這些事件有些人覺得不足為奇，有些人卻覺得難以置信。無論如何，敘述事件者不能考慮這些互相衝突的觀點，他的工作只是當他知道某件事確實發生了、而且事關整城居民生死、有成千上萬人在心裡見證他報導的真實性，這個時候，他告訴大家：「這件事發生了」。

再說，敘述事件者——時間到了我們自然會知道是誰——在整個事件中無足輕重，無非是碰巧讓他蒐集到相當數量的陳述，並且當時情況也讓他捲入將要敘述的事件罷了。報導這個事件讓他成為一個歷史記錄者，當然，一位歷史記錄者，儘管是業餘的，必然有充分的資料。這個事件的敘述者有他的資料：首先是他親眼所見，再來是其他人的見證，他的角色讓他得以蒐集到本書中所有人物吐露的心底話。況且，他自然最後也找到一些報導和文件，他認為必要時就會擷取片段，認為需要時就引用，並且他又……然而或許是該把這些評論和瑣碎的開場白放到一邊的時候了，回到敘述本身。最初幾天發生的事，需要花點時間說清楚。

四月十六日早上，貝爾納．李厄醫生從他的診所走出來，在樓梯間中央看見一隻死老鼠。當時他只不經心地把老鼠踢到一旁，走下樓梯。但一走出門，突然想起不能讓死老鼠留在那裡，便再走進門告知門房。門房米榭老頭的反應，讓他更感到這個發現很不尋常。出現這隻死老鼠，對他來說只不過有點奇怪，但對門房來說，簡直是一樁醜聞。門房的態度斬釘截鐵：這棟樓裡沒有老鼠。醫生一再確定二樓樓梯間的確有隻老鼠，可能死了，米榭的信念毫不動搖：這棟樓沒有老鼠，就算有也一定是有人帶進來的。總之，是個惡作劇。

當晚，貝爾納．李厄站在樓房走廊上，掏著鑰匙正要上樓回家，突然看見走廊底端暗處出現一隻老鼠，腳步不穩毛濕濕的。牠停了一下，像是要維持身體平衡，隨後朝醫生跑過來，又停了下來，在原地打轉，發出一小聲吱，最後嘴巴噴出血倒在地上。醫生端詳了牠一會兒，然後上樓回家。

他當時心頭想的並不是老鼠。那口噴出的血讓他想起擔心的事。他那病了一年的妻子明天就要出發到山上療養。他一回家就看見她按照他囑咐在臥房裡躺著，為明日旅途蓄養體力。她看到他便微笑，說：

「我感覺很好。」

醫生看著她在床頭燈光下轉過來的臉龐，在李厄眼裡，妻子儘管已經三十歲且帶著病容的臉，依舊和年輕時一樣，或許就是因為這微笑超越了一切。

「能睡就多睡點，」他說：「明天看護十一點來，十二點我載你們去搭火車。」

他親吻妻子稍微濕潤的額頭，她的微笑一直伴著他到房門口。

次日，四月十七日，早上八點，門房在醫生經過時攔下他，抱怨惡作劇的人又在走廊中央放了三隻死老鼠。老鼠一定是大型捕鼠器捕捉的，因為牠們都渾身是血。門房手上拎著死老鼠的腳站在大門口好一會兒，等著惡作劇的傢伙出來嘲弄而暴露身分。但什麼都沒發生。

「啊！那些傢伙，」門房米榭說：「我一定會逮到他們。」

李厄大惑不解，因此決定從住著最窮病患的外圍城郊區開始巡診。那些區裡垃圾清運比別處晚得多，汽車沿著塵土飛揚的筆直道路往前時，會擦過放在人行道旁邊的垃圾桶。行過一條街，醫生數了一下，丟在蔬菜果皮和破布堆裡的死老鼠共有十多隻。

巡診的第一個病人躺在床上，房間靠著街，吃飯睡覺都在這間房裡。他是個面孔嚴峻、滿布皺紋的西班牙老人，面前兩個裝滿豆子的鍋子放在棉被上。醫生走進來時，本來半坐著的病人往後一仰，試著喘口氣，發出哮喘老病號的呼拉呼拉聲。他的妻子端著臉盆過來。

「欸，醫生，」他邊打針邊說：「牠們出來了，您看見了嗎？」

「是啊，」他妻子說：「鄰居就清理了三隻。」

老人搓著雙手。

「牠們傾巢而出，所有垃圾桶裡都看得到，是因為飢餓！」

李厄立刻注意到這一整區居民都在討論老鼠的事。看完診他就返回家裡。

「樓上有一封您的電報，」門房米榭說。

醫生問他是否又發現其他老鼠。

「啊！沒有，」門房說：「我守得緊緊的，那些王八蛋不敢再來惡作劇。」

電報通知李厄的母親次日抵達。媳婦去養病，她前來為兒子照料家務。醫生回到家時，看護已經到了。李厄看見妻子站著，身穿套裝，還搽了脂粉。他對她微笑：

「這樣很好，非常好。」

過了一會，到了車站，他把她安頓在臥鋪包廂裡。她看著包廂：

「這對我們來說花費太多了，不是嗎？」

「這是必要的，」李厄說。

「那些老鼠是怎麼回事呢？」

「我不知道，很奇怪，但是會過去的。」

之後他急促地說請求她原諒，他應該好好照顧她，但對她太疏忽了。她搖搖頭，像是要他別再說了，但他又加上一句：

「等妳回來時，一切都會好轉。我們重新開始。」

「好，」她的眼睛閃著光：「我們重新開始。」

過了一會兒，她轉身背對著他，看著車窗外。月台上的人你擠我推。火車頭的蒸氣噓噓聲傳來。他呼喚妻子的名字，她轉過身，他看見她臉上掛滿淚水。

「別哭，」他輕聲說。

淚水之下又現出微笑，但有點勉強。她深吸一口氣：

「走吧，一切都會沒問題的。」

他緊緊抱著她，下到月台上，透過車窗，他看到的只是她的微笑。

「一定要注意身體，」他說。

但是她聽不見他說的。

李厄走向月台出口，遇上了預審法官奧東先生，手牽著小兒子。醫生問他是否要出遠門。奧東先生高瘦黑髮，半像以前所謂的上流社會人物，又半像殯儀館的禮儀師，他聲音和藹但簡短地回答：

「我來接我太太，她去拜望我家人。」

火車汽笛響起。

「那些老鼠……」法官說。

李厄朝著火車方向踏了一步，但又轉過身走向出口。

「喔，」他說：「那沒什麼。」

那一刻他唯一注意到的，是一個鐵路員工挾著一個裝滿死老鼠的箱子經過。

那天下午，剛開始看診時，李厄接待了一個年輕人，聽說是位記者，早上已經來過一次。他叫作雷蒙．藍柏，身材矮小，肩膀寬厚，神情果斷，眼睛清澈聰穎，穿著運動風格剪裁的服裝，看起來一派輕鬆自得。他開門見山：他為巴黎一份大報從事阿拉伯人生活情況的調查，尤其需要他們衛生狀況的資訊。李厄告訴他，他們的衛生狀況不好。但是在進一步提供資訊之前，他想知道記者是否能夠據實報導。

「當然，」對方回答。

「我的意思是：您是否能夠對他們的衛生條件做出全面的批判。」

「全面，我必須說不能。但我猜想全面批判是沒有根據的。」

李厄緩緩地說，全面批判的確沒有根據，但他之所以這麼問，只是想知道藍柏的第一線報導是否能毫無保留。

「我只接受毫無保留的報導，若非如此，我不會為您提供資訊。」

「您這是聖茹斯特[1]式的語言，」記者微笑著說。

李厄以同樣的聲調回答說他不知道這是不是聖茹斯特式的語言，卻是一個對所處的世界厭倦的人的語言，但他喜歡他的同類，因此就他本人來說，決定拒絕不公平與妥協。藍柏頸子縮在肩膀裡，凝視著醫生。

1聖茹斯特（Saint-Just, 1767-1794），法國大革命雅各賓專政時期的政治軍事領袖之一，曾任國民公會主席、公共安全委員會委員，作風嚴峻，言語激烈，頒布激進的恐怖政策，後在政變中被處決。譯註。

「我想我可以理解您，」他邊說邊站起身。

醫生送他到門口：

「謝謝您能理解。」

藍柏顯出不耐煩地說：

「是的，我能理解，請原諒我的打擾。」

醫生和他握手，說他針對目前城裡出現大量死老鼠的事件應可做一篇特別報導。

「啊！」藍柏大聲說：「這件事我感興趣。」

下午五點，醫生正要出門巡診的時候，在樓梯間遇到一個年紀還輕的男人，身形粗壯，方頭大臉但臉頰凹陷，橫著兩道粗眉。他曾在住在頂樓的那些西班牙舞者家遇見過他幾次。尚・塔盧正專心吸著菸，凝視著腳下階梯上一隻垂死老鼠臨終的抽搐。他抬起眼看著醫生，灰色的眼珠平靜地緊盯著，打聲招呼後，說出現這些老鼠真是怪事。

「是啊，」李厄說：「而且到最後會讓人心煩。」

「就某方面來說是這樣，醫生，當然只是某方面。我們之前從未看過這樣的事，如此而已。但我倒是很感興趣，是的，實在很感興趣。」

塔盧用手把頭髮向後爬梳，又看看已動也不動的老鼠，然後朝著李厄微笑說：

「不過，醫生，反正這主要是門房的事。」

正好，醫生在大門外看見門房，背靠著門邊一面牆，平日紅光滿面的臉上露出疲憊。

醫生跟他說又發現死老鼠，米榭老頭回答：「是啊，現在牠們是三三兩兩出現。不過其他棟樓裡也是這樣。」

他神情沮喪又憂心忡忡，手機械式地摩挲著脖子。李厄問他身體怎麼樣，門房回答當然說不上有什麼毛病，只是覺得不太舒服。依他看，是情緒影響。這些老鼠對他打擊重大，等牠們消失了，一切就會大大好轉。

但次日四月十八日早上，醫生把母親從火車站接回家時，看見米榭門房的神情更消沉了：從地窖到閣樓，樓梯間布滿了十多隻死老鼠。鄰近樓房的垃圾桶也塞滿死老鼠。醫生母親聽了消息卻不顯吃驚：

「本來就會有這種事。」

她是位矮小的老太太，一頭銀髮，黑色的眼睛很慈祥。

「我很開心看到你，貝爾納，」她說：「老鼠也無法影響我的喜悅。」

他欣然同意，沒錯，和她在一起，一切都顯得簡單多了。

然而李厄還是打了通電話到市區滅鼠所，他認識所長。所長聽說了有大量老鼠在露天暴斃的事嗎？梅西耶所長聽說了，而且位在碼頭附近的滅鼠所裡就發現了五十來隻。然而他不確定情況是否很嚴重。李厄也無法確定，但認為滅鼠所應該出動。

「是啊，」梅西耶說：「命令下來就能出動，如果你認為真的必要，我可以設法得到上級命令。」

「滅鼠總是有必要的，」李厄說。

他家裡的打掃太太剛才告訴他，她先生工作的那間工廠清出了好幾百隻死老鼠。

總之，差不多就在這個時期，本市居民開始擔心了。因為，從十八日起，四處的工廠和倉庫都清出成百上千的老鼠屍體，有時候垂死掙扎拖太久，還得把牠們弄死。從市區外圍到市中心，凡是李厄醫生經過的地方，凡是居民聚集的地方，垃圾桶裡都堆滿老鼠死屍，或是堆在小水溝裡一整排。從那天的晚報開始，新聞緊盯著這個事件，責問市政府到底有沒有因應對策，要採取什麼緊急措施讓市民免於這種令人厭惡的老鼠侵襲。市政府沒有任何因應對策，也沒有部署任何措施，但開始召開會議討論。滅鼠所接到命令，每天天一亮就要清理市區老鼠死屍，收集之後由該所兩輛清潔車載往垃圾焚化廠燒毀。

但是接下來的幾天，情況更加惡化。收集的老鼠數量愈來愈多，每天早上清理的數量不斷增加。從第四天起，老鼠開始成群出來死在外面。牠們一長列搖搖晃晃從破舊的小屋、地下室、地窖、下水道鑽出來，在光天化日下抖動搖晃、打轉，然後死在人們腳邊。夜裡，走廊上或巷子裡都可清楚聽到牠們垂死前的輕聲慘吱。在郊區，到了早上，人們發現老鼠屍體橫陳在小溪裡，尖嘴上一抹血跡，有的腫脹腐爛，有的全身僵硬鬍鬚還豎直著。在市區裡，樓梯間或院子裡都可看到一小堆一小堆老鼠屍體。也有一些零星的死在政府單位大廳裡、學校禮堂、露天咖啡座。市民們在市區最熱鬧的地方都會驚愕地發現死老鼠，而且從閱兵廣場、散步道、海濱大道，牠們汙染蔓延愈來愈遠。大清早清除了死屍，一天當中又陸續出現。許多晚間出門散步的市民，都會在人行道上踩到一團才剛死去還有彈性的老鼠屍體。就好像我們在上面築房建屋的土地突然宣洩它的火氣，把之前隱忍在內部的癤痂和膿血都顯露到表面。我們驚訝的只是，我們這一向如此平靜的小城市，在幾天之內便天翻地覆，就像一個健康的人，膿血突然翻騰搗起亂來！

事態愈來愈糟，朗斯多新聞處（負責針對任何議題蒐集資訊、提供資料的單位）

在免費廣播節目上報導，光是二十五日這一天，本市清理燒毀的老鼠便高達六千兩百三十一隻。市民每天親眼見到的場景藉由這個數字化為清晰的概念，更加劇了恐慌。直到目前為止，大家只是對這個令人厭惡的意外事件多所抱怨，現在才意識到這個不知會怎麼發展、也不知來源的現象具有相當程度的威脅性。只有那個患哮喘的西班牙老頭依舊搓著手，不停地說：「牠們出來了，牠們出來了」，帶著老年人興奮的神情。

四月二十八日，朗斯多新聞處宣布清理的死老鼠數目大約到達八千，市民的擔憂到達了最高點。大家要求採取強烈措施、譴責當局，那些在海邊擁有別墅的人已經談論要躲到海邊去。但是到了次日，新聞局發布消息說這個現象驟然止息，滅鼠所收集到的死老鼠微乎其微。全市居民鬆了一口氣。

然而就在那同一天，中午，李厄醫生把車停在樓前的時候，看到門房吃力地從街那頭走過來，歪著頭，手腳張開，活像個木偶。老頭手臂挽著一位李厄也認識的神父，是潘尼祿神父——一位博學而活躍的耶穌會教士，李厄曾見過他幾次，他在本市相當有威望，就算那些不熱中信仰的人也對他非常敬重。醫生等著他們走近。米榭老頭兩眼發亮，氣喘咻咻。他剛才覺得有點不舒服，想出門透透氣，但突然脖子、腋下、腹股溝劇烈疼痛，不得不麻煩潘尼祿神父陪同著走回來。

「長了腫塊，」他說：「可能是用力過度了。」

醫生把手伸出車門外，手指在米榭伸過來的脖子摸按了一番，脖子底部長了一個像木痂的東西。

「躺一下，量個體溫，下午我再來看您。」

門房走後，醫生問潘尼祿神父對老鼠這檔子事有什麼看法。

「喔！」神父說：「這應該是一場流行病。」圓形眼鏡下的眼睛露著微笑。

午餐後，李厄正重讀著療養院傳來他妻子已抵達的電報時，電話響了。是他以前一個病患，市政府員工，長期受主動脈狹窄症所苦，又因為貧窮，李厄醫生都免費替他看診。

「是我，」他說：「您還記得我吧。但這次事關另一個人。請快點來，我的鄰居出了狀況。」

他說話氣喘吁吁。李厄想到門房，但決定先去看這個病人之後再去看他。幾分鐘之後，他走進近郊菲代普路上一棟低矮的房子，在陰涼惡臭的樓梯間，市政府員工約瑟・葛朗下樓來接他。他五十來歲，蓄著黃色短鬚，瘦長身形駝著背，窄窄的肩膀，手腳瘦削。

「這會兒好一點了，」他邊迎向李厄邊說：「我本以為他要掛了。」

他擤了擤鼻涕。李厄走上頂層三樓，看見左邊門上用紅色粉筆寫著：「請進，我上吊了。」

他們進了門。天花板吊燈上垂下一根繩子，下面是一張翻倒的椅子，桌子則推到了角落。繩子下方空蕩蕩的。

「我及時把他救下來了，」葛朗說，雖然他說的是再簡單不過的字句，卻老像斟酌再三：「我正要出門，聽到聲響，一看到門上的字，該怎麼說呢，我還以為是惡作劇，但是他發出奇怪、甚至可以說是恐怖的呻吟。」

他搔搔頭：

「依我看，上吊過程應該很痛苦。聽到聲音我自然就進去了。」

他們推開門，面對著一個光線明亮的房間，但家具簡陋。一個矮小圓胖的男人躺在一張銅床上，吃力地大聲呼吸，一雙充血的眼睛看著他們。醫生停下步，在呼吸聲之間，他似乎聽見老鼠的吱叫聲。但是角落裡並沒有任何動靜。李厄走向床邊，那人跌下的高度不是太高，也不太劇烈，脊椎骨沒斷，當然感覺有點氣悶壓迫，得拍張X

光片才行。醫生替他注射了一針樟腦油，說過幾天就會沒事了。

「謝謝醫生，」那人低聲說。

李厄問葛朗是否已報警，葛朗神情尷尬地說：

「沒有，喔！沒有。我當時想最要緊的是……」

「當然，」李厄打斷話：「那我去通報。」

這時候，病人激動起來，在床上坐起身，抗議說他現在好了，不需要通報警方。

「別激動，」李厄說：「這只是個小事件，相信我，只是我必須去通報一聲。」

「哦！」病人說。

他身子重新倒下，開始啜泣。一直捻著鬍子的葛朗靠近床邊：

「寇達先生，別這樣，請試著了解，醫生是有責任的，例如您要是又再次……」

寇達流著淚說他不會再上吊了，那時只不過一時恐慌想圖個清靜。李厄開了處方：

「知道了，別再多想，我兩、三天後回來看您，別再做傻事了。」

走出到樓梯間，他跟葛朗說他必須通報警方，但他會要求警方過兩天才來做調查。

「今夜得守著他，他有家人嗎？」

「我不認識他的家人，但我可以守著他。」

他搖搖頭說：

「老實說我對他連認識都談不上，但是必須互相幫助。」

走在走廊上，李厄機械性地往角落看，問葛朗老鼠是否在這一區完全消失了。葛朗完全不知道，他聽到有人說起這檔子事，但他對本區的街談巷議不怎麼在意。

「我有別的事要操心。」他說。

他還正說著話，李厄已經和他握手道別，急著去替門房看病，然後要寫信給妻子。

街上叫賣晚報的小販高喊著鼠患已經結束。但李厄看見他的病患半個身體斜在床外，一隻手按著肚子，另一隻手環著脖子，朝著垃圾桶大口嘔吐淺紅色的膽汁。然後費了好大力氣，氣喘吁吁，門房才又重新躺下。體溫三十九度半，脖子上的淋巴結和四肢都腫脹，腹側兩個泛黑的斑點也擴大。他呻吟說現在身體內部疼痛。

「很燙，」他說：「這狗東西燙死我。」

他布滿菸垢的嘴口齒不清，把因疼痛含著淚的突出眼睛轉向醫生。他的妻子擔憂地望著默不作聲的李厄。

「醫生，」她說：「是什麼病？」

「什麼病都有可能，但還無法斷定。直到今晚要禁食、服排毒劑，還要多喝水。」

正好，門房口渴難耐。

李厄回到家裡便打電話給同行理查，他是本市最權威的醫生之一。

「沒有，」理查說：「我沒有發現任何不尋常。」

「沒有局部發炎和發燒的病人？」

「啊！有，有兩個病人淋巴結發炎很嚴重。」

「不正常發炎？」

「呃，」理查說：「您知道，所謂正常……」

總之，當晚，門房開始譫妄而胡言亂語，燒到四十度，抱怨有好多老鼠。李厄試著幫他做膿腫固定術，在焚燒松脂的炙熱下，門房大吼著：「啊！那些狗東西！」

淋巴結腫得更厲害了，摸起來硬且有蜂窩組織，門房的妻子驚慌起來。

「好好照料，」醫生對她說：「有狀況打電話給我。」

次日四月三十日，一股溫熱的風吹拂著蔚藍而濕潤的天空，捎來最遠處郊區的花香。早晨街道上的嘈雜似乎比平日更大聲、更歡愉。我們這個小城上上下下，經過一整個星期隱忍的擔憂，今天就像重生的一日。李厄醫生呢，收到妻子的信放下心來，心情輕鬆地下樓到門房家。今天早上門房的體溫也確實下降到三十八度，虛弱地躺在床上微笑著。

「他好多了不是嗎，醫生？」他妻子問。

「還要再觀察看看。」

但到了中午，門房體溫突然飆升到四十度，不停譫妄，又開始嘔吐，頸部的淋巴結一碰就痛，他伸直脖子好像想讓頭盡量遠離身體似的。他妻子坐在床尾，兩手放在被子上輕輕抓住他兩隻腳，眼睛看著李厄。

「聽好了，」醫生說：「我們必須把他隔離，進行特殊治療。我打電話到醫院，叫輛救護車把他送過去。」

兩個鐘頭後，在救護車裡，醫生和門房妻子傾身看著病人。從門房長滿蕈狀瘤的嘴裡冒出一些零碎的字句：「老鼠！」臉色泛綠，嘴唇蠟黃，眼皮下垂，呼吸斷續短促，渾身受著淋巴腫瘤所苦，縮在床墊上，直像是想讓床墊把自己裹住，也像地底深處有什麼東西不斷呼喚著，讓他在無形的壓力下窒息。他妻子哭泣著。

「沒有希望了嗎，醫生？」

「他死了，」李厄說。

可以這麼說，門房之死標示這個充滿令人驚惶失措的跡象的時期結束了，卻也開啟了另一個相對來說更艱難的時期，原先的震驚漸漸轉變成恐慌。本市居民從沒想過我們這個小城會成為老鼠光天化日下死亡、門房暴斃於怪病的地方，他們自此明白了。從這個角度看，他們之前想錯了，想法必須改正。倘若事件發展僅到此，大家又會回復日常。然而，本市市民又有其他人——不一定是門房也不見得是窮人——也走上和米榭門房同樣的命運之路。從這一刻起，恐懼和省思便開始了。

在進入這個事件的細節之前，敘事者認為有必要提供另一個見證者對剛才所描述的這段期間的看法，那就是在本書最開頭已經提過的尚．塔盧。他幾個星期前來到奧蘭市，住在市中心一家大飯店裡，收入顯然讓他能夠衣食無憂。雖然本市居民已習慣他的出現，卻沒有人知道他來自何方、又為何而來。大家在所有公共場所都遇得到他，初春時分他就經常出現在海邊，帶著明顯的愉悅下海游泳。他總是帶著微笑，為人和氣，似乎什麼正當消遣都喜歡卻又不會涉入太深。事實上，他唯一為人所知的習慣，就是和本市為數不少的西班牙舞者和音樂家來往密切。

無論如何，他的隨筆也算是那段艱難時期的一段紀錄。但這段紀錄相當特別，似乎特意著墨在細枝末節。乍看之下，會讓人覺得塔盧想盡辦法倒拿著望遠鏡看人看事。總之，在全市一片驚惶中，他卻著重於為那些不值得一提的小事記錄歷史。當然，我們可以因為他選擇這種作法覺得可惜，或是懷疑他心腸太硬，但是他的筆記卻為這段時期的紀錄提供了大量次要的細節，這些細節自有其重要性，而且其中古怪之處令人無法輕易對這個有意思的人下評斷。

最早的筆記是在尚・塔盧抵達奧蘭時寫的。一開始就記錄他身在這醜陋的城市感到莫名的滿意，詳細描寫了市政府前的兩座青銅獅子，對本市缺乏綠樹、房屋粗俗、市區規畫雜亂無章都帶著體諒寬容。在這些細節描繪之間，塔盧還加入他在電車和路上所聽到的對話，如實記載並不加以評論，只除了後來一段有關於一個名叫康的人的對話，那是他在電車上聽到兩位售票員之間的交談：

「你認識康吧？」其中一位說。

「康？就是黑鬍子那個高個兒？」

「就是，他在養路道班工務組。」

「對，沒錯。」

「呃，他死了。」

「啊！什麼時候？」

「老鼠事件之後。」

「是喔！怎麼死的？」

「我也不知道，發燒啊。他本來身體就不怎麼健壯。腋下長了膿腫，沒能挺過去。」

「但是他看起來和正常人沒兩樣。」

「不，他肺部比較虛弱，還參加軍樂團，老是吹銅管，傷肺。」

「啊，」另外那個下結論：「生了病就不該吹銅管了。」

描述了這些之後，塔盧納悶康為什麼不顧明顯的健康因素硬要加入軍樂隊，是什麼深沉的原因讓他為了每星期日的遊行演奏冒著生命危險呢。

接著，塔盧似乎對窗戶對面的陽台上經常出現的一幕深感興趣。他的臥房對著一條橫向的小路，很多貓都來這牆下陰涼處睡覺。每天午餐過後，整個城都在炎熱中昏昏欲睡時，對街陽台上總出現一個矮小老頭，一頭白髮梳得整整齊齊，穿著軍裝剪裁的衣服，筆挺嚴肅，以冷漠但溫柔的聲音喚著「咪咪，咪咪」。貓兒們抬抬惺忪渙散的睡眼，還沒反應。老頭把撕碎的白紙頭往下撒到小路和貓咪頭上，貓被飛舞而下的白色蝴蝶吸引，往前到路中央，遲疑地朝著最後落下的幾片紙屑伸出爪子。這時小老頭用力且精準的朝牠們身上吐痰，如果有一口正中目標，就開懷大笑。

塔盧似乎被這個城市的商業特質深深吸引，無論是它的外觀、活動、甚至娛樂消遣都好像受買賣交易需要所控制。塔盧很欣賞本城這個特性（筆記裡用的就是這個字），在諸多讚美之間，甚至還有一句以「真了不起！」作為驚嘆結尾。這是這本旅途中的筆記在這段時期的紀錄裡，極少數顯露出個人看法的幾處地方。只不過他這些個人看法，難以分辨其意涵與嚴肅性。例如在記述旅館櫃台人員因為發現一隻死老鼠而記錯帳的這一段，塔盧用比平常潦草的字跡寫著：「問題：如何能不浪費時間？答案：體驗時間的長度。方法：在牙醫候診室一張不舒服的椅子上等個一整天；星期日在自家陽台上度過一整個下午；聆聽一場用你聽不懂的語言進行的演講；選一條最冗長最不方便的火車路線旅行，而且當然要一路站著；在劇院賣票口排隊，排到了卻不買票等等。」但是緊接著這些無厘頭的言語和思緒，筆記本又來上一段對本市電車的詳細描繪：它那船形的外觀、模糊難辨的顏色、老是髒兮兮，最後以一句沒頭沒腦的「真非比尋常」作為結尾。

總之，以下是塔盧針對老鼠事件的描述：

「今天，對面的小老頭顯得很洩氣。貓都不見了。貓的確都不見蹤影，被滿街的死老鼠弄得興奮不已。依我看，貓是絕不會吃死老鼠的。我記得我以前養過的貓兒們最討厭死老鼠。不過那些貓可能在地窖裡亂竄，小老頭也就沒了精神。他頭髮梳理得沒平日整齊，精神也不怎麼好，感覺像在憂慮什麼。過了一會兒，他走回房裡。但還是朝著空中吐了一口痰。

「今天在城裡，一輛電車中途停駛，因為在車廂裡發現了一隻死老鼠，不知從哪裡跑來的。兩三位婦女因而下了車，清除老鼠之後，電車繼續行駛。

「旅館的夜間守衛是個誠實可靠的人，他跟我說這些老鼠會帶來厄運。『當老鼠棄船而逃的時候……』我回答說對船來說確是如此，但在陸地上從來沒驗證過。然而他對這一點確信不疑。我問他認為會有什麼災難發生，他不知道，災難是無法預料的，但如果發生一場地震，他倒是不會驚訝。我也承認地震有可能發生，他便問我會不會擔憂。

「『我唯一在乎的事，』我回答說：『就是獲得內心的平靜。』

「他完全能夠了解。

「旅館餐廳裡有一整家人很有意思。父親高高瘦瘦，身穿黑衣，硬領襯衫，禿著腦門，左右兩撮灰白頭髮。小小的圓眼睛眼神嚴峻，瘦削的鼻梁，橫闊的嘴，看起來活像一隻教育良好的貓頭鷹。他總是第一個來到餐廳門口，閃過身讓瘦小像一隻黑老鼠的妻子先進來，後面緊跟著一個小男孩和一個小女孩，兩個看來就像訓練有素的小狗。走到桌旁，他等妻子坐下自己才入座，之後兩隻鬈毛狗才能跳上椅子。他對妻子和孩子說話用敬語『您』，對妻子彬彬有禮地吐出惡毒話，對兩個子嗣用的則是決絕的語句：

「『妮可，您的行為實在討人厭到了至高點！』

「小女孩聽了快哭出來。這是一定的。

「今天早上，小男孩因為老鼠的事非常興奮，想在餐桌上說說這事。

「『菲利浦，餐桌上不許提老鼠，我也禁止您以後提到這兩個字。』

「『您的父親說得對，』黑老鼠說。

「兩隻鬈毛狗低頭吃著狗糧，貓頭鷹對黑老鼠隨意點個頭表示感謝。

「雖然有他們這一家的好榜樣，市民們還是對老鼠事件談論不休。報紙也大肆報導。平日題材多樣的地方報導專欄，現在全部集中火力砲轟市府當局：『我們的市府官員可知道這些老鼠腐屍可能帶來的危險？』旅館經理也一開口就是談老鼠，因為他很惱火，在一間高級旅館的電梯裡發現老鼠令他難以接受。為了安慰他，我對他說：『大家都在同樣的境地。』

「『這正是問題所在，我們現在和大家一樣了。』

「是他最早和我提到最初幾個出人意料的發燒病例，這些病例開始令大眾擔憂，旅館一個女房務員就染上了。

「『當然，這不會傳染，』他急忙澄清。

「我回答說我不在乎。

「『啊！我懂，先生您和我一樣，是宿命論者。』

「我從來沒有發表這樣的言論，何況我也不是宿命論者。我跟他說……」

從這裡開始，塔盧的筆記比較詳細地描寫這個令大眾開始擔憂的莫名發燒症狀。此外也記載了自從老鼠消失後，小老頭的貓兒們又回來了，他也耐心地修正口水射擊準度。塔盧記載大約已出現十幾起高燒病例，其中多數病患都因而死亡。

以記錄的名義，我們終於可從塔盧的描述窺見李厄醫生的容貌。根據敘事者的判斷，這個刻畫算是相當逼真：

「看起來約莫三十五歲，身材中等，肩膀壯碩，臉幾乎呈長方形，深色眼珠的眼神率直，下巴突出，鼻子高挺，黑色頭髮剪得很短，豐潤弧形的嘴唇幾乎總是緊閉著。他黝黑的膚色、黑色的毛髮、搭上老是暗色系但挺適合他的服裝，真有點像西西里的農民。

「他走路很快，沿著人行道往下走時步履不變，但穿過對街走上人行道時，三次裡有兩次會輕跳而上。他開車時心不在焉，經常都轉了彎方向燈還一直閃著。從不戴帽子。一副深知內情的模樣。」

塔盧上面所說的數據是正確的。李厄醫生也的確知道一些內情。他將門房的屍體隔離後，就打電話給理查，詢問鼠蹊部熱病的消息。

「我完全搞不懂，」理查說：「兩名死亡，一個發病四十八小時後，第二個三天後。我那天早上離開第二個病患的時候，他看起來已是康復階段。」

「若還有其他病例請通知我，」李厄說。

他又打電話給另外幾位醫生，這麼一調查下來，得知幾天之內就有二十多起類似病例，幾乎都難逃一死。他要求身為奧蘭醫師公會會長的理查隔離所有新的患者。

「我沒辦法，」理查說：「得由省政府下達指令。何況，誰告訴您這病會傳染呢？」

「沒有誰告訴我，但是那些病徵令人擔憂。」

然而，理查認為自己「沒那個職權」，他能做的只是向省長反映情況。

就在他們相談之際，開始變天了。門房過世的次日，大片濃霧遮蓋天空。短暫的暴雨驟然而下，暴風雨前的悶熱緊接著猝然的大雨。大海也失去了平日的深藍，在濛霧天空下，發出銀光或鐵灰色，看著刺眼。這春季的濕悶讓人巴不得夏季的燥熱快點到來。高原上這個蝸牛狀環形建造的城，幾乎是背對著海，城裡充斥著鬱悶的熱氣。在長長的粗糙灰泥牆中間、灰塵滿布的櫥窗的狹窄街道上、骯髒發黃的電車裡，本城居民感覺有點像是被天空監禁了。只有李厄的老病患因為這天氣對抗了氣喘而開心。

「熱死人了，」他說：「對支氣管有益。」

的確是熱死人，但不多不少就像發高燒一樣，整個城市都發著燒，至少這是李厄醫生那天早上去菲代普路參與寇達自殺未遂案件調查的感覺。但是他這個感覺並無根據，所以把它歸咎於突然的神經緊張和擔憂，必須盡速整理自己思緒。

當他抵達菲代普路的時候，警官還沒到，葛朗在樓梯間等著，他們決定先去葛朗家裡，把房門開著。這個市府職員住的是兩房公寓，陳設簡單，會讓人注意到的只是一個白色木製書架，上面擺著兩三本字典，還有一塊黑板，可以看見沒全擦乾淨的「花徑」兩個字。葛朗說寇達昨夜睡得很好，但早上醒來時頭很痛，無法做出任何反應。葛朗看起來疲憊而煩躁，來回踱步，把桌上一個裝滿手寫文稿的厚文件夾打開又闔起。

他跟醫生說他和寇達不熟，但認為他還有點小積蓄。寇達是個古怪的人，長久以來他們的關係僅止於樓梯上遇到打個招呼。

「我只和他聊過兩次。前幾天，我在樓梯間打翻了帶回家的一盒粉筆，裡面有紅色和藍色的粉筆。這時候，寇達走出來幫我撿，問我這些不同顏色的粉筆是要做什麼。」

葛朗跟他解釋想重拾一點拉丁文，高中畢業之後，把以前學的拉丁文都忘了。

「是吧，」他對醫生說：「聽說這絕對有助於加強了解法文的字義。」

因此他把拉丁文單字寫在黑板上，藍筆寫名詞字尾的變格和動詞字尾的變化，紅筆則寫不會改變的字根。

「我不知道寇達搞懂了沒，但是他很感興趣，就跟我要了一支紅色粉筆。我當時有點訝異，不過總之……我當然不可能猜到他的自殺計畫裡也用上了這支粉筆。」

李厄問他們第二次談話談了什麼，但警官和助手這時來了，想要先聽聽葛朗的陳述。醫生注意到，葛朗說到寇達的時候，都用「絕望之人」這個詞，甚至一度用了「致命的手段」這個字眼。他們討論自殺的動機，葛朗對字句吹毛求疵，最後以「內心悲痛」達成結論。警官問寇達的態度難道沒有任何徵象能預測到他所稱的「決絕」嗎。

「昨天他來敲我的門，跟我借火柴，」葛朗說：「我把一盒火柴給他，他說不好意思打擾，但鄰居之間嘛……然後說一定會把火柴盒還我，我說他留著沒關係。」

警官問葛朗有沒有覺得寇達異常的地方。

「我覺得奇怪的是他好像想聊天，但是我正在工作。」

葛朗轉向李厄，神情尷尬地說：

「是私人工作。」

警官想要看看病人，但李厄認為最好讓寇達先有點心理準備，他走進寇達房間，寇達只穿著灰撲撲的法蘭絨睡衣，在床上坐起來，神情擔憂地轉身看向房門。

「是警察，對吧？」

「是，」李厄說：「不必緊張，兩三個例行手續，然後就沒事了。」

寇達回答說這一點用處都沒有，他不喜歡警察。李厄顯露出不耐。

「我也不特別喜歡他們。只要趕快正確回答他們的問題，很快就完事了。」

寇達閉上嘴，醫生轉身走向房門，但被這個矮小的男人叫住，醫生走到床邊時，他抓住醫生的雙手：

「他們不會動一個病人、一個上吊的人，對不對，醫生？」

李厄端詳了他一會兒，然後安撫他說絕對不會有這種事情發生，而他在這裡就是要保護他的病患。聽到這話，寇達顯得放心了，李厄才請警官進來。

警官把葛朗的證詞念給寇達聽，問他是否能說明自殺的動機。他看也不看警官，只回答說「內心悲痛，寫這個動機就很好」。警官追問他會不會又自殺，他激動起來，答說不會，只希望他們別再來找他麻煩。

警官火大地說：「我提醒您，現在是您在找別人麻煩。」

李厄做了個手勢，問話到此為止。

警官走出去時嘆口氣說：「您想也知道，自從大家談論熱病以來，我們忙都忙不過來了……」

他問醫生事態嚴不嚴重，李厄回答說他也不知道。

「是天氣的關係，沒別的。」警官如此下結論。

一定是天氣的關係。這一天，觸手所及所有的東西都愈來愈濕黏，李厄每看一次診，憂心就增加一分。當天晚上，郊區那個老病人的鄰居在譫妄之中，按著鼠蹊部嘔吐，淋巴結腫得比門房的還大得多。其中一個淋巴結開始流膿，很快地像個爛水果爆開。李厄一回到家就打電話到省府醫藥管理處，當天他的工作紀錄只記載著：「答覆否定。」已經有別的地方因相同的病情要求他出診處理。很顯然，必須切開膿腫，用手術刀劃個十字，讓一堆混合膿和血的稠液流出。病患痛苦地四仰八叉流著血。但是斑點也出現在腹部和腿部，膿腫不再出膿之後，又重新腫大。大多數病患在惡臭中死亡。

原本針對老鼠大肆報導的報章雜誌，現在一片靜默。那是因為，老鼠死在街頭，人死在房裡，報紙只管街上的事。但是省、市政府都開始起了疑問。每個醫生都只知道兩三個病例的話，沒有人會想到採取行動。但只要有人想到把這些數字加一加，總數就很驚人了。只不過幾天時間，死亡病例成倍增加，只要關心這怪病的人，都會心知肚明這是一個不折不扣的傳染病。就是在這時候，一位年長李厄許多的同業卡斯鐵前來找他。

「您自然知道這是什麼，李厄？」他說。

「我在等待化驗結果。」

「我呢，我知道。我不需要化驗結果。我在中國行醫過一段時間，二十多年前也在巴黎碰過幾個這樣的病例，只不過當時沒有人敢說出疾病的名字。大眾輿論是神聖的：不能造成大眾恐慌，絕對不能造成驚慌。而且就像我們一位同業所說：『不可能，所有人都知道這病早已在西方世界絕跡。』是的，每個人都知道，只除了死去的人。得了吧，李厄，您和我同樣明白這是怎麼回事。」

李厄思考著。從辦公室的窗戶，他望著遠處圈住海灣的石崖峭壁。天空雖藍，光線卻顯暗沉，隨著午後時分逐漸變淡。

「是啊，卡斯鐵，」他說：「令人難以相信。但看來確實是鼠疫。」

卡斯鐵站起身，朝向門口走去。

「您知道大家會怎麼回答我們，」老醫生說：「『它早就在溫帶國家絕跡多年了。』」

李厄聳聳肩說：「絕跡，這又代表什麼呢？」

「是啊，別忘了：差不多二十年前巴黎還發生過呢。」

「好吧，只希望這次的情況不會比以前嚴重。但這真是令人難以置信。」

「鼠疫」這個字眼第一次被提出來了。敘述至此，暫且放下窗後的貝爾納・李厄，且讓敘事者說明一下李厄醫生的不確定與驚訝，他的反應和我們大部分市民的反應，雖有些微差距，事實上差不多。的確，災難是常見之事，但是一旦災難落到自己頭上，往往難以置信。世界上瘟疫和戰爭不斷頻繁發生，但是在瘟疫和戰爭面前，人們還是一樣不知所措。李厄醫生和我們市民也是同樣不知所措，因此應該要理解他何以猶豫不決，理解他何以游移在擔憂與信心之間。一場戰爭爆發的時候，人們會說：「一定不會持續太久，真是太愚蠢了。」毫無疑問，戰爭確實太愚蠢，但這並不妨礙它持續。蠢事總是持續很久，若是大家別老是只顧自己，就會發現這一點。就這點來說，我們市民和所有人一樣，只為自己著想，換句話說，他們是人本主義者[2]：他們不相信災難會發生。人無法掌握災難，所以認為它是不真實的，只是一場很快會過去的噩夢。但是它不一定會過去，並且噩夢一場接一場，會過去的是人，首當其衝的是以人為本的人本主義者，因為他們不知防範。我們的市民同胞並不比其他人更值得怪罪，只不過忘記了謙遜，如此而已，他們以為一切都還有救，這就意味著災禍是不可能發生的。他們照常經商買賣、準備遠遊、保有自己的意見。他們何能想到瘟疫會抹殺未來、商旅、討論？他們以為自己是自由的，但只要災禍發生，沒有人是自由的。

儘管李厄醫生曾在朋友面前承認，有一些零星病患死於鼠疫，也未經查核通報，對他來說這個危險還是不真實的。只不過身為醫生，對病痛別有所感，也更多一點想像力。他望著窗外這座依舊未變的城市，面對憂慮的未來，幾乎未察覺自己內心升起的輕微沮喪。他試著在腦中組合對這個病所知道的一切。記憶中浮現出一些數字，心想歷史上發生過的三十幾場大瘟疫，造成將近一億人死亡。但一億人代表什麼呢？戰爭時期，連死亡是什麼都幾乎不知道了。而且一個人的死只在被看見的時候才有分量，散落在歷史中的一億具屍體，只不過是想像裡的一股輕煙。他想起君士坦丁堡的那場瘟疫，根據普羅科匹厄斯[3]的記載，一天就死一萬人。一萬名死者是一個大型電影院觀眾人數的五倍。應該要做的是散場時把五個電影院的觀眾聚集起來，帶到市區廣場上，讓他們死成一堆，這樣才能有個清楚的概念。至少，人們會在這堆無名死屍中看到一些認識的臉孔。這自然是不可行的，何況誰會認識一萬張臉孔呢？再說，像普

2 這裡的人本主義者（humaniste）是指一切以人為中心，認為世界圍繞著人運行。譯註。

3 普羅科匹厄斯（Procope de Césarée, 500-565），拜占庭帝國的歷史學家，記錄了西元五四二年在君士坦丁堡發生的大型瘟疫。譯註。

羅科匹厄斯這樣的人不會算術是眾所皆知的事[4]。七十年前在廣東，在瘟疫傳染到人之前，已有四萬隻老鼠死亡，但在那一八七一年，人們沒有辦法計算老鼠數量，只是差不多大概的數字，很明顯會有錯誤。然而，如果一隻老鼠身長三十公分，四萬隻串聯起來會是……

醫生焦躁起來。這樣喪氣放棄是不行的。區區幾個病例並不構成疫情，只要做好防範就行。現在必須局限於我們所知道的：僵直、衰竭、眼睛發紅、口腔髒汙、頭痛、淋巴結炎、口渴難耐、譫妄、身上出現斑點、體內撕裂痛楚，再接下來……再接下來，李厄醫生想起了恰恰是記錄病徵手冊上的最後一句：「脈搏變得微弱，不經意的一個微小動作就會致死。」沒錯，再接下來，命懸一線，四分之三的人（這倒是正確的數據）都會耐不住，做出那個致命的微小動作。

醫生一直看著窗外。窗外是春天清朗的天空，窗內還是回響著那個字：瘟疫。這個字眼包含的不僅是科學賦予的含義，而且包含了一長串和這個城市格格不入的特殊意象：這個黃黃灰灰的城市，值此時分不甚熱鬧，沒有喧囂，只是人聲嗡嗡，總之一派幸福——倘若幸福與沉悶可能並存的話。這一片如此平和、漠然的寧靜，幾乎毫不費力就能忘卻舊日疫情的景象：瘟疫肆虐下連鳥都不見蹤跡的雅典、充滿沉默垂死病人的中國城市、苦役犯在馬賽城裡把滴著膿血的屍體堆進坑裡、普羅旺斯地區築起高牆阻擋瘟疫腥風、埃及雅法城（Jaffa）裡醜陋的乞丐、君士坦丁堡醫院泥土地上放置的潮濕腐臭的病床、用鐵鉤拉扯運送的病患、威尼斯黑死病期間醫生們戴著鳥嘴消毒面具的嘉年華、米蘭城裡的倖存者在墓園裡交媾、一片驚恐的倫敦市裡一輛輛裝運屍體的馬車[5]、以及日日夜夜、來自四方不停的尖叫聲。不，這些都還不足以打破這一天的祥和。一輛看不見的電車鈴聲突然在窗外回響著，一瞬間駁倒了殘酷與痛苦。唯有裝飾著凹凸方格那些晦暗房屋盡頭處的大海，反映著世界的騷動不安、永無止息。李厄醫生凝視著海灣，想起盧克萊修[6]所描寫，染疫的雅典人在海邊架起的焚屍火堆。夜裡人們抬來死者，火堆上位置不夠，生者為了把自己親人放上火堆，舉起火炬互相廝

4 這句話的意思是指眾所皆知當時沒有人能確切計算死亡人數，不能盡信這個數字，而非專指普羅科匹厄斯不會算術。譯註。

5 作者提及歷史上著名的大瘟疫：雅典（西元前四三〇～四二七）、馬賽（一七二〇～一七二二）、普羅旺斯（一七二〇～一七二二）、雅法（一七九九）、君士坦丁堡（五四〇）、威尼斯（一五七五）、米蘭（一六二九～一六三一）、倫敦（一六六五）。譯註。

6 盧克萊修（Lucrèce, c.99-55BC），古羅馬哲學家、詩人。在他著名的《物性論》（*De Rerum Natura*）一書中大篇幅描述雅典瘟疫的情況。譯註。

打，寧可打得頭破血流也不願拋下親人屍體。我們可以想像平靜深邃的大海前紅紅的火堆，火星劈啪的夜色裡的火炬之戰，濃濃的毒煙升上關懷蒼生的天空。我們也應該擔心……

但這昏亂在理智前站不住腳。沒錯，「瘟疫」這個字眼被提出來了，沒錯，就在這一刻疫情騷動，打倒了一兩個受害者。但那又怎樣，疫情可能就此停止。必須做的是弄清楚應該弄清楚的，驅散不必要的陰影疑慮，採取因應措施。之後，瘟疫很可能停止，因為瘟疫不是想像一下就會發生，很多時候都是虛驚一場。如果它停止，這也是最可能的情形，一切就沒問題。否則的話，我們也知道是怎麼一回事，看看有沒有辦法先處理、再戰勝它。

醫生打開窗戶，城市的喧囂突然間擴大。鄰近一家工坊揚起短暫而重複的電鋸噪音。李厄打起精神。日常的工作，這才是篤實的。其他的都懸於一線和那不經意的微小動作，我們無法只關注在這上面。最主要的是做好自己的工作。

李厄醫生思考到這裡，傭人告知約瑟・葛朗來了。葛朗是市政府雇員，工作本就繁雜，還不定期被派去調查數據的主計處辦事。因為這樣，他得以加總本市死亡總數。生性熱心的他答應把統計數目的副本親自拿來給李厄。

醫生看到葛朗和他的鄰居寇達一起走進來，市府員工手上舉著一張紙。

「數字上升了，醫生，」他宣布：「四十八小時內死亡人數增加十一名。」

李厄和寇達打招呼，問他感覺可還好。葛朗解釋說寇達執意要前來跟醫生道謝，也因自己造成的麻煩道歉。但李厄盯著統計名單：

「好吧，或許應該下決心說出這個病的名稱了。直到目前我們都猶豫不決。跟我一起來吧，去化驗室。」

「對啊，對啊，」葛朗跟隨醫生走下樓梯時說：「本來就應該說出病名。但是病名是什麼啊？」

「我不能告訴您，反正您就算知道了也沒用。」

「您看，」葛朗微笑說：「沒那麼容易吧。」

他們朝閱兵廣場走去。寇達從頭到尾都沒吭聲。街上人漸漸多起來，在我們這個國度稍縱即逝的黃昏已退讓給夜晚，最早升起的幾顆星星出現在依然清晰的地平線上。幾秒鐘後，街上的路燈亮起，整個天空顯得暗了，路人說話的音量似乎也提高了一度。

走到閱兵廣場一角時，葛朗說：「抱歉，我得去搭電車了。我晚上的時間不容侵占，如同我家鄉俗語：『絕不要拖到明日……』」

李厄之前就注意到葛朗這個怪癖，他在法國蒙特利馬（Montélimar）出生，老愛提起家鄉的俗語，然後加上不知從哪裡冒出來的庸俗用詞，例如「夢幻般的天氣」、「仙境般的光線」之類的。

「啊！」寇達說：「沒錯，晚餐過後誰都別想把他拉出門。」

李厄問葛朗晚上是不是在替市政府趕工。葛朗回答不是，是做自己的事。

「啊！」李厄隨口問：「有進度嗎？」

「我在這上頭花了好幾年工夫，當然有進度。但另一方面來說，卻沒多大進步。」

「大致上是什麼工作呢？」醫師停下腳步問。

葛朗支支吾吾，一邊拉拉圓帽，蓋住兩隻大耳朵。李厄隱約聽懂是有關提升個人發展的事。這時市府職員已經走開，沿著無花果樹下的瑪恩大道往上碎步快走。到了化驗室門口，寇達跟醫生說想跟他談談，請教一些事。李厄摸弄著口袋裡的那張統計單子，叫他來診所見面，隨即又改變心意，說自己明天會去他住的那一區，傍晚可以去他家看他。

和寇達分開後，醫生發現自己想著葛朗，想像他在一場瘟疫當中，不是眼下這場可能並不嚴重的瘟疫，而是某次歷史上的大型瘟疫。「在那種情況下，他是那種能幸免於難的人。」他記得在書上讀過瘟疫往往放過體質弱的人，對身強體壯的人反而特別致命。這麼想著想著，醫生覺得這個市府員工挺有點神祕的神態。

第一眼看上去，約瑟・葛朗的確不多不少就是一副市府小職員的樣子。身材高而瘦，身子飄蕩在太寬大的衣服裡，他都選大一號的衣服，認為可以穿久一點。他下排牙齒大致都還在，但是上排牙都缺了，一微笑起來，掀開的主要是上唇，就露出一張黑壓壓的嘴。這個形象再加上像修道院修士那種挨著牆走、滑進門裡的姿態，身上散發著地窖和煙燻的氣味，以及呆呆的神情，我們必須承認只能想像他在辦公桌前，認真地核定市立公共澡堂的收費標準，或是幫一個新進科員蒐集家用垃圾收費新稅制的報告資料。就算最不存成見的人，也會覺得他來到這世上，就是為了執行市府不起眼卻不可或缺的臨時雇員工作，領取每日六十二法郎三十分的工資。

他說在人員名單上，「職務」欄中填寫的就是臨時雇員。他二十二年前學士畢業，因為缺錢無法繼續學業，就接受了這份差事。他說他們給他會很快「轉正式錄用」的希望，只消磨練一段時間，在本市行政棘手問題上展現能力，他們保證接下來他一定能升到撰寫公文的科員職位，生活也會寬裕多了。當然，約瑟．葛朗不是野心勃勃的人，他那憂傷的微笑便可證明。但是靠著老老實實的工作，得到物質上比較優裕的生活，然後能問心無愧地投入自己的愛好，這個前景很吸引人。他之所以接受這個工作，自有崇高的理由，也可以說是忠於理想。

臨時雇員的身分持續了很多年，生活水準不斷躍升，葛朗的薪水雖然有過幾次一般性的調升，卻還是很低微。他跟李厄抱怨這一點，但似乎沒有任何人察覺他有所不滿。這就是葛朗的獨特之處，或至少也是他個性裡的一個特點。就算他不能確定自己應有的權利，至少也可以要求他們兌現之前答應他的承諾。但是當初聘用他的主管早已過世多年，而他自己也記不清楚當初的承諾用的到底是什麼字眼。說來說去，最關鍵的一點是，約瑟．葛朗永遠找不到適合的字眼。

李厄注意到，這個特點最能刻畫我們這位市民同胞。就是因為找不到適合的字眼，他總是寫不出縈繞心頭的申訴書，或是進行必要的爭取行動。按照他的說法，他無法寫出「權利」這個字眼，因為他並不確定自己的權利；也無法寫出「承諾」這兩個字，因為這好像他聲討應得的，有點放肆厚臉皮，不太符合他低微的職稱。另一方面，他拒絕用「眷顧」、「央求」、「感激」這些字眼，覺得這些字眼有違他的個人尊嚴。因此，就因為找不到適當字眼，我們這位市民同胞繼續擔任這個不清不楚的職位，直到現在已不輕的年紀。儘管如此，他跟李厄醫師說，他發覺物質生活上其實是夠用的，只要量入為出就行。他覺得市長——也是本市工業鉅子——最愛說的一句話非常有道理，這句話強而有力地顯示：再怎麼說（他特別強調這四個字，這四個字承載著這個推論所有的重量），再怎麼說，從沒看見有誰餓死過。總而言之，約瑟・葛朗過著清心寡欲的生活，「再怎麼說」的確讓他免除了物質方面的煩惱。他就繼續尋找適合的字詞。

就某方面看來，我們可以說他的生活堪稱楷模。他是那種無論在我們這個城市或是別處都很罕見，永遠勇於表現真實情感的人。從他吐露內心的零星片段顯示出他的良善，和今日人們已不敢坦承的重感情。他不羞於承認很愛外甥們和他的姐姐，這姐姐是他世上僅存的親人，所以每兩年他就會去法國探望他們。他坦承想起他年少時就過世的父母就會傷心難過。他也不諱言最喜歡聽到住的那一區每天傍晚五點響起的輕柔鐘聲。但是就連談及這麼簡單的感覺，每個字都讓他極為費力，結果，這個障礙成了他最大的苦惱。每一次碰到李厄醫生，他就會說：「啊！醫生，我想學習表達自己。」

那天晚上，醫生望著職員離開，突然明白葛朗的意思了：他肯定是在寫一本書或類似的東西。這個想法伴著李厄直到走進化驗室，並且令他放心。他知道這個想法很愚蠢，但他無法相信瘟疫會真正降臨到連小公務員都培養值得尊敬的嗜好的一個城市。更確切地說，他無法把這種嗜好和瘟疫聯想在一起，因此他認為實際上，瘟疫是不會在本城居民之中蔓延開來的。

次日，李厄在眾人都認為太誇張的堅持之下，終究促成省政府召開一次衛生委員會。

「百姓的確開始擔憂，」理查承認：「之後街談巷議又大肆誇張。省長對我說：『你們行動要快，但是別聲張。』他確信這是場虛驚。」

貝爾納．李厄開著他的車載著卡斯鐵一起前往省政府開會。

卡斯鐵跟他說：「您可知道，省裡沒有血清？」

「我知道，我打電話去藥管處問了。處長大吃一驚。得從巴黎運過來。」

「希望不會等太久。」

「我已經發了電報，」李厄答道。

省長人和藹可親，但有點情緒緊繃。

「開始吧，先生們，」他說：「需要我概述一下情況嗎？」

理查認為沒必要。醫生們都清楚情況。問題只在於應該採取什麼措施。

「問題是，」老卡斯鐵突然發話：「要知道這到底是不是鼠疫。」

兩三位醫生反應激烈，其他人似乎還猶豫。省長驚跳起來，下意識地轉身看著門口，好像要確定這個驚天動地的事沒傳出這個門到走廊去。理查說依他所見，不必過度恐慌，我們目前只能說是引起鼠蹊部併發症的熱病，任何科學上或生活上的假設都是危險的。老卡斯鐵安靜地咬著他上唇的黃色鬍鬚，抬起清澈的眼珠看著李厄。然後朝著與會者投去一抹善意的眼光，說他很清楚這是鼠疫，但是一旦官方認定的話，當然必須採取萬分激烈的措施。他知道其實這也是讓同僚們退縮不敢承認的原因，因此，為了讓同僚們安心，他也可以同意不是鼠疫這個說法。省長激動起來，宣稱無論如何這都不是個合理的論證。

「重點不在於這是不是個好的論證方式，」卡斯鐵說：「而是它引發大家思考。」

李厄一言不發，大家便問他的意見。

「這是一種傷寒性的熱病，但伴隨著膿腫和嘔吐。我曾切開膿腫，送去化驗，結果顯示含有鼠疫的粗短桿菌。但我要補充一點，細菌的某些特殊變異和典型的鼠疫病菌並不吻合。」

理查說這麼一來還需要觀望一下，至少要等幾天前開始做的一系列化驗結果出來再說。

李厄短暫沉默片刻，接著說：「當一種細菌能在三天內讓脾臟腫大四倍，讓腸繫膜神經節腫得像顆橘子，裡面糊成一團，那就不容觀望了。感染源正在擴大，以疫情蔓延的速度，若不制止，要不了兩個月，可能會死掉半數市民。所以，不管你們叫它鼠疫或是小孩發育期的發燒，重要的是你們要制止它殺掉一半市民的性命。」

理查認為不必過度悲觀，何況並未證實有傳染情況，因為病患家屬都還好好的。

「也有一些家屬受到傳染過世了，」李厄提醒他：「當然，傳染性不是絕對的，否則的話，數字會無限增長，人口也會迅速銳減。這無關悲不悲觀，只是要採取預防措施。」

但是理查想歸納一下現狀，提醒大家，如果這個病不自行停止的話，就必須按照法律規定施行嚴格的預防法規，這麼一來，就得正式認定這是瘟疫；若不能絕對肯定是瘟疫的話，就必須再三思。

李厄堅持說：「問題不在於考慮法規是多麼嚴格，而要考慮為了避免半數市民死亡，它是否必要。剩下的就是行政上的問題，正好行政體系為我們設立了一位省長來解決這些問題。」

「誠然，」省長說：「但我還是需要你們正式確認這是一場瘟疫。」

「就算我們不確認，」李厄說：「它還是可能奪去半數市民的生命。」

理查有點暴躁地打斷：

「實情是我們這位同僚相信是瘟疫。他剛才描述的病徵便足以證明。」

李厄回答說他描述的並不是病徵，只是描述他看到的病例。他看到的是囊腫、斑點、帶著譫妄的高燒、四十八小時內可能喪命。若不實施嚴格的預防法規，理查先生可以擔保疫情會停止嗎？

理查猶豫不決，注視著李厄說：

「說真的，告訴我您的想法，您確定這是瘟疫嗎？」

「您問的問題不對，這不是詞彙的問題，而是時間的問題。」

「按照您的想法，」省長說：「就算不是瘟疫，也應採取瘟疫時期適用的預防措施。」

「如果我非得有個想法不可，這的確是我的想法。」

醫生們商量了一番，最後理查說：

「那麼我們必須負起行動責任，把這個病當作瘟疫。」

大家對這個說法熱烈贊同。

「您也同意這個說法嗎，我親愛的同僚？」

「我不在乎什麼樣的說法，」李厄說：「只不過我們不能不採取行動，就好像半數市民沒有喪命的危險，因為若不行動，的確有這個危險。」

在眾人一片惱火不快之中，李厄離開了。沒多久之後，在飄著油炸味與尿騷味的城郊，一位婦人轉過身看著他，瀕死吼叫，鼠蹊部腹股溝流著血。

開完會的次日，熱病又大幅增長，甚至報紙上都談及，但報導的方式輕描淡寫，只是稍微影射暗示。無論如何，再次一日，李厄在城裡最不顯眼的角落都能看到省府迅速張貼的小張白色告示。從這張告示，難以看出當局正視這個情況的證明。採取的措施並不嚴厲，似乎為了擔心群眾恐慌而做了很大讓步。布告開頭先宣稱奧蘭市地區出現了幾起惡性熱病，目前還不知道是否具傳染性，也尚未有明顯病徵，大眾無須太過擔心，必能冷靜以對。然而，省長秉持大家都能理解的謹慎為上的精神，將會採取若干預防措施。這些措施旨在讓大家充分了解並妥善實行之下，杜絕一切流行病的威脅。因此，省長絲毫不懷疑民眾能夠盡己之力完全配合。

接下來告示上寫明整體措施，其中包括以科學方法在地下水道注入毒氣滅除鼠患、以及密切檢核自來水。公告上建議居民盡最大力量維護清潔衛生，並呼籲身上有跳蚤的人前往市立衛生所診治。另一方面，經醫生確診病例的家庭必須申報，並且將病患安置於醫院的隔離病房。這些特殊配備的隔離病房可以讓患者在最短的時間內獲得最大治癒的機會。再下來是幾條補充條文，規定病患房間以及運送病患的車輛必須加以消毒。其餘的就只是建議病患家屬嚴加注意自身健康狀況。

看完布告的李厄醫生猛然轉身離去，回到診所。等候在診所前的葛朗一看到他出現，再次舉起雙臂。

「是的，」李厄說：「我知道數字又增加了。」

前一天，城裡死了十幾個病患。醫生跟葛朗說他們或許當晚又會見到面，因為他會去幫寇達看診。

「您做得對，」葛朗說：「這樣對他有幫助，我覺得他改變了。」

「怎麼改變了？」

「他變得彬彬有禮。」

「以前不是？」

葛朗沉吟了一下。也不能說寇達之前沒有禮貌，這樣說並不正確。他是個閉塞、沉默的人，有點像頭野豬。家裡、小飯館、以及一些有點神祕的外出，這就是寇達生活的全部。他公開的身分是葡萄酒和烈酒代理商，偶爾接待兩三個客戶。有時候，晚上他會去住家對面的電影院看電影。葛朗甚至注意到寇達好像比較喜歡看警匪片。不管怎麼看，這位酒類代理商都是孤僻而多疑。

根據葛朗所說，這一切都大有改變：

「我不知該怎麼說，但我感覺，您知道，他想和大家打成一片，設法拉攏人心。他經常找我聊天，邀我一起出去，我不好意思老是拒絕。再說，我覺得他挺有意思，畢竟我救了他一命。」

自從寇達企圖自殺之後，就再也沒有人來找過他了。走在路上、到商店裡買東西，他都試著和所有人交好。從來沒有人以那麼和善的語氣和雜貨店老闆聊天、那麼興致盎然地聆聽菸草店女老闆說話。

葛朗說：「菸草店那個女老闆心腸極壞，我跟寇達說了，他回我說我錯了，她也有善良的一面，應該去發掘。」

還有兩三次，寇達請葛朗到城裡的豪華大餐廳、大咖啡館去，現在他開始涉足那些地方。

「他說在那些地方很舒服，而且裡面的客人都很正派。」

葛朗注意到侍者對這位酒類代理商特別殷勤，當他看到他留下的大筆小費，便明白了原因。寇達似乎非常在意他們回報他的親切態度，有一次侍者領班送他們到門口並幫他套上大衣時，他對葛朗說：

「他人不錯，可以作證。」

「作什麼證？」

寇達猶豫了一下。

「呃，證明我不是壞人。」

此外，他情緒波動很大，有一次雜貨店老闆表現得沒那麼和氣，他回家後火冒三丈，不停罵道：

「他站到其他人那邊了，這個混蛋。」

「哪些其他人？」

「所有的其他人。」

葛朗甚至在菸草店女老闆那兒目睹了奇怪的一幕。大家正聊得興高采烈的時候，女老闆談到在最近在阿爾及爾引起轟動的一起逮捕事件，一個年輕職員在海灘上射殺了一個阿拉伯人而被逮捕了。

「把這些敗類全關進牢裡，」女老闆說：「才能讓善良百姓鬆口氣。」她話還沒說完，只見寇達激動萬分，衝出菸草店外，連一聲道歉都沒有。葛朗和女老闆一陣錯愕，眼看著寇達一溜煙走了。

接下來，葛朗跟李厄提到寇達個性上的轉變。寇達一向的觀點是自由放任主義，他最喜歡的一句話「大魚向來吃小魚」就是最好的佐證。但是最近這陣子，他只買奧蘭市正統思想派的報紙，甚至不禁讓人覺得他是故意在公共場所醒目地讀這份報。不僅如此，在他痊癒能起床後，還央求正要去郵局的葛朗幫他郵匯每個月給他在遠方姐姐的一百法郎。但葛朗正要出門時，他又說：

「匯兩百法郎吧，給她個驚喜。她以為我從不會想到她，其實我很愛她。」

他和葛朗還有一次奇特的談話，他很好奇葛朗每天晚上做的到底是什麼小工作，葛朗不得不回答他的逼問。

「喔，」寇達說：「您是在寫一本書。」

「要這麼說也行，但是比這個還要複雜！」

「啊！」寇達喊：「我真想和您一樣！」

葛朗很訝異，寇達結結巴巴地說當一個藝術家可以解決不少事。

「怎麼說？」葛朗問道。

「唉呀，因為藝術家比其他人有更多權利，所有人都知道啊。大家對他們比較寬容。」

「別多想，」貼出告示的那天早上李厄對葛朗說：「他一定和很多人一樣被老鼠的事搞得昏了頭，如此而已。又或者他害怕染上熱病。」

葛朗回答說：

「我認為不是這樣，醫生，如果您想知道我的看法……」

滅鼠車從窗下經過，發出巨大的排氣噪音。李厄暫時不說話，等到對方聽得到自己的聲音時，才漫不經心地問葛朗到底是何看法。葛朗嚴肅地看著他：

「他是個問心有愧的人。」

醫生聳聳肩。如同警官所說，要忙的事都忙不完了。

下午，李厄和卡斯鐵會談了一會兒。血清一直都還沒運到。

「再說，」李厄問：「血清有用嗎？這個桿菌很古怪。」

「喔！」卡斯鐵說：「我不同意您的看法，這些生物體總是看起來前所未見，事實上都是同樣的東西。」

「這只是您的猜測，其實我們對這一切一無所知。」

「當然，這是我的猜測。但現在大家都在猜測摸索的階段。」

這一整天，醫生一想到瘟疫，就覺得一陣輕微暈眩，而且感覺愈來愈加劇。他終於不得不承認自己害怕了。他去了兩家人聲鼎沸的咖啡館，跟寇達一樣，他感覺需要人的溫暖。李厄覺得這樣做很蠢，但這讓他想起答應去看酒類代理商這回事。

當晚，醫生看見寇達坐在飯廳桌前，他走進他家時，桌上攤開著一本偵探小說。但天色已經很暗，在朦朧的夜色中勢必很難閱讀。情況應該是一分鐘之前寇達在昏暗中坐著沉思。李厄問他感覺如何，寇達邊坐下邊嘟囔抱怨說他身體很好，要是能確定不會有人來煩他，他會更好。李厄提醒他說人不能老是孤單。

「喔！我不是這個意思，我說的是那些專門帶給你麻煩的人。」

李厄沒作聲。

「這不是我的情況，您要知道，但我正在看這本小說，裡面有個倒楣的傢伙在某一天早上突然被逮捕了。他被盯上，自己卻完全不知道。大家在辦公室裡談論他，他的名字被登記在案。您覺得這樣公正嗎？您認為我們有權利這樣對待一個人嗎？」

「這要看情況，」李厄說：「就某方面來看，我們的確是沒有權利。但這一切都是次要的。您不應該老關在家裡，該出門走走。」

寇達似乎動了氣，說他一天到晚出門，如果必要的話，整個社區都能幫他作證。甚至社區外也是，他認識的人可不少。

「您認識建築師里哥先生嗎？他是我朋友。」

屋內愈來愈暗。郊區街上熱鬧起來，街燈亮起的那一刻，外頭響起了低低的、鬆口氣的歡呼聲。李厄走到陽台上，寇達也跟了出來。就如同我們這個城市的每個晚上，陣陣微風在四周各區吹散著窸窣人聲、烤肉的味道，自由的歡樂嗡嗡人聲和氣味漸漸湧入街頭，街上擠滿吵嚷的年輕人。夜色裡，看不見的船隻鳴著笛，海上和街上湧來嘈雜聲，這是李厄原本熟悉且喜愛的時刻，今日卻因為他所知道的一切而充滿壓迫感。

「可以開燈嗎？」他跟寇達說。

燈一開，這矮小的男人眨著眼看著李厄：

「請告訴我，醫生，我若是得了病，您會不會收治我，送我去醫院？」

「怎麼不會呢？」

寇達又問有沒有在診所或醫院的病人被逮捕的前例。李厄回答說曾經有過，但一切要視病人的病情而定。

「我啊，我相信您。」寇達說。

然後他問醫生能否載他到城裡去。

到了市中心，街道上的人已經比較少，燈光也少了許多。孩子們還在家門口玩耍。寇達說要下車，醫生便把車停在一群孩子前面。他們正尖叫著玩跳房子的遊戲，其中一個黑髮服貼、髮線筆直、臉髒兮兮的男孩以清澈而恫嚇的眼光盯著李厄。醫生移開眼光。寇達站在人行道上和醫生握了握手，說話的聲音粗啞困難，回頭望了兩三次，說：

「大家都在說瘟疫，這是真的嗎，醫生？」

「人們總是議論紛紛，這很自然。」李厄說。

「您說得對。死了十幾個人就像世界末日似的，這不是我們需要的。」

車子已發動，李厄的手放在排檔桿上，他又朝那個一直以嚴肅而平靜的神情盯著他的孩子望去。突然間，毫無轉折，那孩子咧開大嘴對他微笑。

醫生回應孩子微笑，邊說：「不然我們需要什麼呢？」

寇達突然一把抓著車門，在轉頭逃離前，用哽咽且狂怒的聲音說：

「一場地震，一場真正的大地震！」

次日，地震並沒有發生，一整天李厄只是在城裡四處奔走，忙著和病患家屬磋商以及和病患本人討論。李厄從來未曾感覺醫生這個職業如此沉重過。直到目前為止，病人都很配合，讓醫診工作很順利。這是第一次，他覺得病患抱著排斥、帶著不解且提防的心態躲在疾病深處。這是一種他還不習慣的對抗。晚上將近十點時，李厄的車子停在今天最後一位病患——那個哮喘老頭的家門口，李厄累得不想從車裡起身。他拖延一點時間，看著昏暗的街道、夜空中一閃一滅的星星。

哮喘老頭坐在床上，呼吸好像比較順暢了些，正數著鷹嘴豆，把它們從一只鍋移到另一只鍋裡。他看到醫生滿面歡喜：

「怎麼樣，醫生，是霍亂嗎？」

「您哪兒聽來的？」

「報紙，廣播上也是這麼說的。」

「不，不是霍亂。」

「不管怎樣，」老頭極為興奮地說：「那些頭頭們大張旗鼓，嗯？」

「不要相信那些。」醫生說。

他幫老頭看完診，現在坐在這間簡陋的飯廳中央。是的，他很害怕。他知道就在這郊區，明天早上就會有十幾個因腹股溝腺炎而蜷縮著身子的病患等著他。這些病患裡，只有兩三個會因切開手術好轉。其他大多數只能送醫院，而他清楚送醫院對窮人代表的是什麼。「我不要他做他們的實驗品，」一位患者的妻子這麼說。他不會是他們的實驗品，只是會在醫院裡死掉，如此而已。很明顯，制定的措施是不夠的。至於所謂「特殊配備」的病房，他見識過是什麼樣子：兩棟把本來的病人倉卒移走的小樓，窗戶堵嚴，四周拉一條防疫線。如果疫情不自己停止的話，光靠行政機關想像的這些措施是絕對止不住的。

然而，當晚發布的官方公報依舊樂觀。次日，朗斯多新聞處聲稱民眾從容冷靜地遵循省府下達的措施，三十多名病患已自動申報病情。卡斯鐵打電話給李厄：

「特殊配備床位有幾張？」

「八十。」

「城裡的病患肯定不止三十個吧？」

「有的是害怕不敢申報，還有更多是來不及申報。」

「埋葬屍體沒有受到監督嗎？」

「沒有。我打了電話給理查，跟他說必須要有完整措施，而不是只有幾句空話，必須真正圍堵疫情，要不然等於什麼都沒做。」

「他怎麼說？」

「他說他手中無權。據我看，人數還會升高。」

的確，三天內，兩棟特殊配備的小樓就住滿了。理查聽說當局將消毒一所小學充作臨時醫院。李厄一邊等待疫苗，一邊不停幫病患切開膿瘡。卡斯鐵則埋首到古籍中，並長時間待在圖書館裡找資料。他結論說：

「老鼠是死於鼠疫或某種非常相像的東西。牠們傳播成千上萬的跳蚤，若不及時制止，這些跳蚤將會以幾何倍數造成感染。」

李厄靜默不語。

這時節，時間好似靜止了。先前幾場暴雨積的水窪已被陽光曬乾，湛藍的天空溢滿金黃光線，逐漸上升的熱氣裡傳來轟轟的飛機聲，這季節的一切都令人感到寧靜祥和。然而，四天之中，熱病四次驚人大幅躍升：死亡人數從十六、二十四、二十八、直到三十二人。第四天，當局宣布啟用設於一間幼稚園裡的臨時醫院。在此之前，本城居民繼續以玩笑掩飾他們的不安，現在走在街上似乎較消沉也較沉默了。

李厄決定打電話給省長。

「這些措施是不夠的。」

「我知道數據，」省長說：「的確令人憂心。」

「它們不只令人憂心，而是很清楚。」

「我會請求殖民政府下命令。」

李厄當著卡斯鐵的面把電話掛了：

「下命令！還真有想像力。」

「血清呢？」

「這星期會運到。」

省長透過理查，要李厄寫一份報告，將寄到殖民地首府，以便請求政府下命令。李厄在報告裡描述臨床病徵並附上數據。就在同一天，死亡人數上升到四十多人。省長如其所言，負起責任，次日起便加強比原本更嚴格的措施。強制申報和隔離繼續實施，患者的住家必須封鎖消毒，患者親屬必須檢疫隔離，死者埋葬事宜由市政府辦理，相關規定將近期公布。再過一日，血清空運而至，數量應該足夠應付目前治療中的病患，倘若疫情擴大則不敷使用。李厄發的電報收到回電，血清安全儲備已用盡，已經開始重新生產。

在這期間，四周各處近郊把春天送到了市場上。成千上萬枝玫瑰在沿著人行道賣花的小販籃子裡枯萎，香甜的花香飄浮在整個城市。外表上看來，一切都沒變。電車在尖峰時間依然人滿為患，其他時間則是空蕩且骯髒。塔盧依舊觀察那老頭，老頭依舊對著貓吐口水。葛朗依舊每天晚上回家從事那神祕的工作。寇達繼續晃來晃去，而預審法官奧東先生依然載著一家大小動物[7]跑來跑去。哮喘老頭照舊移著豆子。人們偶爾在路上遇見記者藍柏，依然那副從容而事事關心的神情。晚上，同樣的人群湧到街上，電影院前大排長龍。而且，疫情似乎和緩下來，持續好幾天，死亡人數只有十幾個。之後，突然之間，死亡人數驟然直線上升。在死亡人數再次超過三十多人的那天，貝爾納·李厄接過省長邊說「他們害怕了」邊遞給他的一紙官方急電。電報上寫著：「宣布瘟疫爆發。封鎖城市。」

7 一些研究《瘟疫》的文章指出，塔盧在筆記本上記錄在旅館餐廳看見的一家人，就是預審法官奧東一家，形容男主人像貓頭鷹，女主人像黑老鼠，兩個孩子像鬈毛狗（請見頁五六），因此這裡說他載著一家大小動物。譯註。

# II

從這一刻起，瘟疫可說是關係我們所有人的事了。直到目前，雖然這些奇怪的事件讓本城市民驚訝擔憂，每個人還是盡可能按照原樣過著原本的生活，而且無疑還會這樣持續下去。但是城門一旦關閉，他們發覺所有人，連同本書敘述者在內，都陷入同一個困境，得想辦法解決。因此，譬如像和心愛的人分離這種個人感覺，在封城前幾個星期突然間成為全民的共同感覺，而且混合著害怕，這是這段漫長的隔離期間最大的痛苦。

關閉城門最明顯的後果之一，就是許多人沒心理準備就突然被隔絕。幾天前，母親和孩子、夫婦、情侶原本以為只是短暫分開幾天，在本城火車站月台上叮嚀一兩件事之後相擁道別，滿心確信幾天或幾星期後就能再見，滿懷著人類愚蠢的信心，這分離對日常事務幾乎沒造成波瀾，殊不知就如此束手無策地被迫分離，不能相見也無法聯絡。在省政府公布封城命令之前，其實城市已經封鎖了，自然不可能考慮到特例。可以這麼說，這突如其來蔓延的疫情，造成的第一個結果，就是迫使我們市民好像不存在個人情感般地行動。封城實施那一天的頭幾個鐘頭，省府受到一大堆申請民眾的砲轟，有的打電話、有的向各級單位申訴，提出各種值得關注卻也無法證實的理由。事實上，還需幾天時間，大家才明白身處毫無妥協餘地的狀況，「讓步」、「通融」、「特例」這些詞都沒有意義了。

甚至連通信這樣令人稍感安慰的事也都不許可。一方面，本城和國內各地的正常聯繫已然斷絕，另一方面，當局一紙新令禁止一切郵件往來，以避免信件成為傳染媒介。剛開始，某些特權人士還可以向把關城門的守衛說情，讓他們答應傳達訊息到外面。也是因為那還是發布瘟疫消息的頭幾天，城門守衛偶爾心生同情也是自然的事。但是過了一陣子，這些守衛充分體認到事態嚴重，不肯再承擔無法預料後果的責任。原本還允許的城市間電話通訊，造成公用電話亭和通話線路大堵塞，結果完全斷訊了好幾天，之後就嚴格限制，只有死亡、出生、結婚這種所謂的緊急事件才能打電話。剩下的唯一途徑是電報。以智慧、心靈、血肉相連的人們，被迫試著以大寫字母十個字的古老聯絡方式猜出端倪。況且，電報能用的字句公式很快就用盡，共度的長長一生或痛苦的激情都匆促簡略為定期交換的既定公式：「我很好。想你。愛你。」

我們當中還是有些人執意繼續寫信、想方設法和外界聯絡，這些方法到頭來都成空。就算這些設想的方法有的奏效了，我們也無從得知，因為得不到回音。幾個星期以來，我們只能不斷重複同樣的信，重寫相同的心意，乃至於一段時間之後，原本出自肺腑的錐心字句，都已變得空洞無意義。我們機械性地重複這些字句，試圖藉著死硬的句子透露一些生活的艱難。到最後，和這貧瘠而執拗的獨白、這與牆壁的枯燥對話比較起來，我們覺得制式的電報還比較好。

幾天之後，顯而易見沒有人能夠出得城去，大家便要求當局讓疫情爆發前離開的人得以回來。經過幾天的考慮，省府同意了，但明確規定回來的人，不論任何原因，都不得再出城去，可以回來，但不能出去。就這一點，少數幾個家庭輕判了情勢，渴望與家人相聚而忽略了謹慎，要家人把握這個機會回來。但是很快地，這些被瘟疫封鎖的人明白這樣做毋寧是將親人暴露於危險之中，只好迫於情勢繼續忍受分別之苦。在疫情最嚴重的時候，我們只看到一個人類情感凌駕於面對慘死恐懼之上的例子。但和我們意料的相反，並不是一對為了愛而超越苦痛奔向彼此的戀人，而是結褵多年的卡斯鐵老夫妻。卡斯鐵太太在疫情爆發的幾天前到鄰近一個城市去。這對夫妻並非幸福典範，本書敘述者甚至要說，這對夫妻直到現在十之八九還不確定對他們的結合感到滿意。但這次驟然的長時間分離，讓他們直接明瞭無法與對方分開生活，在這突然了悟的事實之前，瘟疫不算什麼。

這是個特例。對大多數情況來說，很顯然只有疫情停止才能結束兩地分離。而對我們所有人來說，我們自以為很熟悉的一切構成生活的情感（前面已提到，奧蘭市民的熱情是單純的），突然間改變了面貌。平日對伴侶十足信賴的丈夫和情人突然變得嫉妒；原本用情不專的男人突然變得忠貞；以往和母親同住卻連看都懶得看她一眼的兒子，如今懊悔擔心著記憶中盤旋不去母親臉上的每一道皺紋。這驟然、決斷、無法預知未來的分離，令我們狼狽窘迫，無法應對。原本如此親近的人已這般遙遠，叫我們鎮日思念。是的，我們承受著雙重痛苦：首先是我們的痛苦，其次是我們想像中不在身邊的兒子、妻子、或情人所受的痛苦。

在另一種情境之下，本城市民可能會以外出、活動找到一個排遣出口，但現在，瘟疫讓他們無所事事，只能在死氣沉沉的城市裡無事打轉，日復一日陷入令人沮喪的回憶之中。因為，在他們漫無目的地散步時，總會經過同樣的路徑，而在這個小城市裡，這些路徑大都正好是和此時已不在身邊的人往日一同走過的。

因此，瘟疫帶給我們市民的第一個感受，就是放逐。本書敘述者深信在此可以以親身經歷代表所有人的感受，因為他所感受到的正和許多市民相同。是的，就是這種被放逐的空虛感，時時刻刻縈繞，這確切的激動情緒，這種希冀回到過去、或相反地妄想時光加快的不切實際想法，這些炙熱如箭的回憶。有時，我們放任自己想像，開心等待返家的人按電鈴的聲音，或是樓梯間熟悉的腳步聲，在這些時刻，我們樂於忘卻火車早已停駛，在平日晚間快車載來探訪本區旅客的時刻，我們會想辦法待在家裡等候。當然，這些小把戲維持不了多久。我們遲早會清楚知道火車不會來到，因此我們知道分離注定還會持續，只能試著和時間妥協。自此，我們又重回被監禁的狀態，只能活在過去，就算其中有幾個人試著瞻望未來，最終卻被自己所相信的想像所傷害，也盡快讓自己打消念頭。

尤其，全體市民——即使在公開場合——很快就摒棄之前推算還要與親人分離多久的習慣。為什麼呢？因為之前最悲觀的人預測譬如是六個月，他們預先嘗盡這些個月的苦澀，好不容易鼓起勇氣面對這痛苦的折磨，拾起最後一絲力量無懼地面對如此漫長的痛苦，然而，偶然遇見的一位朋友、某份報紙上的一則言論、一個突然閃過的疑慮或一刻驟然清醒，會讓他們察覺，坦白說，這病並沒有理由不會持續超過六個月，或者一年，又或更久。

這個時候，他們的勇氣、意志、與耐心驟然全盤瓦解，感覺似乎永遠都逃脫不出這個黑洞。因此他們強迫自己不再去妄想解脫的時刻，不再展望未來，只能低眉順眼地屈服下去。然而，想當然耳，這種小心謹慎、與痛苦周旋、放棄防衛拒絕戰鬥的作法，並不會有好的結果。在竭力避免與現實衝撞的同時，他們也自行剝奪了那些藉由即將到來的重逢畫面而忘卻瘟疫的時刻，而這些時刻應該是經常出現的。這麼一來，他們擱淺在深淵與峰頂之間，飄飄忽忽無法活得踏實，生活沒有方向，回憶日漸乾澀，成為唯有扎根在痛苦的土壤上才能稍具形體的遊魂。

他們深切感受所有監禁者與流放者的那種深沉苦痛，那就是與徒勞無益的回憶共存共處。這些縈繞不去的過往只是徒添惆悵，他們多麼想在這些回憶裡補上和目前分離的親人原本能夠一起做的所有事——就這樣，在這監禁生活中任何情況下，即便堪稱愉快的時刻，他們也會把分離的人牽入，所以任何情況都不足以讓人遂其所願。對目前不耐、對過去怨懟、又看不到未來，我們活像被司法或人類仇恨打入鐵窗。到最後，逃避這難以忍受的空洞的唯一辦法，就是假借想像力讓火車恢復通行，讓實際上頑固不作聲的門鈴再次不斷叮噹作響，以作為排遣。

若說這是放逐，對大多數的人來說是放逐在自己家裡。本書敘述者雖然只知道普遍大眾的放逐，也不該忘記其他像記者藍柏那些人，對他們來說，分離倍加痛苦，因為他們是途經此地被瘟疫困在城裡，不只無法和親人聚首，而且遠離家鄉。在所有被放逐的人之中，他們是被放逐得最徹底的，因為他們不只和所有人一樣感受到時間引發的焦慮，更被空間所綑綁，不停受困於染疫的落腳處與失去的故鄉之間的一道道牆。白天無時無刻不遊蕩在灰塵滿布的城裡的，無疑就是他們吧，無言地呼喚著只有他們熟悉的夜晚與故鄉的早晨。他們還會拿飄渺的跡象與令人心煩意亂的徵兆來加深自己的苦惱，例如長空的燕影、日落的露珠、太陽偶爾遺落在空蕩街上的怪異光線。這足以排解一切的外在世界，他們對它閉上眼睛，固執地抱著過於真實的奇思異想，竭盡全力尋找著那一片土地的意象，在那裡的某種光線、兩三座丘陵、最喜歡的一棵樹、幾張女子的面孔，這些對他們形成了無可取代的氛圍。

最後要特別談到戀人們，這是最讓人感興趣、也是本書敘述者最有資格談論的。這群人還被其他更多的煩惱所苦，尤其是懊悔。眼下的情況讓他們以一種驟然無比客觀的眼光審視自己的感覺。在這種時刻，極少有人會不清楚看出自己的缺失。首先察覺到的，就是他們無法明確想像此時不在身邊的戀人所做過的事和動作舉止。他們埋怨之前都不知道對方的生活作息，自責輕忽這一點，還假裝相信愛一個人、幸福的泉源並非來自關心對方的生活作息。從這時開始，他們很容易開始回溯愛情過程，審視其中的不完美之處。尋常時候，不管有意識沒意識，我們都知道愛能更臻完善，卻也都得過且過地接受自己這份愛情實屬平庸。但是回憶的要求比較嚴苛。這個來自外部、襲擊我們整個城市的不幸，不僅強烈地帶給我們一種令人憤恨的不公平的痛苦，更令我們自尋折磨、甘心受苦。這是疾病轉移人們注意力、把情況搞得更複雜的手段之一。

因此，每個人只能認命地過一天算一天，獨自面對蒼天。這種遭到遺棄的感覺，久而久之必能磨練個性，但一開始卻令人傷春悲秋。例如我們某些市民成了另一種俘虜，聽令於陽光與雨水。看他們的樣子好似第一次直接感受到天氣狀況，光是一縷金色陽光出現，就令他們滿面歡愉，碰到下雨的日子，他們的臉龐和思緒便罩上一層沉重厚紗。幾個星期前，他們並不會這麼脆弱，也不會這樣不理智地受天氣奴役，因為當時他們並不是獨自面對世界，就某種程度而言，和他們一起生活的人位於他們的宇宙之前。但從這一刻開始，他們顯然受蒼天任意擺布，也就是毫無理由地受苦、毫無根據地期望。

在極端的孤獨裡，沒有人能希冀鄰人的幫助，只能孤獨守著自己的憂慮。若我們其中一個不巧試著傾吐心事或講點內心感覺，不管得到什麼回答，多半刺傷他的心。他發覺對方和他是雞同鴨講，他是經過多日的反覆思量和痛苦所迸發出的心聲，想傳達的是等待與熱情之火淬鍊出的影像。但是對方卻相反地視為一般慣常情緒、市場上論斤秤兩的痛苦、連續劇裡的憂傷。不管是善意或惡意的回答，都毫無交集，只能放棄溝通。對那些無法忍受沉默的人，既然對方無法真心溝通，只好順應著使用場面話，也用老套言語談著人情往來、社會事件，無非日常瑣事而已。如此一來，最真實的痛苦漸漸慣於以最俗套的話語來表達。唯有付出這樣的代價，受瘟疫監禁的人們才能博得門房的同情或引起對話者的興趣。

然而，最重要的一點，不論焦慮如何折磨，空蕩的心如何沉重，我們可以說在瘟疫初期，這些與愛人分離的放逐者還算是幸運兒。在大眾開始恐慌的時候，他們的心思卻全然集中在他們等待的人身上。在普遍的絕望之中，愛情的自私卻保護著他們，就算他們想到瘟疫，著眼點也是擔心疫情會讓分離成為永別。身陷疫情最嚴峻的核心，他們卻表現出一副漫不經心，這種態度倒也好，甚至容易讓人以為是處變不驚。絕望使他們免於驚慌，他們的不幸倒也有好處。例如，即使他們之中有人被這病帶走，也幾乎是猝不及防，在他與內心的影子漫漫竊竊私語之際，冷不防被拉走，毫無過渡直接丟進世間最深沉的靜默之中。他根本無暇反應。

當我們的市民試著適應這突如其來的放逐，瘟疫已在各個城門布下守衛，嚴令駛向奧蘭的船隻轉向。自從封城以來，再沒有一輛車進得了城。從那一天起，車輛彷彿都在原地兜圈子。自大道往下看，港口的景象也很奇特。這沿岸最大港口之一，平日的熙攘繁忙突然之間銷聲匿跡。港內還看得到幾艘隔離的船隻，但在碼頭上，大型起重機拆除了吊臂，運貨車箱側翻在一旁，孤零零成堆的木桶和袋子，都顯示貿易也因瘟疫而死了。

儘管這些景象很不尋常，我們市民顯然還不明白到底發生了什麼事。當然有些共同的感覺，像是分離或恐懼，但大家依舊把私事放在首要位置。還沒有人真正接受瘟疫的事實。大多數人在意的只是生活習慣受到擾亂，或是利益受到損害。他們因此惱火、氣憤，這些情緒是不足以拿來對抗瘟疫的。例如，他們的第一個反應就是怪罪當局。面對報章反映的輿論指責（「就不能考慮放寬目前採取的措施嗎？」），省長的回應相當出人意料；直至目前為止，報刊和朗斯多新聞處都不曾收到疫情的官方數據，現在省長卻逐日把數字提供給新聞處，請他們每周公布一次。

針對這一點，群眾還是沒有立即的反應。瘟疫爆發的第三個星期死亡人數共三百零二人，這項公布並不能挑起想像力。一方面，有些死者或許並非死於瘟疫；另一方面，城裡沒有人知道普通情況下每周有多少人死亡。本城人口二十萬，人們也不知道這種死亡比例是否正常。這種精準數據明顯攸關重大，大家卻從不關心。民眾可以說缺乏比較的指標。要等時日久了，死亡人數持續增加，民眾才會意識到事實。第五周死亡人數三百二十一，第六周三百四十五，數字的增加至少有點說服力，但還不夠強烈，我們市民擔心之餘，依舊感覺這當然是個討人厭的意外事件，但反正遲早會過去。

所以他們繼續在街上閒晃，照舊坐在咖啡廳露天座上。整體說來，他們並未膽怯，交談中玩笑多於嘆息，佯裝欣然面對這顯然只是暫時的不便。外表上看來一切如昔。但是到了月底，接近祈禱周期間（這稍後會提及），一些重大改變改換了我們城裡的風貌。首先，省長對車輛管制與糧食供應採取了措施，因此食物供應受到限制，汽油也必須配給，甚至規定節約用電，只有民生必需品可經陸運和空運進到奧蘭市。因此車輛流量漸漸減少，直到幾乎一輛都看不到，精品店一夕之間關了門，其他店鋪櫥窗上貼著售罄的牌子，然而店門口顧客還是大排長龍。

奧蘭市因此呈現一幅奇特的景象。路上的行人變多了，即便是平日裡人少的時段也一樣，因為許多商店和辦公室關門歇業，被迫無所事事的人便塞滿街頭和咖啡廳。目前他們還不是失業者，是休假。例如下午三點鐘的奧蘭，天空湛藍，顯現出一副慶典的假象，恍若交通管制、店家關閉是為了讓群眾集結、讓市民蜂擁上街頭參與慶典活動。

當然，電影院趁著這全面休假的機會，大賺一筆。但是省裡預計上映的影片流通中斷了，兩個星期後，各家電影院只好互相交換影片，再過一陣子，每家都只能把同樣的片子放了又放。但是票房收入並未減少。

至於咖啡館呢，本城的葡萄酒、烈酒貿易本就是大宗，累積了大量庫存，供應無缺。老實說，大家喝酒喝得很兇。一家酒館貼出「好酒可殺菌」的廣告，更強化了大眾本來就認為酒精能預防感染疾病的信念。每個夜晚將近凌晨兩點，總有一大堆醉漢被趕出酒館，充斥街頭，大聲喧囂著樂觀的話語。

但就某方面看來，這些轉變如此異乎尋常又如此快速，很難讓人覺得是正常且能持續。結果就是，我們還是繼續把個人感覺擺在第一位。

封城兩天之後，李厄醫生走出醫院，遇見寇達，他一臉滿意神情抬起頭看醫生，李厄恭喜他氣色很好。

「是啊，我好得不得了，」矮小的寇達說：「醫生，請告訴我，這該死的瘟疫，嗯！變得嚴重了吧？」

醫生承認的確如此。寇達以欣喜的口吻繼續說：

「現在疫情沒有理由會停止。一切都會亂成一團。」

他們一起走了一會兒。寇達說他們那區有個雜貨店老闆，囤積糧食想高價變賣，當人家來載他到醫院的時候，在他床底下發現一堆罐頭。「他死在醫院裡。碰到瘟疫，錢也沒用。」寇達知道一大堆這些真真假假有關疫病的故事。例如，聽說某天早上在市中心，一個呈現瘟疫症狀的男人，在高燒中精神錯亂，衝到街上緊緊抱住第一個遇到的女人，大喊著他染上了瘟疫。

「所以囉，」寇達愉快的語調和他所斷言相當牴觸：「我們都會瘋掉，這是一定的。」

同一天下午，約瑟．葛朗也終於和李厄醫生傾吐了私人的心底事。他看見醫生辦公桌上李厄妻子的相片，望向李厄，李厄回說妻子出城養病去了。「就某方面來說，」葛朗說：「這算是運氣。」李厄回答說的確可算運氣，只希望妻子能痊癒。

「啊！這我能了解。」葛朗說。

自從李厄認識他以來，這是頭一次他滔滔不絕。儘管他還是思索語詞，但幾乎都能找到適當用語，好似所講的話是經過長時間琢磨過的。

他很年輕就和一個鄰居貧窮女孩結了婚，甚至為了結婚中斷學業，找了個工作。珍娜和他都從沒離開過他們住的那一區。他去她家找她，珍娜的父母覺得這沉默寡言的楞小子有點好笑。她父親是鐵路局員工，休假的時候總是坐在角落靠著窗，一雙粗大的手掌平放在腿上，若有所思地看著街上的動靜。她母親則總是忙著家事，珍娜也會幫忙。珍娜身材如此纖細，相形之下車輛顯得巨大無比，每次她過馬路葛朗都不敢直視。一天，在一家賣耶誕裝飾的店鋪前，珍娜讚嘆地看著櫥窗裡的擺飾，仰起頭對他說：「好美啊！」他握緊她的手腕，婚事就如此這般定下來了。

據葛朗說，接下來的故事就很簡單。如同所有的人一樣：結婚、還存著些許愛意、工作。工作個不停，乃至於忘記了愛。辦公室主任的承諾並未實踐，珍娜也只好開始工作。這裡，需要一點想像力才能明白葛朗要說的意思。因為工作疲累，他變得意志消沉，也愈來愈沉默，並沒有讓年輕的妻子感受到愛。一個忙於工作的男人、貧窮、前途逐漸渺茫、晚餐時刻默默無語，在這樣的宇宙裡，沒有激情容身的位置。或許，珍娜很痛苦，卻依然留了下來：人有時會忍受很長時間的痛苦而不自知。一年一年這樣過去。後來她走了。當然，她不是一個人走的。「我曾經愛過你，但現在我累了……我離開心裡並不快樂，但人並不需要快樂才能重新開始……」她給他的信中大意如此。

現在換約瑟．葛朗痛苦了。他也大可以重新開始，就像李厄提醒他的，但他沒有信心。

他只是不停地想著她。他本想寫封信為自己辯解，「但是很困難，」他說：「我想了很長一段時間。我們相愛的時候，無需話語就能彼此了解。但是人不會永遠相愛。我當時應該找到一些適當的話語，或許能挽留她，但沒找到。」葛朗用方格手帕擤擤鼻子，擦擦小鬍子。李厄看著他。

「對不起，醫生，」老葛朗說：「但怎麼說呢？……我信賴您，在您面前我能暢所欲言。說著說著就感染了情緒。」

顯而易見，葛朗和疫情之間隔著十萬八千里。

當晚，李厄發電報給妻子，告訴她已封城，他無恙，要她繼續照顧好自己的身子，他惦念著她。

封城三個星期後，李厄走出醫院，看見一個年輕人正等著他。

那人說：「我想您認得我吧。」

李厄相信自己見過他，但有點遲疑不敢確定。

「在這些疫情發生之前，我曾來找過您，」他說：「詢問您有關阿拉伯人生活狀況的訊息。我叫作雷蒙・藍柏。」

「啊！沒錯，」李厄說：「您現在有個很棒的報導題材了。」

對方顯得情緒緊繃，說他並不是因為這事而來，而是想請李厄醫生幫個忙。

「原諒我的冒昧，」他說：「但我在這個城市裡不認識任何人，我們報社的特派員又不幸是個笨蛋。」

李厄邀他一塊兒走到市中心一家診所去，他得去診所交代點事情。他們走在黑人區的小巷子裡，夜色即將降臨，往常在這時段如此喧囂的市區，此時卻顯得出奇地寂寥。金色餘暉未盡的天空回傳來幾聲軍號，只見證了軍人裝出一副盡忠職守的樣子。他們沿著陡峭的街道前進，兩側是摩爾人住家的藍色、赭紅、紫色的屋牆。藍柏非常激動地說著話。他把妻子留在巴黎，老實說不是他妻子，但意思是一樣的。一封城他就給她發了電報，原本他以為只是暫時的事件，僅僅想跟她聯繫一下。他在奧蘭的同僚都說幫不上忙，郵局也打發他走，省長辦公室的一位女祕書還當面嘲笑他。他只好去排了兩個鐘頭的隊，才獲准發出一封電報，上面寫著：「一切都好。很快見面。」

但是，今早起床時他突然想到，這情況不知道會持續多久。他決定要離開。他經人介紹（藉著他的職業之便）接觸到省長辦公室主任，表示說他跟奧蘭市無關，毫無必要留下，只是碰巧來到這裡，應該允許他離開才對，就算離城後要檢疫隔離也行。主任說他完全能理解，但不能有特例，他會再研究看看，但總之情況嚴峻，目前無法做出任何決定。

藍柏說：「拜託，我根本不是這個城市的居民。」

「當然，總之希望疫情不會拖太久。」

說到最後，他試著安慰藍柏，提醒他可以在奧蘭找到值得關心的報導題材，仔細想想，所有事都有光明的一面。藍柏聳聳肩。他們已走到市中心：

「這話真蠢，醫生，您能了解的。我生來世上不是為了做報導的，或許我生來世上是為了和一個女人共度一生的。這難道不是天經地義的事嗎？」

李厄回答說這聽起來倒是很合理。

市中心的大道上，並沒有平日的人潮。幾個行人匆匆朝向遠處的住所走去，沒有人臉上有笑容。李厄心想這是朗斯多新聞處今天發布新聞的緣故，二十四小時之後，我們市民同胞又會重新充滿希望。但是就因為是當天，發布的數據還太鮮明印在腦海。

藍柏突然開口：「那是因為，她和我相識不久，但很合得來。」

李厄沒作聲。

「我惹您厭煩了，」藍柏接著說：「但我只是想問您是否能幫我開張證明，確認我沒得那個天殺的病。我想這或許會有用。」

李厄點點頭，這時一個小男孩撞上他的腿，他輕輕把他扶好。兩人繼續往前走到閱兵廣場。滿是灰塵、髒兮兮的共和女神像四周圍繞著無花果樹和棕櫚樹，樹枝一動也不動地低垂，蒙著灰撲撲的灰塵。他們在雕像下停步，李厄跺跺雙腳，把腳上的白色灰塵跺掉。他看著藍柏。這位記者頭上的氈帽往後揚，繫著領帶的襯衫領口扣子開著，鬍子沒刮好，一副固執且賭氣的神情。

李厄終於開口說：「請相信我理解您的心情，但是您的論證並不正確。我不能替您開這個證明，因為事實上我不知道您是否患病，就算我知道，也不能證明您走出我診間的那一秒鐘直到進入省政府辦公室之間，會不會受到感染。況且，即使……」

「況且，即使什麼？」藍柏問。

「況且，即使我替您開了證明，也是沒有用的。」

「為什麼？」

「因為在這個城裡，像您這種情況的人有好幾千，我們總不能都放行吧。」

「假使他們都沒有感染上瘟疫呢？」

「這理由並不足夠。我知道這整件事愚蠢至極，但事關我們每一個人，只能夠全盤接受。」

「但我又不是這裡的人！」

「從現在開始，很不幸，您就像大家一樣是這個城裡的人了。」

藍柏激動起來：

「相信我，這是人道問題。或許您無法體會對情投意合的兩個人來說，這種分離代表的是什麼。」

李厄沒立刻回答。然後他說自認能夠體會這一點。他衷心希望藍柏與妻子重聚，願所有相愛的人都能聚首，但是有決議和法律，如今瘟疫已蔓延，他的角色是該怎麼做就怎麼做。

「不，」藍柏苦澀地說：「您無法了解，您所講的都是理性，都在抽象的世界。」

醫生抬眼望著共和女神像，說他不知道自己講的是否都是理性，卻是明顯的事實，這兩者不一定是同一回事。記者整整領帶：

「那麼，意思就是我得另想辦法囉？」他以挑釁的語氣接著說：「我一定會離開這個城市。」

醫生說這點他也能理解，但這與他無關。

「不，這和您有關，」藍柏突然大聲說：「我來找您幫忙，因為聽說您在疫情的具體決策上舉足輕重，所以我想至少針對某個特殊案例，您可以解除一些您所參與建立的規定。但是您不在乎，不替任何人著想，根本沒考慮到那些分隔兩地的人。」

李厄承認，就某方面來說，藍柏說的沒錯，他的確不想去考慮分隔兩地的人。

「啊！我知道，」藍柏說：「您又要談到公眾利益，但是公眾的利益是以每個個人的幸福所構成的。」

「好啦！」醫生好似回過神來：「這是一點，但也還有其他的。不要妄下評斷。您不該生氣，若您能脫身離開，我會由衷感到高興。只不過，礙於職責，有些事我不能做。」

藍柏不耐煩地搖頭。

「對，我不該生氣，而且我耽誤您太多時間了。」

李厄請他隨時告知事情進度，並且不要對他心存怨恨。他們倆一定可以在某個領域上達成共識。藍柏一瞬間顯得困惑迷惘：

「這我相信，」他沉默一會兒說：「對，儘管您對我說了那些話，我還是不由自主的相信。」

他遲疑了一下：

「然而我還是無法贊同您。」

他把氈帽拉低到額頭，快步離去。李厄看他走進尚．塔盧下榻的旅館。

過了一會兒，醫生搖搖頭。記者急著奔向幸福並沒有錯，但怪罪他「您活在抽象的世界裡」，這樣有道理嗎？他在醫院的那些日子，眼看著疫情加劇，每周平均死亡人數高達五百人，這也是抽象嗎？是的，這場災禍自有一部分是抽象與不真實，但是當抽象開始殺人，那就得處理。李厄只知道這不是件容易事。例如管理他負責的這間臨時醫院就非易事（現在已增加到三間）。他叫人把緊鄰診療室的一間廳室改裝成病患接收室，地面挖了一個水池，注入消毒水，池中央有個磚砌的小平台。病患被帶到小平台上，快速脫下衣服丟到池水中，沖洗、擦乾、換上醫院的粗布袍，才由李厄診察，之後送到病房。現在不得已只好利用學校禮堂，裡面總共擺放的五百張床也都幾乎滿了。每天早上李厄親自接收病患，注射疫苗、做切開囊腫手術之後，還要檢查統計數據，下午再回去看診。到了晚上他還要出診，深夜才能回到家。前一天夜裡，母親把一封他妻子發來的電報交給他的時候，注意到他的手在抖。

他說：「是啊，但繼續堅持下去，我就不會這麼焦躁了。」他身強體健，撐得住，實際上，他還不覺得疲憊，但像是出診就讓他愈來愈無法忍受。診斷出流行性熱病，就代表要立刻移送病患，這時候抽象和困難的確就出現了，病患家屬知道這一送走，下次能再見到不是痊癒就是死亡。「憐憫憐憫我們吧，醫生！」洛雷太太說，她女兒在塔盧住的旅館當客房清潔工。這代表什麼意思呢？他當然憐憫，但這對任何人都沒有好處。必須打電話，很快就傳來救護車的警笛。最初附近鄰居會打開窗戶觀望，不一會兒又趕緊關上。接下來是反抗、哭泣、勸說，總之就是這些抽象的東西。在這些被熱病和焦慮燒熱沸騰的公寓裡，上演一幕幕瘋狂的場面。但最終病患會被帶走，李厄也得以離開。

最初幾次，李厄打了電話，來不及等救護車抵達就趕去看下一個病人，病患家屬便把家門鎖上，寧可面對瘟疫也不想和家人分開，因為他們知道這一分開的結局會是什麼。哭喊、指令、警力介入、最後由軍方介入，強行帶走病人。最初這幾個星期，李厄不得不在病患家直等到救護車來，後來每個醫生出診都得有一位義警陪同，他才能趕著去看下一個病患。但在開始的那段時間，每天晚上都和這個晚上一樣，他進到洛雷太太那裝飾著扇子和人造花的小公寓，病患母親帶著一抹牽強的微笑對他說：

「希望不是大家都在談論的熱病。」

他掀開床單和睡衣，默然凝視腹部和大腿間的紅斑、腫脹的淋巴結。母親看著女兒兩腿間，大聲尖叫無法自制。每天晚上都有母親面對呈現死亡徵象的腹部這樣尖叫，滿臉抽象的神情；每天晚上都有手臂死抓著李厄，夾雜連珠砲無濟於事的話語、允諾、哭泣；每天晚上救護車警笛激起和所有痛苦同樣無用的恐慌。經過這一連串大同小異的夜晚，除了一連串相似的場景不斷重複之外，李厄再也不敢抱任何希望。是的，瘟疫就像抽象的概念一樣一成不變。唯一變的或許是李厄自己。那天晚上在共和女神像腳下，他感受到這一點，當他良久注視藍柏走進去的旅館大門時，只意識到一股晦暗的冷漠開始充塞他的內心。

經過令人筋疲力盡的這幾個星期，經過這些全城居民蜂擁在街上瞎晃亂轉的黃昏之後，李厄明白自己不必再努力克制自己的憐憫心了。當憐憫毫無用處的時候，也就對它厭倦了。透不過氣來的日子裡，唯一的放鬆是他感覺心慢慢封閉。他知道這樣會讓工作更順利，所以慶幸開心。他母親凌晨兩點迎接他回家時，看到他望著她的空洞眼神而痛心，她明明是李厄唯一能夠獲得的溫暖。要對抗抽象，就必須和它有點相像。但藍柏何能感受到這一點呢？對藍柏來說，抽象就是一切阻擋他幸福的東西。事實上，李厄知道在某種意義上來說，記者是對的。但他也知道有時候抽象的力量比幸福更強大，也只在這時候人才會正視這個抽象。這就是藍柏所面臨的情況，李厄在後來藍柏對他傾吐詳情才知道這一點，也因此他能夠以另一個層面去觀察在這段漫長疫情時間內，構成我們整個城市生活介於個人幸福與抽象的瘟疫之間的陰鬱鬥爭。

但是，在某些人眼裡是抽象的地方，另外一些人看到的卻是真實。瘟疫爆發一個月後，不僅疫情更加嚴峻，整個氛圍也因潘尼祿神父一番激烈的講道（就是之前米榭老頭發病時伸手幫助的那位耶穌會教士）而更加沉重了。潘尼祿神父在復原古碑文這方面是個權威，因為經常在奧蘭市地理協會公報發表相關文章而聲譽顯著。但比起這項專業，他針對現代個人主義發表的一系列演說，吸引了更廣泛的聽眾。他在系列演講中，把自己塑造成天主教嚴格教義的捍衛者，不僅對現代的放蕩主義避而遠之，也揚棄過去幾個世紀的蒙昧主義。趁著疫情這個機會，他對信徒不諱言地指出血淋淋的事實，使他贏得聲譽。

然而，到了這個月底，本市教會高層決定採用他們自己的辦法對抗瘟疫，舉辦為期一周的集體禱告。這些公眾祈禱活動最後將以周日一場莊嚴彌撒作為結尾，乞求幫助治癒瘟疫病患的聖洛克（saint Roch）垂憐。高層要求潘尼祿神父主持這場彌撒。半個月以來，潘尼祿神父早已從讓他在所屬教會中贏得崇高地位的有關聖奧古斯丁（saint Augustin）和非洲教會的研究工作抽身出來，他本來個性就狂熱激情，便毅然接下了教會指派的這個任務。早在這場布道之前，大眾就談論不休，這件事以其獨特方式標示出這段時期的歷史中一個重要的日子。

大量群眾參與了這次活動。倒不是奧蘭居民平日就非常虔誠，例如每個周日早上，海邊戲水向來都是彌撒的競爭對手，也不是居民突然受到宗教感召，而是，一方面，封了城關了港口，到海邊戲水已不可能；另一方面，他們處於相當特殊的心境當中，雖然內心深處尚未能接受落到身上的驚人事件，卻顯然感覺到有什麼東西改變了。還是有很多人指望著瘟疫會停止，他們和家人都能逃過這一劫，他們還不覺得應該有任何受限。對他們來說，瘟疫只是個令人討厭的訪客，既然來了，自然也就會走。他們驚恐，但並未絕望，還未覺得瘟疫會勾勒他們整個生命的輪廓，也還沒忘記瘟疫到來之前他們原本能好好過的生活。總而言之，他們處於等待觀望之中。面對宗教的態度，如同面對很多其他問題一樣，瘟疫使他們的心理狀態起了奇怪的改變，既非冷漠也不熱情，應該可以用「客觀」兩個字來形容吧。大部分參與那一周宗教活動的群眾，心裡所想的應該和一位信徒對李厄醫生所說的一樣：「反正也沒什麼壞處。」塔盧在筆記本上寫著，中國人碰到同樣情形會到瘟神前面敲鑼打鼓，接著又寫下根本無法知道敲鑼打鼓是否比防疫措施來得有效。只不過，想要弄清楚這個問題，必須先知道瘟神到底存不存在，我們連這一點都不知道，更遑論能有什麼見解了。

無論如何，我們城裡的大教堂在這一整個星期裡，幾乎都擠滿了信徒。頭幾天，許多民眾還待在門廊前種著棕櫚樹和石榴花的大片庭園，聽著一波波膜拜和祈禱的聲音直湧到大街小巷。漸漸的，這些聽眾跟隨其他先例，也決定走進教堂，怯怯低聲地加入在場眾人的頌歌輪唱。到了周日，大量群眾塞滿了教堂正殿，人潮滿到教堂前廣場與最上方幾節台階上。從前一天開始，天空就烏雲密布，大雨滂沱。站在教堂外的人撐開了雨傘，教堂裡飄浮著薰香和濕衣服的氣味，潘尼祿神父站上講道台。

他身材中等但粗壯。他手撐著講台邊緣，粗大雙手緊握著木頭，人們只看到他一團粗黑的輪廓，兩團紅通通的臉頰，上面架著一副鋼絲邊眼鏡。他的聲音宏亮、充滿熱情，傳送得很遠，面對聽眾，劈頭就鏗鏘有力地說出激烈的第一句話：「我的兄弟們，你們處於不幸之中，我的兄弟們，你們是罪有應得。」激起從教堂內直到廣場上的信眾一陣騷動。

邏輯上來看，接下來的話和這一句悲愴的開場白並不相合。要到更後來，市民們才明瞭，神父以高超的演講技巧，光以一句話就含括了整個布道的主題，如同當頭棒喝。說完開場第一句，潘尼祿神父立刻引述《出埃及記》中提及埃及發生瘟疫的段落，說道：「第一次這個災難出現在歷史上，是為了打擊天主的敵人。法老王違反天意，於是瘟疫讓他屈服了。有史以來，天主降的災讓傲慢和盲目的人一一屈服。這點你們好好想想，跪下祈禱吧。」

最後這句話落下時，全場鴉雀無聲，外面雨勢增大，雨點打在彩繪玻璃窗上的劈啪聲更襯托出這片肅靜，那句話如此餘音迴盪，幾名聽眾遲疑了一秒鐘後，從座位滑下來跪在跪凳上。其他人覺得應該照著做，因此一個接一個，寂靜中只有幾張椅子發出的劈啪聲，很快地全部聽眾都跪下了。潘尼祿挺直上身，深吸一口氣，用愈來愈抑揚頓挫的語氣說：「倘若今日瘟疫找上你們，那是因為反省的時刻到了。正直的人不必懼怕，但是惡人該發抖了。在人間這廣闊的糧倉裡，毫不留情的災難會把人當作穀物，直打到麥穗都脫下麥稈為止。麥稈會多於麥穗，死亡者會多於蒙主寵召者，這樣的不幸並非天主所樂見。這個世界已經和惡妥協太久了，已經仰賴天主的寬容太久了。人們只要懺悔，什麼事都可以做。因為有了懺悔，大家有恃無恐，時間到了自然就會有懺悔之心嘛，在那之前，最簡單的就是放任自己，其他的就讓仁慈的天主安排。這種情況不會再持續下去了。這麼長的時間以來，天主以慈悲的面目看著這個城市的子民，祂現在已厭倦等待，永恆的希望已落空，於是祂把眼光轉開。失去了天主的光芒，現在我們將長期陷入瘟疫的黑暗之中！」

教堂裡有人像匹驚恐的馬似的噴出鼻息。神父略微停頓，接著以低沉的聲音說：「在《黃金傳說》[1]中寫著，在安伯托國王（Humbert）統治倫巴底（Lombardie）時期，義大利遭到一場猛烈的瘟疫浩劫，存活的人數幾乎都不夠埋葬死者，這場瘟疫尤其肆虐了羅馬和帕維亞（Pavie）。一位善良天使顯靈，對拿著打獵長矛的邪惡天使下令，命他揮打房舍，一間房舍遭到多少下揮擊，便會從裡面抬出多少個死人。」

說到這裡，潘尼祿兩隻短短的手臂伸向教堂前廣場，好像要指出飄搖的雨幕後某個東西，力道十足地說：「我的兄弟們，今日在我們街道上進行的，是同樣的死亡追獵。你們看，那俊美如路西法（Lucifer）、閃耀如惡魔的瘟疫天使，高踞在你們家屋頂上方，右手把紅色長矛高舉過頭，左手正指著你們當中的一戶屋舍。或許就在這一刻，他的手指朝著你們家門，長矛敲在木門上砰砰作響；或許就在這一刻，瘟疫進了你們家的門，坐在房間裡，等著你們回去。它在那裡，耐心而專注，篤定得就如同世界秩序一般。它即將指向你們的手，你們要明白，人世間沒有任何力量、甚至虛妄的人類科學能夠讓你們避開。你們將在痛苦血腥的打穀場上遭到擊打，然後跟著麥稈一起被丟棄。」

此時，神父以更雄渾的音調豐富描述瘟疫災難的恐怖影像。他提到在城市上空揮舞的大木棍，隨意落下擊打，再揚起時棍上血跡斑斑，將人類鮮血和痛苦撒下，「作為來日收成真理的種子」[2]。

潘尼祿神父說完這一長段話，停頓下來，頭髮垂落到額頭上，渾身顫抖，雙手扶著的講道壇也抖動起來，他接著用比較低沉但譴責的語調說：「是的，反省的時候到了。你們以為每周日來看看天父就夠了，其他日子就可以自由自在。你們以為跪拜幾次就足以抵銷你們無所謂的罪惡心態。但是天父不是不慍不火的，這些間隔開來的關係不足以回應祂灼熱的慈愛。祂想要更長時間看到你們，這是祂愛你們的方式，而且說實話，這也是愛的唯一方式。現在祂厭倦等待你們的到來，祂讓有史以來降臨到所有罪惡城市的災難降臨到你們身上。就像該隱和他的子嗣[3]、大洪水之前的人們[4]、所

1《黃金傳說》（法文：la Légende dorée，拉丁文：Legenda aurea）是十三世紀義大利熱那亞道明會大主教雅各·德·佛哈金（Jacobus de Voragine）在一二六一至一二六六年間以拉丁語寫成的，記述了基督教約一百五十位聖者、殉道者的生平故事以及若干基督和聖母瑪利亞的事蹟。譯註。

2卡繆巧妙運用 fléau 這個法文字的雙重意義，這個字第一個意思是災難、浩劫，直接指的是瘟疫。第二個意思是槤枷，是一種農用收割工具，用於分離穀物的外殼，通常由兩段大棍子組成，棍子之間由短鏈相連。一根棍子由使用者握持並揮舞，其他的棍子則對穀物進行擊打，使外殼從穀物上分離開來，這間接指的是瘟疫。所以神父靈活展現以這段城市上空木棍揮舞的影像表示瘟疫肆虐。譯註。

3該隱（Caïn）是聖經人物，亞當和夏娃的兒子，殺了弟弟亞伯（Abel），被上帝驅逐。流亡的該隱後來建了一座城，並按自己兒子以諾（Enoch）的名字為城起名，該隱的後代也像該隱般好勇鬥狠。最後大洪水來到，把所有罪惡之人毀滅，該隱一族也隨之滅亡。譯註。

4聖經記載上帝因為世人在地上罪惡很大而決定用大洪水毀滅地上一切生物。譯註。

多瑪與蛾摩拉的市民[5]、法老王[6]與約伯[7]、像所有受詛咒的人一樣，現在你們知道了什麼是罪惡。自從這座城市的城門把你們和災難一塊圍封起來之後，你們就像那些人一樣，對生靈和事物有了新的看法。你們現在終於知道必須回歸到本質了。」

一股潮濕的風竄進正殿，大蠟燭的火焰被吹彎且劈啪作響。一股濃濃蠟燭味引得潘尼祿神父一陣咳嗽，打了個噴嚏之後，以他廣受好評的直指人心方式，用平緩的口氣重回到講道內容：「我知道你們當中有不少人心想我到底用意為何，儘管我剛才說了那麼多，我的用意是讓你們看清真理，我要你們學習感受喜樂。現在已不是用忠告、用友愛的手就可以將你們推向善的時候了。今日，真理就是個命令。救贖之道就由一根血紅的長矛來指引、督促你們。我的兄弟們，今日是天主展現無上慈悲的時候，所有的事物都有善與惡、憤怒與憐憫、瘟疫與救贖。這場殘害你們的災難，同時也提升你們，為你們指出道路。

「很久以前，阿比西尼亞[8]的基督徒把瘟疫視作一個上天所賜、獲得永生的有效方法。沒得瘟疫的人用患者的床單把自己裹起來，以求必死。當然，這種狂熱的救贖行動不值得稱許，彰顯一種令人遺憾的操之過急，非常近乎傲慢。不應比天主心急，祂早已建立不容更改的永恆秩序，一切企圖加速這個秩序的行動都會導致異端。但是，上述這個例子至少有教育價值。對於心智較洞開的我們，這個例子僅讓我們看見在所有痛苦深淵中那道美妙的永恆之光。這道光照亮通往解脫的昏暗道路，顯示了天主堅持不懈化惡為善的意旨。今日，這道光再次引導我們經歷死亡、焦慮、叫喊的道路，直到根本的沉寂與一切生命的本源。我的兄弟們，這就是我想帶給你們的莫大慰藉，希望你們今天帶走的不僅僅是懲罰的話語，也有平撫心靈的言詞。」

大家感覺潘尼祿神父說完了。外面雨停了，半雨半晴的天際灑下一道黃色光線在廣場上。街上傳來嘈雜人聲、車輛滑行聲，城市裡所有的語言甦醒過來。聽眾一陣窸窸窣窣騷動，悄悄地收拾隨身物品。然而神父又開始說話，他說已經闡明了瘟疫的起源來自天意和它的懲罰性質之後，該講的已經講完，針對如此悲劇性的議題，他並不想運用不合時宜的華麗詞藻作為結尾。他認為大家應該都清楚了，只提醒大家在馬賽

5 聖經記載所多瑪與蛾摩拉兩個城市的人多行不義，被上帝用天火毀滅。譯註。

6 聖經記載法老王不肯讓以色列人出埃及，上帝便降十災懲罰。譯註。

7 約伯是聖經人物，是個好人，上帝降災使其受盡折磨，是為了考驗他。譯註。

8 阿比西尼亞（Abyssinie）是今日衣索比亞的舊稱。譯註。

9 馬帝厄．馬雷（Mathieu Marais, 1665-1737），法國法學家、編年史作家。譯註。

大瘟疫時期，編年史家馬帝厄·馬雷[9]抱怨有如墜入地獄，求救無援也毫無希望。那是馬帝厄·馬雷盲了眼！恰恰相反，潘尼祿神父覺得沒有比今天更感受到神的幫助與天主恩賜給所有人的希望。不管這些日子如何恐怖、垂死之人如何哀號，他充滿信心地期望我們市民對上天發出基督徒唯一的話語，也就是愛的話語。其他的就由天主安排。

這場布道對我們市民是否起了什麼作用，很難說。預審法官奧東先生跟李厄說，他覺得潘尼祿神父的演說是「完全無法駁斥」。但是並非所有人看法都如此明確斷然。只不過，這次布道讓原本還想法模糊的那些人，明瞭他們犯了不知什麼罪而被判了刑，被判了無法想像的監禁。於是，有些人繼續過著日常，設法適應這監禁生活；有些人則相反，唯一的念頭就是逃離這所監獄。

起初，民眾還能接受與外界隔絕，就如同接受所有暫時的不便，只不過擾亂了少數幾個日常習慣罷了。但是一旦意識到是一種監禁，在這夏日開始煎熬的天幕之下，他們隱約感覺到這個隔絕威脅到他們整個人生，所以一到傍晚，伴隨著變得涼爽的空氣，他們精力恢復，有時便會做出一些絕望的行為。

剛開始，不知是不是巧合，反正就從這周日起，我們城裡便蔓延開一股普遍而且相當深刻的恐懼，讓人猜想到本市居民開始真正意識到自己的處境。從這個角度來看，我們城市的氛圍是有點改變了。但事實上，改變的是外在氛圍還是人的內心呢，這才是問題所在。

布道大會過後沒幾天，李厄和葛朗邊走向郊區邊評論著布道這件事，夜色中撞到一個走在他們前面卻搖搖晃晃不往前的男人。就在這一刻，城裡愈來愈晚才點亮的街燈突然亮了起來。他們身後高高的路燈陡然照亮那個閉著眼睛、無聲笑著的男人。他蒼白的臉因咧嘴而無聲的笑顯得鬆垮，流著大滴汗珠。他們走過他身旁。

「是個瘋子，」葛朗說。

李厄挽著他的手臂踱著他往前走，察覺他神經緊張地顫抖。

「過不了多久，我們城裡就只有瘋子了。」李厄說。

他感覺疲憊，喉嚨乾澀。

「我們去喝點東西吧。」

他們走進的那家小咖啡館，只有吧台上方點著一盞燈，空氣濃濁，光線帶著紅色調，不知為什麼大家都低聲說話。他們站在吧台邊，李厄很驚訝葛朗點了一杯烈酒，一飲而盡，說這酒真烈。喝完他就想走了。到了外頭，李厄感覺黑夜裡充滿了呻吟聲。路燈上方，夜空中某處的低沉咻咻聲響讓他想起那隱形的榧枷正不斷地揮攪著炎熱的空氣。

「幸好，幸好，」葛朗說。

李厄不知他在說什麼。

「幸好我有我的私人工作。」

「是啊，」李厄說：「這是個好處。」

李厄決定不再去聽那咻咻聲，問葛朗對他這個私人工作是否滿意。

「嗯，我覺得方向是對的。」

「還要很久才能完成嗎？」

葛朗顯得興奮起來，聲音裡透出酒意。

「我不知道，但問題不在這兒，醫生，這不是問題，不是。」

黑暗中，李厄猜想他一定揮舞著雙臂，彷彿準備好了的話，突然滔滔不絕地冒出：

「您知道，醫生，我要的是當手稿送到出版者手裡的那一天，他看完之後會站起來向他的同仁說：『先生們，脫帽致敬！』」

這出乎意料的宣言讓李厄驚訝。他感覺身邊這位同伴手舉向頭，接著手臂朝前平伸，做著脫下帽子的動作。上空似乎又傳來咻咻聲，而且更大聲了。

「是的，」葛朗說：「必須要做到完美。」

李厄雖然不太清楚文學界的作法，卻也感覺事情恐怕沒那麼簡單，例如出版社的人在辦公室裡應該不會戴著帽子吧。不過事實也很難說，李厄寧可保持沉默。他不由自主地傾聽著瘟疫發出的神祕低響。此時他們已走近葛朗住的那一區，由於這裡地勢稍高，微風吹來令他們精神一振，也同時吹淨了城市裡的喧囂聲。葛朗還說個不停，李厄沒完全聽懂他說的話，只明白他所說的這部作品已經寫了很多頁，但作者為了臻於完美，費盡心力，嘗盡痛苦。「整晚又整晚、整個星期又整個星期，就只為了一個字……有時還只為了一個連接詞。」說到這兒，葛朗停下來，抓住醫生大衣上一顆扣子，字句從缺牙的嘴裡跌跌撞撞地冒出。

「您要了解，醫生，嚴格說來，在『但是』與『而且』之間做選擇還算簡單。介於『而且』與『接著』之間就已經比較困難。『接著』與『然後』困難度更高。但最困難的無非是選擇到底該不該加『而且』這個字。」

「是啊，」李厄說：「我了解。」

他說罷就繼續往前走。葛朗顯得有點尷尬，隨即追上來。

「對不起，」他支吾地說：「我不知道今晚我是怎麼了！」

李厄輕輕拍拍他肩膀，說很想幫得上忙，對他所講的很感興趣。葛朗似乎稍稍恢復平靜，走到他家門口時，猶豫了一下，邀請醫生上去他家坐一會兒。李厄答應了。

葛朗請李厄坐在飯廳裡，餐桌上堆滿紙張，上面字跡很小，到處是塗改的槓槓。

葛朗回應醫生詢問的眼神，說：「是的，就是這個。不過您要喝點什麼嗎？我有一點葡萄酒。」

李厄婉拒，看著那一頁頁紙張。

「請別看，」葛朗說：「那是我的開頭第一句。它讓我傷腦筋，傷透腦筋。」

他自己也凝視著所有這些紙張，手似乎無法抗拒地伸向其中一張，拿起來舉到沒有燈罩的電燈泡前，燈光透過紙張，紙在他手中顫動著。李厄注意到葛朗的額頭已汗濕。

「坐下吧，」他說：「念給我聽。」

葛朗看著他，露出某種感激的微笑。

「好，我也想念給您聽。」

他略等了一下，眼睛始終盯著紙，然後坐下。在此同時，李厄聽著城裡傳來的隱約嗡嗡聲，似乎在呼應那槤枷的咻咻聲響。就在此時此刻，他深切感知到伸展在腳下的城市、它所封鎖的世界、以及在夜裡它壓抑下的恐怖哀號。葛朗低沉的嗓音念道：「五月裡一個美好的早晨，有位優雅的女騎士騎著一匹漂亮栗色母馬，穿過布隆涅森林開滿花的小徑。」又一陣沉默，城市模糊隱約的嘈雜聲在沉默中再次揚起。葛朗放下那張紙，卻還繼續凝視著它。過了一會兒，他抬眼問：

「您覺得如何？」

李厄回答說這個開頭令他對下文感到好奇，但葛朗回說這樣的看法是不對的，激動地一掌平拍在那疊紙張上。

「這只是相近的概念。如果我能將想像中的畫面確切表達出來，如果我的句子能有騎馬散步時小跑步的相同節奏，一二三、一二三，那麼其餘的部分就簡單多了，尤其，營造出的意象將無與倫比，光是這個開頭就會讓他們說出：『脫帽致敬！』」

但是，要做到這一點，他要努力的還不少。他絕對不會把這個句子就這樣交出去付印，因為儘管有時候覺得這一句還算滿意，卻也察覺到它還未能完全吻合實際情況，在某種程度上，這一句的語調太過流暢簡化，就算不明顯卻還是有點近似陳腔濫調。至少這是葛朗想表達的意思。就在這時候他們聽見窗戶下方人們奔跑的聲音，李厄站起身來。

「您將會看到我怎麼修改這一句，」葛朗說，他轉身對著窗戶，又說：「等這一切都結束的時候。」

匆忙的腳步聲又響起，這時李厄已經走下樓站到街上，有兩個人從他面前跑過，顯然是往城門的方向跑去。的確，有些市民同胞在炎熱與瘟疫夾擊之下失去理智，不惜使用暴力，試圖蒙混過戍守城門的警衛逃出城去。

還有其他像藍柏那樣的人，也試圖逃離這與日俱增的恐慌氣氛，但更執著、有技巧，儘管成功的機會未必比較高。藍柏起先是繼續尋求官方管道，據他所說，他向來相信堅持終能戰勝一切，而且從某種觀點來看，他的職業本來就是要會找門路。因此他拜會了一大堆官員和一大堆平日深具影響力的人。但在這種情況下，他們的影響力完全派不上用場。這些人大都對於一切有關銀行、出口貿易、柑橘類或葡萄酒買賣有著精準而專業的見解，對於訴訟和保險範圍擁有無庸置疑的知識，更遑論扎實的文憑與明顯的誠意。甚至，這些人最令人驚訝的就是誠意。但是在瘟疫這個範疇，他們所知幾乎是零。

然而，藍柏每次只要碰到他們其中任何一個，一有機會都申訴他的情況。他的論據總不外乎強調他是異鄉人，因此他的個案應該受到特殊審查。通常與他交談的對象都欣然同意這一點，但也會跟他說也有一些人處於相同情況，他的事件並不如他想像的那麼特殊。藍柏便會回答這並不會改變他的論據的真實性，對方就說這多多少少會改變行政上的困難度，行政單位拒絕任何法外開恩的作法，以免開了大家一提到便滿臉嫌惡的所謂「先例」。在藍柏跟李厄醫生提到的分類當中，抱持這種說法的人歸類於拘泥形式者。此外還有口惠而不實者，對求助者保證一切都不會持續太久，問他如何做決定時，他會慷慨提出一堆忠告，安慰藍柏說這只不過是暫時的困擾罷了。另外還有故作顯要型，請造訪者留下紙條簡述自己的情況，答應針對個別情形做出裁決。毫無建設型，提供他住宿券或便宜食宿地址；照章辦事型，要他填好表格，之後整理歸檔；焦頭爛額型，雙手一攤幫不上忙；怕麻煩型，轉過臉不理睬；還有數量最多的墨守成規型，指點藍柏到另一個機關去、或採許另一個新的程序。

記者藍柏就這樣疲於奔命地到處奔走，對市政府或省政府辦公室有了一個準確的認知，因為經常坐在仿皮漆布沙發上等候，面對著鼓吹民眾認購可免稅的國庫債券、或是招募殖民軍的大幅海報；也因為經常出入辦公室，辦事員的臉孔就像那一抽屜一抽屜的檔案和一整櫃一整櫃的資料一樣令人卻步。藍柏帶著一絲苦澀對李厄說，這有個好處，就是這一切遮掩了真實的情況，使他幾乎感受不到瘟疫蔓延。更何況這樣日子感覺過得快一些，就整個城市的狀況來說，只要不死，每個人每過一天就離試煉的終點近一些。李厄承認這個看法並沒錯，只不過針對事實有點太過籠統。

藍柏一度燃起希望。他收到省政府寄來一張空白資料調查表，請他據實填寫。表上詢問他的身分、家庭狀況、以往與現在的收入來源以及所謂的履歷。他感覺好像是一份統計可能被遣送返回常居所的人員的調查表。從某個辦公室得到的模糊訊息也似乎證實他這個感覺。然而進一步確實探詢，才查到當初寄出這份調查表的單位，他們跟他說調查這些資料是「以防萬一」。

「以防什麼萬一？」藍柏問。

他們解釋說，萬一他得了瘟疫死亡，一方面得以通知他的家屬，另一方面可以釐清是否必須將醫療費列入市府預算，或是可以等家屬前來繳納。當然，這證明他還沒與期待他歸去的女人徹底分離，社會還關心著他們。但這也不算是個安慰。這當中最令人注意，藍柏自然也注意到的，就是值此災難最嚴峻之際，政府單位辦公室居然還能繼續辦公，通常在高層不知悉的情況下，採取一些不合現實的措施，只因為這是他們的工作範圍。

接下來的這段時期，對藍柏來說，是最容易也最困難的日子。這是一段麻木的時期。他已經跑遍一切有關單位，試過所有程序，這方面的門路目前都堵死了。於是他從一間咖啡館晃到另一間咖啡館，早上就坐到咖啡館露天座上，面前擺著一杯溫溫的啤酒，看著報紙，希望讀到瘟疫即將結束的某些跡象，看著街上行人的臉，卻又因他們悲傷的表情厭惡地轉過頭去，在看了上百次對街商店的招牌、那些現在已經斷貨不供應的著名開胃酒廣告之後，才站起身在城裡黃土街道上信步亂走。獨自亂走一陣然後到咖啡館，咖啡館之後到餐廳，這樣就到了晚上。有一天晚上，李厄看見他在一家咖啡館門口猶豫著要不要進去，接著似乎決定了，走進去坐到最裡面的位子。根據上級命令，咖啡館點燈的時刻愈來愈往後延，在這個時刻，暮色像一汪灰色的水漫進來，粉紅色的夕陽餘暉照映在玻璃窗上，大理石桌面在漸漸升起的黑暗中微微發著光。空蕩的咖啡廳裡，藍柏像個迷失的影子，李厄心想這是他被遺棄的時刻。但這也是這個城市所有被監禁的市民感覺被遺棄的時刻，必須有所行動快點讓他們解脫。李厄轉過身離開。

藍柏也在火車站耗掉很多時間。月台禁止進入，但和車站外相通的候車室還開放，因為裡頭陰涼，天熱時乞丐有時就進來待著。藍柏來看以前的火車時刻表、禁止吐痰的標示、鐵路警察的法規。看完便坐到角落。候車室裡很陰暗，一個老舊的生鐵爐已經冷卻了好幾個月，周圍是往日灑成8字形留下的水漬。牆上幾張宣傳法國南部邦多勒（Bandol）或坎城幸福人生的海報。藍柏此時體會到一無所有的時候那種可恨的自由。他現在最無法忍受的是巴黎的景象，至少他對李厄是這麼說的，古老的石頭和流水、皇宮廣場（Palais-Royal）的鴿子、巴黎北站（gare du Nord）、萬神殿（Panthéon）附近人煙稀少的那幾區、還有他從不自知如此深愛的這個城市中其他幾處地方，這些影像縈繞腦海，讓他什麼事也做不了。李厄認為他只是把這些影像和心愛的人連結了。有一天藍柏跟他說喜歡在凌晨四點醒來，思念著他的城市，李厄醫生以自己的經驗，輕易地就詮釋說這是他喜歡想像留在故鄉的妻子。因為，在這個時刻他才能抓得住她。就算這是出軌不忠的一夜，清晨四點通常大家什麼事都不做，在睡覺。是的，這是大家睡覺的時刻，這令人安心，因為擔憂的心最大的渴望就是永遠擁有心愛的人，倘若分隔兩地的時候，則希望能讓對方陷入無夢的沉睡，直到相聚的那一天才醒來。

布道大會過後不久，天氣開始熱了。已到六月底。布道那個周日令人印象深刻的那場遲來的雨之後，次日，夏季在天空與房舍屋頂上突然爆開。起先是升起一股灼熱的強風，吹了一整天，吹乾了屋牆。烈日當空，鎮日裡城市被一波波的熱浪和光線淹沒。除了拱廊街道和屋內，整個城市似乎沒有一處不閃耀著刺眼欲盲的強烈光線。陽光追著市民在街上每個角落跑，一旦停下腳步，就被陽光鞭打著身體。這第一波熱浪剛好和直線上升、目前數字已達每星期七百人的死亡人數同時出現，城裡充斥著沮喪的氣氛。在城郊平坦的街道和平頂房屋之間，熙攘的市聲逐漸減少，平日在這一區大家都在門口活動攀談，現在所有的門都緊閉，百葉窗拉下，不知是為了躲避瘟疫或是陽光。不過有幾戶人家傳出呻吟聲，若在往日，總有好奇民眾站在街上傾聽。但經過這段長時間的警戒之後，人心似乎變硬了，聽到呻吟大家照常行走、過日子，好似那是人類的自然語言。

城門口發生的打鬥迫使警方使用武器鎮壓，也引發城裡隱隱的騷動不安。鎮壓肯定有人受傷，但城裡大家都說有人死亡，炎熱和恐懼令所有事都被誇大。總之，民眾不滿的情緒的確不斷升高，當局擔心最壞的情況發生，認真考慮萬一那些被疫情所困的群眾起身反抗時該採取的措施。報紙上公布禁止出城的法令繼續執行，違反者將受監禁。巡邏隊在市內到處巡查。經常，在空蕩蕩被曬得發燙的街上，先聽見石板路上的馬蹄聲，接著看見騎著馬的衛兵在一排排緊閉的窗戶間巡過。巡邏隊經過後，沉重而充滿疑慮的寂靜又重新籠罩這座受威脅的城市。時而聽到幾聲槍響，那是最近下令組織的幾支特殊武裝小隊，專門撲殺可能傳播跳蚤的狗和貓。這些冷酷的槍聲更增加了城裡警戒的氛圍。

在炎熱與寂靜當中，對於我們心懷恐懼的市民，一切事物的重要性都擴大了。在這季節轉換之際天空的顏色和土地的氣味，第一次受到所有人的關注。人人驚恐地了解到天熱有助於疫情傳播，同時間，人人也感受到夏天真的來臨了。城市上方夜空中雨燕的啼聲變得更尖細，和我們這個國度六月黃昏時異常開闊的天際不成比例。市場上的鮮花運來時已不是含苞，而是盛開，早市結束後，花瓣散落在灰塵滿布的人行道上。大家清楚看到春季已盡，原本在萬紫千紅輪轉中恣肆揮霍，如今就要昏沉睡去，慢慢被瘟疫和炎熱的雙重力道壓垮。在我們全城市民同胞眼裡，這夏日的天空、這被灰塵與煩憂染得蒼白的街道，與城裡每天上百的死亡者具有相同的威脅意味。烈日炎炎，這些讓人留戀午睡和度假的時刻，不再像以前一樣吸引人到海邊戲水和縱情尋歡。在這座封閉而寂靜的城市裡，這些時刻反而空空洞洞，失去了歡樂的夏季古銅色光輝。瘟疫的烈陽磨滅了所有顏色，驅散了所有快樂。

這是瘟疫引起的一大革命。通常，我們所有市民滿心歡喜迎接夏季。城市朝著海洋敞開，年輕人蜂擁到海灘上。今夏完全不同，靠近市區的海灘禁止進入，肉體無法再享受游泳戲水的歡暢。這麼一來做什麼好呢？還是塔盧對我們當時的生活做了最忠實的描述。當然，他很注意疫情進展的整體狀況，並且記錄下疫情一個轉折點：收音機播報的不再是每星期死亡人數幾百或幾百，而是每天死亡人數九十二、一百零七、一百二十。「報紙和當局針對疫情報導極盡狡猾，以為這樣就能減輕情況，因為一百三十聽起來比九百一十來得少。」他也描述了一些疫情悲愴和驚人的場面，例如他走過空無一人、百葉窗都緊閉的一區，一個女人突然打開窗戶尖叫了兩聲，之後關起護窗板讓房間又陷入黑暗。他也記錄了薄荷錠已從藥房絕跡，因為很多人嘴含薄荷錠預防傳染。

他也繼續觀察特別留心的那幾個人物。那個戲弄貓的小老頭也過得很悲慘。根據塔盧記載，有一天早上，響起了幾道槍聲，吐出的幾顆槍子打死了大部分的貓，沒死的也嚇得逃離了那條街。當天，小老頭在慣常時間走到陽台上，臉上顯出有點訝異的神情，傾著身仔細張望街的兩頭，之後只好等待著。他的手輕敲著陽台欄杆，又等了一會兒，撕一撕小紙片，進屋又出來，過了一段時間，突然不見人影，氣憤地關上落地窗。接下來幾天，同樣的場景重複出現，但從小老頭的神情可看見愈來愈明顯的悲傷和驚惶。一星期之後，塔盧再也等不到每天都會出現的人，只見窗戶緊緊關著，封住一股人人可以體會的哀傷。「瘟疫期間，禁止朝貓吐痰」，筆記本上寫著這一句結語。

另一方面，塔盧每晚回去的時候，必定會在旅館大廳遇到神色黯然的夜間守衛踱著方步。這守衛逢人便說他早就預料到這一切。塔盧承認曾經聽到他預言會有災難發生，但提醒他那時候提到的是地震，老守衛回答：「啊！倘若是一場地震就好了！一陣天搖地動就結束……清點一下死亡人數、生還人數，事情就完了。但是這該死的疾病！就算沒染上的也時時刻刻掛在心頭。」

旅館經理也是焦頭爛額。最初，旅客們因為封城只好留在旅館裡。但隨著疫情持續，許多旅客寧可搬到朋友家住。原本因為瘟疫使旅館客滿，現在同樣因為瘟疫使房間都空著，因為再也沒有新的旅客進城來了。塔盧是少數僅存的房客之一，經理一有機會就跟他說，若不是為了這些僅存的房客著想，他老早就把旅館關了。他經常要塔盧估計這場疫情會持續多久，塔盧說：「據說寒冷會抑制這類的疾病。」經理嚇慌了：「但我們這裡氣候從來不會太冷，先生。即使如此，離天冷還有好幾個月。」不過他很確定，旅客很長一段時間會避開這裡。這場瘟疫毀了觀光業。

短暫一陣子沒來的貓頭鷹奧東先生又出現在餐廳裡，但身後只跟著兩隻訓練有素的狗。打聽之下，他妻子前段時間照料、之後下葬自己的母親之後，目前正在隔離當中。

「這樣真的很討厭，」經理對塔盧說：「不管隔不隔離，她都可能身帶瘟疫，連帶他們一家都可能帶病。」

塔盧提醒他，這麼說來，人人都有帶病的嫌疑。但對方斬釘截鐵，在這個問題上見解非常決斷：

「不，先生，您和我都沒有嫌疑。他們卻有。」

奧東先生並不會因這種小事改變習慣，瘟疫在他身上算是白費力氣。他以同樣的方式走進餐廳，比孩子早一步坐下，依舊以優雅且惡毒的方式對他們說話。只有那小男孩模樣變了，像他姊姊一樣穿著黑衣，有點更彎腰駝背了，活像他父親小一號的縮影。夜間守衛不喜歡奧東先生，跟塔盧說：

「那一位啊！死的時候也會衣冠整齊。遺體連化妝整容都不用，直接就可以走了。」

筆記本上也記載了潘尼祿的布道，加了如下評論：「我理解這種討人喜歡的熱忱。災難剛開始和結束的時候，人們總會講點場面話。災難開始的時候，是因為講這種場面話的習慣還沒去除；災難結束的時候，是因為講場面話的習慣又回來了；只有身陷災難當中時，人們才會習慣於現實，也就是沉默。讓我們等待吧。」

塔盧最後記錄和李厄醫生的一次長談，只記得相談甚歡，也順便提到醫生的母親有一雙淺栗色的眼睛，並針對這一點很怪異地斷言，如此充滿善意的眼光，比瘟疫的力量還要強大。筆記本最後花了相當長的篇幅描述李厄醫生醫治的那個哮喘老人。

他那次和醫生相談之後，便陪著一起去替老人看診。老頭冷笑地搓著手接待塔盧。他坐在床上，背靠著枕頭，面前擺著兩鍋豆子。「啊！又來一個，」他看著塔盧說：「這世界顛倒了，醫生比病人還多。因為人死得很快，對吧？神父說得沒錯，罪有應得。」次日，塔盧沒事先告知又回去看他。

據筆記本上所寫，哮喘老頭本來開了家縫紉用品店，到了五十歲不想幹了。從此臥床就再也不起來，儘管氣喘其實站著比較舒服。一筆微薄的收入讓他活到七十五歲，活得也輕鬆愉快。他看到錶就難受，整個家裡也的確一支錶都沒有。他說：「買錶又貴又愚蠢。」他的時間，尤其是他唯一在乎的吃飯時間，是用那兩個鍋子來計算。他醒來時其中一個鍋子裝滿了豆子，他用專注而規律的動作一顆一顆移到另外那個鍋子裡。他用鍋了這個方法找到一天當中的標界。「每裝滿十五鍋，」他說：「就該吃飯了。就是這麼簡單。」

據他妻子說，他在很年輕時就顯露出這個怪癖的徵象。他從未對任何事情感到過興趣，不管是工作、朋友、咖啡館、音樂、女人、散步。他從來沒離開過本城，只有一次為了家裡的事不得不到阿爾及爾去，在離奧蘭最近的一個車站就下車了，沒辦法再往前，隨即搭上第一班返回的列車回家。

塔盧對這種隱居生活表露出驚訝的神情，他便大略解釋一下。根據宗教的觀點，人的一生前半段是往上，後半段是往下，在往下的階段，日子已不屬於自己，任何時刻都可能被奪走，所以他什麼都不能做，最好的也就是什麼都不做。他一點也不怕自我矛盾，緊接著又跟塔盧說上帝肯定是不存在的，因為若上帝存在，神父就都沒有用處了。塔盧思考了一下，明白了他這番哲理其實和堂區神父經常跟他募捐引起他不滿有著密切關係。有關這位老人的描述以一個深切的希望作為結尾，老人在他面前好幾次說到這個希望：他希望活得長久。

「他是個聖人嗎？」塔盧自問，之後自答：「是，倘若神聖是習慣的總和的話。」

同一時間，塔盧也對疫情之下城裡一天的生活做了相當巨細靡遺的描述，讓人對那個夏天我們市民每日的作息和生活有個確切的概念。他寫道：「除了醉漢之外，沒有一個人笑，而醉漢又笑得太過度了。」接下來他開始描述：

「大清早，陣陣清風吹過還空空蕩蕩的城市。這是介於黑夜的死亡和白晝的垂死之間的時刻，瘟疫似乎暫時歇息，喘一口氣。所有的店鋪都關著。幾家店門口掛著『疫情關係歇業』的牌子，表示待會兒不會和其他店家一樣開門做生意。睡眼惺忪的賣報小販還沒吆喝當天新聞，而是背靠著街角，像夢遊似的把報紙伸向路燈。待會兒他們被第一班電車吵醒，便會四散到全城各處，揚著印有醒目『瘟疫』兩個字的報紙。『秋季瘟疫會盛行嗎？』B教授回答：『不會。』『瘟疫第九十四天的死亡人數統計：一百二十四人。』

「雖然紙張匱乏的問題愈來愈嚴重，迫使某些期刊減少頁數，但仍推出一份新的報紙《疫情郵報》，旨在『以最客觀的精神向市民報導疫情的進展或減退；針對疫情發展提供最權威的證據；提供版面支持所有獻身對抗瘟疫知名或無名人士；振興民心士氣、傳達當局指示，簡言之，集結一切毅力決心，以便有效對抗降臨在我們身上的災難』。事實上，這家報紙很快就局限為刊登一些預防瘟疫效果神奇的新藥廣告。

「早上六點左右，所有報紙開始販賣，先是在離商店營業還有一小時但門口已經大排長龍的隊伍中販售，接著賣到從郊區開來擠得滿滿的電車上。電車已成為唯一的交通工具，前進速度非常緩慢，因為車門踏板和扶手欄杆上都擠爆了人。怪異的是，所有乘客都盡可能背對著背以免傳染。每到站時，湧下一大堆男女乘客，急步遠離人群，只想單獨一人。電車上經常發生火爆場面，只因為大家情緒低迷，這情緒已成為慢性病了。

「頭幾班電車駛過後，城市漸漸甦醒，最早營業的幾家咖啡簡餐店開了門，櫃台上放著『咖啡缺貨』、『請自備糖』等牌子。接著商店也開門了，市街熱鬧起來。這個時候，陽光漸漸增強，熱氣漸漸沉鬱在七月的天空。這正是無所事事的人冒著瘟疫的危險來到大道上閒晃的時刻。其中大多數想靠著擺闊炫富來驅除瘟疫。每天十一點左右，都有一群年輕男女在城裡主要大道上招搖，從他們身上可以感受到身處大難中，對生命的狂熱愈來愈強烈。如果瘟疫繼續擴散，道德標準也會放寬。我們又會看見米蘭人在墳墓旁縱情狂歡的景象[10]。

「到了中午，餐廳裡一眨眼就客滿了。很快的，找不到位置的人便在門口三五群聚。天空開始因過度炎熱而失去了光芒。在餐廳前的大遮陽棚下，等著用餐的人就站在被太陽曬得快裂開的馬路旁。餐廳之所以人這麼多，是因為對很多人來說，它簡化了採買糧食的問題。不過大家對傳染的疑慮絲毫未減，花好幾分鐘耐心地把餐具擦了又擦。不久之前，某些餐廳貼出告示：『本餐廳餐具經沸水消毒』。但它們漸漸不再做任何廣告，反正顧客橫豎會上門。何況顧客不在乎花錢。高級醇酒（或號稱高級醇酒）、最昂貴的額外加價，大家拚命搶著花錢。不過有間餐廳因為有個客人突然覺得不舒服，臉色發白，站起身踉蹌地快步走出餐廳，似乎爆發了恐慌的一幕。

「接近兩點時，城裡漸漸空了，這是沉寂、灰塵、陽光、瘟疫在街上匯聚的時刻。熱浪沿著一整排灰色大房屋流瀉而下，這也是漫長的囚禁時刻，直到火熱的晚上澆在熙來攘往喧鬧的城區上方才結束。天剛轉熱的那陣子，時不時才熱上一天，不知什麼原因，晚上人煙稀少。但現在只要稍有涼意，就會給人帶來一種放鬆、甚或希望的感覺。於是所有人都跑到街上，在七月紅火的天空下大聲聊天、吵嘴、調情，這座充滿雙雙對對情侶和喧嘩嘈雜的城市，漂向低喘的夜。每晚在大道上，有一個受神靈啟示的老頭，戴著氈帽打著大花領結，穿梭人群中不斷重複：『上帝是偉大的，到祂這裡來吧』，他這是白費工夫，所有人反而急忙奔向他們自己也不清楚、或者比起

10卡繆可能影射一六二九至一六三一年間義大利爆發的一連串瘟疫，稱為「米蘭大瘟疫」，造成當年四分之一人口死亡。譯註。

上帝更要緊的某個東西。剛開始，大家認為這不過是一般疾病的時候，宗教還保有原本的地位，但現在他們發現事態嚴重，就想起要尋歡作樂了。白天臉上掛著的一切憂慮，在燠熱且灰塵滿天的傍晚時分，都化為一種失去理智的興奮，一種不合時宜的放縱，讓全體市民陷入狂熱。

「我呢，我也和他們一樣。那又如何！對像我這樣的人來說，死根本不算什麼。反正人都會死，人們尋歡作樂又何錯之有。」

塔盧在筆記本上提到，和李厄醫生的那次會面是他要求的。那天晚上李厄在等他的時候，凝視著母親，母親靜靜地坐在飯廳角落的椅子上。家事做完後，她就坐在椅子上度過整日，兩手交疊在膝蓋上，等待著。李厄甚至不確定她等待的是他，但只要他出現，母親的臉上便起了某種變化，勞苦的一生在這張臉上畫下的沉寂似乎頓時生出了活力，但她隨即又靜默下來。那天晚上，她望著窗外，看著那時刻已然空蕩的街。夜間照明已縮減了三分之二，間隔很遠才有一盞路燈，發出慘淡的光，在城市暗影中映照出一絲微光。

「整個瘟疫期間都會縮減照明嗎？」李厄老太太問。

「很可能。」

「但願不會一直持續到冬季，那就太淒涼了。」

「是啊，」李厄說。

他看到母親注視著他的額頭，知道這些日子以來的擔憂和過度勞累使他臉龐消瘦了不少。

「今天情況不好？」李厄老太太問。

「噢！跟平常一樣。」

跟平常一樣！也就是說從巴黎新運來的血清好像比上一批效用差，死亡統計人數又上升。除了患者家屬之外，不可能為大眾普遍施打預防性血清，因為那就必須工業大量生產才行。大部分的淋巴結炎腫塊都很難切開，簡直好像硬化期來臨了，讓病患受盡折磨。從前一天起，城裡又發現兩例新型疫病，瘟疫轉變為肺部感染。當天，在一場會議上，筋疲力盡的醫生們向六神無主的省長提出針對肺病瘟疫採取新的措施來避免口對口空氣傳染，獲得了省長首肯。但一如往常，人們對此一無所知。

他看著母親，她那美麗的栗色眼睛令他回憶起這麼多年來的溫柔慈愛。

「妳害怕嗎，母親？」

「到我這個年紀，害怕的事情已經不多了。」

「一天很漫長，我又都不在家。」

「只要知道你會回來，我不在乎等待。你不在家的時候，我就想著你正在做什麼。有消息嗎？」

「有，據上封電報說一切都好，但我知道她這麼說是為了讓我放心。」

門鈴響起。醫生對母親微笑一下，走過去開門。站在陰暗樓梯間的塔盧像一隻大灰熊。李厄請來客在書桌前坐下，自己則站在扶手椅後面，兩人之間隔著書房內唯一一盞亮著的桌燈。

塔盧開門見山地說：「我知道能跟您直話直說。」

李厄默默地點點頭。

「再過十五天或一個月後，您在這裡將毫無用武之地，您已經無法應付情況了。」

「沒錯。」李厄說。

「衛生防疫工作編制太糟糕，你們欠缺人手和時間。」

李厄再次承認這是事實。

「我聽說省政府正在籌畫民眾服務組織，所有身強體健的男人都必須參與全面救助工作。」

「您消息倒靈通，但民意已經大力反彈，省長還在考慮。」

「為何不徵求志願者呢？」

「徵過了，但成果不彰。」

「當初是經由官方管道徵求志願者，而且也知道不會有什麼成果。那些官方人員欠缺的是想像力，根本不知道大災難的處理格局。他們想像出來的處方最多能治治傷風感冒。如果再任由他們處理，我們會被拖著和他們一起死。」

「可能吧，」李厄說：「但我也必須說，他們也想到過調派囚犯來做我所謂的粗重活。」

「我認為還是找自由的人比較好。」

「我也是這麼想。但究竟是為什麼呢？」

「我厭惡死刑。」

李厄直視著塔盧：

「所以怎麼辦呢？」

「所以我打算組織一個衛生防疫志願隊。請授權讓我放手去做，先把當局擱到一邊。再說，當局已經焦頭爛額了。我人面還算廣，那些朋友可以作為核心分子，我當然也會加入。」

「這不用說，」李厄說：「您知道我必定會欣然接受。我們需要援手，尤其在醫護這方面。我負責讓省政府接受這個計畫，反正他們也別無選擇。不過……」

李厄沉吟道：

「這個工作要冒著生命危險，這您很清楚，但我無論如何還是得提醒您。您考慮清楚了嗎？」

塔盧灰色的眼珠凝視著李厄。

「醫生，您對潘尼祿的布道有何想法？」

他很自然地問出這個問題，李厄也很自然地回答。

「我在醫院待得夠久，很難贊同集體懲罰的想法。但您也知道，基督徒有時候嘴巴上是這麼講，心裡未必真正這麼想。他們為人其實比表現在外的印象要好。」

「所以您和潘尼祿一樣認為瘟疫也有好的一面，讓人睜開眼、迫使人思考！」

李厄不耐地搖搖頭。

「瘟疫就如同世界上所有的疾病。這世上所有惡的特質，瘟疫都有了。這或許會使一些人獲得心靈提升。然而，看到它帶來的苦難和痛楚，除非瘋子、眼盲、懦弱的人才會降服於瘟疫。」

李厄其實並沒有提高音量，塔盧卻做了個要他冷靜下來的手勢。他微微一笑。

「好。」李厄聳聳肩說：「但是您還沒回答我的問題，您考慮清楚了嗎？」

塔盧在扶手椅上稍稍往上坐正，頭現在照在燈光底下。

「醫生，您相信上帝嗎？」

他依舊很自然地問出這個問題，但這回李厄猶豫了。

「不相信，但這又代表了什麼呢？我身陷漆黑的夜裡，試著想看清楚一點。很久以來我已不覺得相不相信神有什麼特別的意義。」

「這不就是您和潘尼祿不同的地方？」

「我不這麼認為。潘尼祿是個做學問的人，他親身見識的死亡還不夠多，所以才會以真理之名發言。然而就算一個地位卑微的鄉村教士，照管堂區信徒、聽過垂死之人喘息，就會和我有同樣想法。在宣揚苦難的好處之前，他會先去照料苦難。」

李厄站起身，他的臉現在處在陰暗裡。

「既然您不肯回答我的問題，」他說：「那就先不談了吧。」

塔盧微笑，坐在扶手椅上不動。

「我能以一個問題來回答嗎？」

這回輪到醫生微笑，說道：

「您就喜歡故作神祕，那就問吧。」

「我的問題是，」塔盧說：「既然您不信上帝，何以如此犧牲奉獻呢？您的答案或許能幫助我回答您剛才的問題。」

醫生仍留在暗處，說他已經回答過了，倘若他相信有個萬能的上帝，就會停止替人醫病，交由上帝去管。但是這世上沒有人、就算自以為相信的潘尼祿，都不相信會有這樣一位上帝，因為沒有人會把自己完全交給上帝，至少在這方面，李厄認為自己走在真理的道路上，對抗實際發生的狀況。

「啊！」塔盧說：「這就是您對自己醫生職業的看法嗎？」

「大概是，」醫生邊說邊走回燈光下。

塔盧輕輕吹了聲口哨，醫生看著他說道：

「是的，您會以為從醫需要傲氣，但相信我，我有的也就只是這一股傲氣了。我不知道前面等著我的是什麼，也不知道瘟疫結束後會怎麼樣。就目前來說，我眼前只有病患，必須醫治他們。之後呢，他們會去思考，而我也會。緊急的是治癒病患，我盡自己能力保護他們，如此而已。」

「保護他們對抗誰？」

李厄轉身對著窗戶。他猜測遠處地平線凝聚的那一團黑暗應該就是大海。他只覺得疲憊，心裡卻又掙扎，不知何以突然很想和對面這個古怪但有如弟兄的人多傾吐一些心裡話。

「我不知道，塔盧，說真的我不知道。當初進這一行，可以說誤打誤撞，因為我需要這份工作，因為這就和其他工作一樣，是年輕人會想從事的一行。也或許是因為我出身工人家庭，特別難進入醫生這行。還有，必須目睹死亡。您知道有人拒絕死亡嗎？您可曾聽見過一個女人臨死前大喊：『我絕不死』？我經歷過這些，發現自己不可能習慣。我當時還年輕，甚至對世上一切秩序都起了反感。後來我變得比較謙卑，只不過依舊無法習慣看人死去。我知道的就只是這樣，反正……」

李厄話沒說完就停住，坐下來，覺得口乾舌燥。

「反正什麼呢？」塔盧輕聲問。

「反正……」李厄接著說，但還是猶豫著，凝神注視著塔盧：「像您這樣的人應該能夠理解，不是嗎？反正世上一切秩序都以死亡為規律，對上帝來說，或許覺得人們不相信祂會比較好，人們傾盡自己的力量對抗死亡，而不必抬頭乞求沉默不回應的上天。」

塔盧贊同：「是的，我能理解。只不過您的勝利永遠只是暫時的，如此而已。」

李厄臉色黯淡下來。

「永遠只是暫時的，這我知道。但這不是停止奮鬥的理由。」

「不，這不是理由。但我可以想見這場瘟疫對您來說意味著什麼。」

「是的，」李厄說：「意味著一場永無止境的潰敗。」

塔盧盯著醫生看了一會兒，然後起身踏著沉重的腳步走向門口。李厄跟在他身後。他已走到塔盧身旁時，塔盧好像正盯著自己雙腳，說：

「這一切是誰教您的，醫生？」

回答立即而來：

「苦難。」

李厄打開書房的門，走到外面走廊上，跟塔盧說他也要下樓，要去城郊看一位病患。塔盧提議陪同前去，醫生答應了。走到走廊盡頭，碰到李厄老太太，醫生向母親介紹塔盧：

「這是我一位朋友。」

「噢！」李厄夫人說：「很高興認識您。」

她走開後，塔盧還轉身看著她。在樓梯間裡，李厄按了定時開關，燈卻不亮，樓梯一片漆黑。他猜想是節約電力的新措施，但也無從得知。已經一陣子了，不管是住家還是城裡，一切都出問題。也或許是因為各棟樓的門房、乃至於普遍大眾對任何事都不再關心。然而醫生沒空多想，塔盧的聲音已經在身後響起：

「最後一句話，醫生，就算您覺得這話很無稽我也要講：您說的一點都沒錯。」

黑暗中，李厄對自己聳聳肩，說：

「老實說，我完全不知道。您呢，您的想法是什麼？」

「噢！」塔盧平平靜靜地說：「我沒什麼需要知道的。」

李厄停下腳步，跟在後面的塔盧腳在階梯上滑了一下，抓住李厄的肩膀重新站穩。

「您自認對生命全盤了解？」李厄問。

黑暗中傳來回答，聲音像剛才一樣平靜：

「是的。」

走到街上，他們才發現時間已晚，或許晚上十一點了。城市一片靜默，只充斥著窸窸窣窣的聲音。遠處響起救護車的鳴笛聲。他們坐上車，李厄發動引擎。

他說：「您明天得來醫院打防疫疫苗。但在你加入這檔子事之前，我要提醒最後一句，您得知道您只有三分之一的機會可以全身而退。」

「這些估算是沒有意義的，醫生，您和我一樣清楚這一點。一百年前，一場瘟疫奪去了波斯一座城市所有居民的性命，唯一倖存的是一個從頭到尾沒停止工作的洗屍工人。」

「他只是保住了那三分之一的機會罷了，」李厄的聲音突然變得比較低啞：「但是對瘟疫這個議題，我們還有太多未知的事。」

他們現在進到城郊，車燈照亮空蕩的街道。他們停下車。李厄站在車前問塔盧要不要一起進去，塔盧說好。天空一道光照亮他們的臉。李厄突然發出一聲友好的笑聲：

「好吧，塔盧，」他說：「是什麼驅使您管這檔子事？」

「我不知道，或許是我的道德感。」

「哪種道德感？」

「將心比心。」

塔盧轉身走向房子，李厄看不見他的臉，直到進到哮喘老人家裡。

從第二天起，塔盧便投入工作，組織起第一支小隊，接著還會成立許多其他小隊。

敘事者無意大肆渲染這些防疫小隊的重要性。我們市民若是站在敘事者的位置，今日很可能忍不住誇大這些防疫小隊扮演的角色。但是敘事者傾向於相信過度溢美善行，最後無異於間接而強烈地歌頌了惡。因為這意味著這些善行是因為罕見而顯得高貴，而大多數時間驅使人們行動的是惡意與漠然。敘事者並不同意這個觀念。這世界上的惡幾乎都來自於無知，愚昧的善意可能和惡意造成同樣大的損害。世上的好人多於壞人，事實上問題不在於此。人們或多或少無知，這或多還是或少決定了善或惡，最令人悲痛的是自以為無所不知的無知，並自認為有權殺人。殺人者的靈魂是盲目的，若沒有清晰洞見，就不會有真正的良善與崇高的愛。

因此，塔盧在我們城裡成立的防疫小組應該被客觀評斷。也因此，敘事者不過度頌讚他們良善的立意，對英雄主義也只賦予適度的重要性。但是他還是會繼續記錄市民同胞因瘟疫造成的撕裂而無所適從的心情。

那些獻身防疫工作小組的人其實也不是多麼偉大，他們知道這是唯一可做的，不做反倒才奇怪。這些防疫小組幫助市民更深入了解疫情，多多少少說服他們既然瘟疫已經發生，就得做所有該做的來對抗它。既然防疫成了某些人的任務，瘟疫也就真確顯出了它的實質：這是眾人之事。

這當然很好。但是我們讚揚老師的，不是他教小孩子二加二等於四，而或許是因為他選擇了這個崇高的職業。因此，塔盧和那些人選擇了去證明二加二的確等於四，當然是很好的事，但也必須說，這份誠意不僅小學老師具有，所有和小學老師同樣胸懷的人也都有，人性充滿光輝，這些人比我們以為的還要多。至少這是敘事者所深信的。但是敘事者也很清楚人家可能反駁他，說這些人可是冒著生命危險的。但在歷史上總會出現那種時刻，誰敢說二加二等於四就會被處死。小學老師也清楚知道。問題不在於堅持這個答案最後獲得的是獎勵還是處罰，問題在於知道二加二到底是不是等於四。對那些冒著生命危險幫助別人的市民來說，他們要決定的是，他們到底是不是也同樣身陷瘟疫當中，如果是的話，要不要起身對抗它。

當時我們城裡諸多新冒出的賢達人士的論調是做什麼也沒用，只有屈膝認命一途。塔盧、李厄、以及他們的戰友不管回答的是什麼，結論都是他們所知道的：不管用什麼方法對抗，反正就是不能屈膝認命。問題的核心是盡可能讓最多的人幸免於難、免於最終的離別。要做到這一點，只有一個辦法：與瘟疫對抗。這個事實沒什麼值得讚揚，只不過迫於事實罷了。

因此很自然地，老卡斯鐵信心滿滿，投入全副精力就地取材製造血清。李厄和他都希望使用這讓全城感染的當地細菌培養出來的血清，會比外地運來的血清有更直接的療效，因為這次瘟疫的細菌與傳統界定的桿菌稍有不同。卡斯鐵希望很快能製造出第一批血清。

也因為如此，絲毫稱不上英雄的葛朗自然而然地擔負起防疫工作隊裡類似祕書的工作。塔盧成立的防疫工作隊其中一部分小隊負責居民稠密區的衛生預防工作，試著宣導必要的衛生觀念，清點未經消毒的閣樓和地窖。另一部分小隊則伴隨醫生到病患家出診，負責病患運送程序，甚至於在缺乏專業人手時，自己充當司機運送病患和死者。這一切都需要登記、統計，葛朗同意接下這個工作。

從這個角度來看，敘事者認為相較於李厄或塔盧，葛朗更能實質代表這個防疫工作隊默默的美德。他滿懷善心，毫不猶豫就答應了。他只要求做些雜活小事，其他的他太老做不動了。他貢獻出每晚六點到八點的時間。當李厄熱烈對他表達感謝時，他驚愕地說：「這又不是什麼難事。瘟疫發生了，我們必須保護自己，這是很明白的事。啊，如果一切都這麼簡單明瞭就好了！」說完，他又談起他琢磨的那個句子。有些晚上做完登錄工作後，李厄會和葛朗聊聊。到後來塔盧也加入他們。葛朗愈來愈明顯樂於向兩位同伴吐露心事，兩位同伴也饒有興味地關心他在疫情期間耐心持續的創作，乃至於到後來他們也從中得到某種抒發。

「女騎士還好嗎？」塔盧經常這麼問。葛朗的回答一成不變：「她騎著馬，騎著馬」，同時帶著一抹勉強的微笑。有天晚上，葛朗說他決定捨棄「優雅」這個形容詞，改用「纖細」來形容他的女騎士。「這樣比較具體，」他補充說道。另外一次，他把修改過的這第一句念給兩人聽：「五月一個美好的早晨，有位纖細的女騎士，騎著一匹漂亮栗色母馬，穿過布隆涅森林開滿花的小徑。」

「這樣我們更清楚看見她的形象，不是嗎？而且我覺得『五月一個早晨』比較好，『五月裡』把馬小跑步的節奏拖長了。」

接下來他又因為「漂亮」這個形容詞傷透腦筋。他覺得這個形容詞太平淡，要找出一個詞能一下子就能顯現出他想像中那匹華麗母馬的影像。「肥壯」也不行，雖然具體但略帶貶意。本來考慮用「閃閃發亮」，但音律節奏不合。一天晚上，他得意洋洋地宣布他找到了：「一匹黑色的栗色母馬。」據他說，黑色含蓄地代表優雅。

「這不行。」李厄說。

「為什麼？」

「栗色在這裡指的不是品種，而是毛色。」

「是什麼顏色？」

「嗯，總之不是黑色！」

葛朗似乎大受打擊，說：

「謝謝，幸好有您在。但您看，的確很困難吧。」

「您覺得『華麗』如何？」塔盧說。

葛朗注視著他，思考著：

「對，」他說：「對！」

一抹微笑漸漸浮上他的臉。

過了一陣子，他承認「花」這個字令他困擾。因為他認識的城市只有奧蘭和蒙特利馬，所以有幾次問朋友布隆涅森林裡小徑開滿花的情景。老實說，李厄和塔盧的印象裡，那些小徑從未開滿花，但是葛朗堅信不疑，倒讓他們動搖了。他們兩人的不確定令葛朗非常驚訝。「唯有藝術家懂得觀看。」但有一回醫生看見他激動萬分，他把「開滿花」改成「花開遍地」。他搓著手說：「這麼一來，我們終於看得到、聞得到了。脫帽致敬，先生們！」他得意洋洋地念著句子：「五月一個美好的早晨，有位纖細的女騎士，騎上一匹華麗栗色母馬，穿過布隆涅的森林的花開遍地的小徑。」但是一旦高聲讀出，句子結尾連續三個介係詞[11]，聽起來很不順，葛朗結巴了一下。他坐下，神情沮喪。隨後他要求醫生允許他先離開，他需要思考一下。

後來大家才得知，那段期間他在辦公室表現得心不在焉，尤其那正是市政府人員縮減、面對重大責任的時期，他的表現令人失望。他們部門受到影響，辦公室主任嚴厲指責，並提醒他既然領薪水就要完成分內工作，而他並沒有做到。辦公室主任說：「聽說您業餘時間在防疫工作隊擔任義工。這我管不著。但我管得著的，是您的工作。在這個恐怖的疫情下，想要貢獻一己之力，首先就是做好本分工作。不然，做什麼都沒有用。」

「他說得對。」葛朗跟李厄說。

「是，他說得對。」李厄認同。

「但我就是心神不定，不知該如何解決那一句的結尾。」

他想過把「布隆涅」三個字刪去，認為所有人應該都明白是布隆涅森林。但這麼一來，花開遍地是形容森林，而非小徑。他也想過改成「花開遍地的森林小徑」，但是任意把「森林」夾在名詞和限定形容詞中間，簡直有如芒刺在背。有些晚上，他真的看起來比李厄還疲憊。

11 原文 pleines de fleurs du Bois de Boulogne 含三個介係詞 de（du）。譯註。

是的，他被這種全心全意的反覆推敲弄得筋疲力盡，但還是繼續防疫工作隊所需要的加總統計工作。每天晚上，他耐心地清楚記載統計資料卡，附上曲線圖，慢慢地盡可能呈現最精確的情況。他經常去醫院找李厄，請他在隨便一個辦公室或醫務室找一張桌子，擺下資料就開始工作，就像在市政府辦公室裡一樣。在消毒水和疾病本身的濃濁氣味中，他揮動著紙張好讓墨水風乾。他試著老老實實不再去想他的女騎士，只做該做的事。

是的，如果人們一定要樹立所謂的英雄模範和榜樣的話，如果本故事裡非得要有這樣的人物的話，敘事者建議的正是這位微不足道且不受注目的英雄，他有的只是一點善心和一個看似可笑的理想。這會使真理恢復應有的面貌，使二加二等於應該的總和四，讓英雄主義回復它原本應在的次要地位，排在追求整體幸福之後，而絕不會在之前。這也會勾勒出本書的特點，就是描述人與人關係中的常情，這人之常情既不是大奸大惡，也不會像蹩腳戲劇一樣聳動。

這至少是李厄醫生在報紙上和廣播裡聽到外界對這座疫城發出的呼籲與鼓勵時的感想。外界經由空運和陸運送來了援助物資，同時，表示同情或讚揚的評論每天晚上透過廣播或報紙湧入這座隔絕於世的城市。每當醫生聽到這些史詩般的音調或像頒獎時的致詞，總覺得不耐煩。當然，他知道這些關懷並不是裝出來的，但只能用人與人之間試著溝通的制式語言來表達。這樣的語言就不適用於例如葛朗每天貢獻的小小心力，也無法表明葛朗在疫情中所代表的意義。

有時候，到了午夜，在空無一人的城市巨大的沉寂中，醫生正準備上床開始太過短暫的睡眠時，會打開收音機。從世界各個角落千里之外傳來陌生而友好的聲音，笨拙地試著傳達他們團結支持的心意，話是說了，但同時也顯現出，人無法真正體會未曾親身經歷過相同痛苦的那種深切無力感：「奧蘭！奧蘭！」一聲聲呼喚穿越大海，又有何用，李厄聚精會神聽著，又有何用，接著又是一堆高談闊論，發言者和葛朗之間的本質差距就更形加劇了。醫生心裡想，「奧蘭！是啊，奧蘭！但不是這樣，一起相愛或一起死，別無他途。他們都離得太遠了。」

在疫情尚未達到顛峰，在它蓄足所有威力凌虐這座城市並完全占據之前，剩下要記載的就是最後幾個像藍柏的那些人，他們持續漫長絕望且周而復始的努力，為了找回幸福，也為了不讓瘟疫奪去自身不容侵犯的那部分。他們用這種方式抗拒被瘟疫打垮的威脅，儘管這個方式看來不比防疫的方式有效，但依敘事者之見，也自有它的意義，雖然托大、甚至充滿矛盾，它卻也見證了我們每個人心中的傲氣。

藍柏全力對抗，不讓自己被瘟疫壓垮。一旦確定無法透過合法方式出城，他告訴李厄決定另尋管道。這個記者先從咖啡廳侍者下手，他們最清楚所有消息。但是他最先探聽的幾位，倒是對這類行當會受到的嚴厲懲罰特別清楚。有一回他還被視作教唆犯罪者。直到在李厄家遇見寇達，事情才有點進展。那天，李厄和他還在談著記者在各行政機關裡徒勞的往返。幾天後，寇達在路上遇到藍柏，帶著現在他在人際關係裡顯現的直爽，問道：

「還是沒進展？」

「沒有。」

「不能靠那些公務機關，他們根本不會理解。」

「是啊。但我正在另找門路。相當困難。」

「啊，」寇達說：「我知道。」

他知道一個管道，面對驚訝的藍柏，他解釋說自己長時間以來光顧奧蘭城裡所有的咖啡館，認識了不少朋友，得知有個組織專門幹這個。實情是寇達近來入不敷出，開始涉足配給商品的走私活動，轉賣價格不停上漲的香菸和劣酒，讓他攢了一筆小財。

「您確定可靠嗎？」藍柏問。

「確定，因為他們還問我需不需要。」

「那您為什麼沒把握機會？」

「不要戒心那麼大，」寇達一副老實樣說：「我沒把握機會是因為我不想離開。我自有我的理由。」

他沉默了一下，又說：

「您不問我是什麼理由嗎？」

「我想這不關我的事。」藍柏說。

「某種意義上說來，這的確與您無關，但在另一種意義上……總之，唯一確定的事，就是自從瘟疫介入我們的生活以來，我感覺舒服多了。」

藍柏默默聽著，問道：

「如何聯絡上這個組織呢？」

「啊！」寇達說：「這可不容易，跟我來吧。」

那是下午四點，整座城在沉鬱的天空下慢慢地悶烤著。所有商店都放下遮陽簾，路上空蕩無人。寇達和藍柏走在拱廊街上，一言不發走了很久。這是瘟疫隱形的時刻之一。這份寂靜、這種顏色與活動都死沉的時刻，可能出現在夏季，或是疫情當中。難以界定這沉重的空氣滿含的是威脅，或是灰塵與灼熱。要經過觀察與思考，透過負面的跡象，才能把它和瘟疫連結起來。例如因瘟疫如魚得水的寇達便向他指出一點，通常側著肚子躺在走廊邊喘著氣，尋求一絲不可得的涼意的狗狗們，如今已不見蹤影。

他們循著棕櫚大道，穿過閱兵廣場，往下走到海濱區。左手邊有一家漆成綠色的咖啡館，外面斜張著一塊黃色粗帆布遮陽。寇達和藍柏擦著額頭上的汗走進去。他們坐在花園用的摺疊椅上，面前是漆成綠色的鐵皮桌。咖啡館裡一個人都沒有。蒼蠅在空中嗡嗡飛。搖晃不穩的櫃台上擺著一個黃色鳥籠，裡面有一隻鸚鵡，全身羽毛下垂，無精打采站在棲架上。牆上掛著幾幅戰爭場景的陳舊畫作，上面布滿油煙陳垢和厚厚的蜘蛛網。每張鐵皮桌上都有乾了的雞屎，藍柏坐的這張也不例外，這雞屎不知從何而來，直到一陣小騷動之後，陰暗的角落裡蹦跳出一隻威武華麗的大公雞。

這時候，炎熱似乎更加劇。寇達脫掉外套，敲敲鐵皮桌子。一整個身子飄蕩在藍色長圍裙下的矮小男人從裡頭走出來，遠遠看見寇達就打招呼，一邊走上來一邊把公雞一腳踢開，在咯咯雞叫聲中問兩位要喝什麼。寇達點了杯白酒，並打聽一個叫卡西亞的人。據那矮小男人說，他好幾天沒來咖啡館了。

「您想他今晚會來嗎？」

「呃，我又不是他肚子裡的蛔蟲。不過您知道他的出沒時間嗎？」

「知道，不過這不是很重要，我只是想介紹個朋友給他。」

那侍者在圍裙上擦擦潮濕的雙手。

「啊！這位先生也做這門生意嗎？」

「是啊！」

小矮子吸吸鼻子：

「那麼，晚上再來，我派個孩子去叫他。」

走出去時，藍柏問是什麼生意。

「當然是走私啊。他們把貨品運進城門，再高價賣出。」

「喔，他們有同謀？」

「正是。」

晚上，遮陽簾已拉起來，鸚鵡在籠子裡聒噪，一張張鐵皮桌圍繞著只穿襯衫沒穿外套的男人。其中一個頭上草帽往後掀，白色襯衫敞開，露出焦土色胸膛，一看到寇達就站起來。那人有著一張黝黑的四方臉，黑色小眼睛，一口白牙，手指上戴著兩三枚戒指，看起來大約三十歲。

他說：「嗨，我們到吧台喝一杯。」

三杯下肚，沒人作聲。

卡西亞說：「我們出去說吧！」

他們朝港口往下走，卡西亞問找他有什麼事。寇達說介紹藍柏給他並不全然為了買賣，只是為了他所謂的「出走」。卡西亞在寇達前面抽著菸往前直走。他問了幾個問題，以「他」稱呼藍柏，好像藍柏不在場似的。

「為什麼要出城？」

「他妻子在法國。」

「噢！」

過了半晌：

「他幹哪行？」

「記者。」

「這行的人話很多。」

藍柏默不作聲。

「他是個朋友。」寇達說。

他們沉默地往前走。走到碼頭，入口處有大鐵欄杆擋著禁止進入。他們走向一家賣炸沙丁魚的小酒攤，炸魚的氣味老遠就傳來。

「反正，」卡西亞結論說：「這不歸我管，是哈烏爾。我得先找到他。這事不容易。」

「啊！」寇達激動地問：「他躲起來了？」

卡西亞沒回答。走近小酒攤時，他停下來，第一次轉身面對藍柏說：

「後天，十一點，上城區海關署那個街角。」

他作勢離開，卻又轉過身對他們兩人說：

「會要花點錢。」

這句話斬釘截鐵。

「當然，」藍柏同意。

過了一會兒，藍柏向寇達道謝。

「喔！」寇達開心地說：「我很高興能幫得上忙。況且，你是記者，遲早有一天會還我這份人情。」

過了兩天，藍柏和寇達沿著沒有樹蔭的街道往上走到上城區。海關署建築的一部分已改作醫護所，大門外聚集很多人，有的希望能進去探病，但當然不會獲准；有的來探聽消息，但消息隨時就會過時。總之，這群人來來往往，我們可以猜想這也是卡西亞和藍柏約在這裡的原因。

寇達說：「真奇怪您這麼執意要離開，其實這裡發生的事還真有意思呢。」

「我可不這麼認為。」藍柏回答。

「喔！當然，是有點風險，但是在瘟疫發生前，穿過車水馬龍的十字路口也同樣是有風險。」

這時候，李厄的車子在他們身旁停下，塔盧開車，李厄似乎半睡半醒。他清醒過來，要為他們互相介紹。

「我們認識，」塔盧說：「我們住在同一家旅館。」

他提議載藍柏回市區去。

「不用，我們和人約了在這裡見面。」

李厄看著藍柏。

「對。」藍柏說。

「啊！」寇達吃驚地說：「醫生也知情？」

塔盧看著寇達，提醒說：「預審法官來了。」

寇達臉色大變。果真奧東先生沿著街走下來，踏著矯健但審慎的步伐朝他們走來，經過他們身旁時舉帽致意。

「您好，法官先生！」塔盧說。

法官向車裡的塔盧和李厄回禮，然後看著站在車後的寇達和藍柏，嚴肅地點點頭致意。塔盧向法官介紹寇達和藍柏。法官仰頭望望天，嘆口氣，說這真是個悲傷的時期。

「塔盧先生，聽說您協助負責防疫措施工作，我真是萬分佩服。醫生，您認為疫情會擴大嗎？」

李厄說但願不會，法官重複他的話說但願如此，上天的旨意是無法猜透的。塔盧問這些疫情是否增加了他的工作量。

「正好相反，我們所稱的普通法的案件減少了，我現在只需預審嚴重違反新法規的案子。人們從來沒像現在那麼遵守舊法規過。」

塔盧說：「那一定是因為，相較之下，舊法規似乎比較好。」

法官原本眼神懸在空中的恍惚神情一變，冷冷地看著塔盧。

「那有什麼用？」他說：「對民眾來說，重要的不是法律，而是判決。我們又能如何呢？」

法官離開後，寇達說：「那傢伙啊，是頭號敵人。」

車子發動離去。

過了一會兒，藍柏和寇達看見卡西亞來了。他朝著他們走過來，連招呼手勢也沒打，只說「要等一下」，取代打招呼。

他們四周的人群大都是婦女，鴉雀無聲地等待著。幾乎每個手上都提著籃子，奢望能將東西送進去給生病的家人，更痴心妄想這些食物能夠到達他們手上。大門由帶槍警衛把守，醫護所和大門間的中庭不時傳出怪異的尖叫聲，這時等候人群的擔憂臉孔便轉向醫護所。

他們三個看著這幅景象，此時身後一句清晰低沉的「你們好」讓他們轉過身。儘管天氣炎熱，哈烏爾還是穿得很講究。他體格高大健壯，穿著一套深色雙排扣西裝，戴著一頂帽沿上翻的氈帽。他的臉色相當蒼白，棕色眼珠，嘴唇緊閉。說話速度快且明確：

「我們往下朝城中心走，」他說：「卡西亞你可以先走了。」

卡西亞點上一根菸，等著他們走遠。他們配合走在兩人之間的哈烏爾的腳步，快速往前。

「卡西亞跟我解釋了，」他說：「可以行得通。不管怎樣，您得花上一萬法郎。」

藍柏回答說他接受。

「明天和我一起吃午餐，海濱區那家西班牙餐廳。」

藍柏說沒問題，哈烏爾跟他握手，第一次露出笑容。他離開後，寇達道歉說他次日沒空，而且藍柏也不再需要他了。

次日，當記者走進西班牙餐廳時，所有人都轉頭注視。這家陰暗的小酒館位在一條被陽光曬乾的黃土小街的低處，光顧的全都是男人，大都外表像西班牙人。當坐在靠裡面一張桌子的哈烏爾向記者招招手，藍柏朝他走過去時，剛才注視他的所有臉孔不再好奇，轉回自己的餐盤。哈烏爾同桌還有一個瘦長高個兒，鬍子沒剃乾淨，肩膀寬得異乎尋常，長著一張馬臉，頭髮稀疏，捲起的襯衫袖口伸出瘦長的手臂，長滿黑色體毛。哈烏爾介紹藍柏時，他點了三下頭。哈烏爾並沒有介紹他的名字，提到他時只用「我們的朋友」稱呼。

「我們的朋友認為應該能幫助您。他會幫您……」

女服務生上來幫藍柏點菜，哈烏爾立刻住嘴。

「他會幫您和我們兩位朋友牽上線，他們兩位會介紹我們同夥的城門守衛給您認識。但這樣還沒完，必須等守衛自己判斷適當的行動時機。最簡單的辦法就是您去其中住在城門附近的一位警衛家裡住個幾晚。但在此之前，我們的朋友得先做些必要的聯絡。當一切都安排好了，您再把錢付給他。」

那位朋友再次點點馬頭，嘴裡不停大嚼著番茄青椒沙拉。他說話稍帶西班牙口音，提議藍柏後天早上八點在大教堂門口碰面。

「又要拖兩天，」藍柏說。

「那是因為不容易啊，」哈烏爾說：「得把人找齊。」

馬臉又點了一次頭，藍柏只得不情願地同意。接下來的用餐時間都在試著找話題，直到藍柏得知馬臉踢足球，事情就變得非常容易，藍柏以前也常踢足球。於是他們開始談起法國冠軍盃、英國各職業球隊的實力、W陣式戰略。吃完中餐，馬臉已經眉飛色舞，對藍柏省去敬稱，把「您」改為「你」，試圖說服他一個足球隊裡沒有比中衛更棒的位置了。「你懂嗎，」他說：「中衛支配全局。支配全局，這才叫足球。」藍柏也是這個看法，雖然他向來都踢中鋒。相談甚歡，最後被收音機廣播打斷，在反覆播放一連串多愁善感的輕音樂旋律之後，宣布前一日瘟疫死亡人數是一百三十七人。在座沒有人有反應。馬臉聳聳肩站起來，哈烏爾和藍柏也跟著站起來。

臨分手前，中衛緊緊握住藍柏的手，說道：

「我叫貢札列斯。」

這兩天對藍柏來說無限漫長。他到李厄家把詳細進展告訴他，之後陪他出診，在一位疑似病患家門口跟他道別。走道裡傳來奔跑和說話聲，有人跑去通知那家人醫生來了。

「希望塔盧別來晚了。」李厄低聲說。

他看起來很累。

「疫情蔓延太快？」藍柏問。

李厄說倒不是這點，統計曲線甚至上升趨緩。只不過，對抗瘟疫的方法還不夠多。

「我們缺乏設備，」他說：「全世界的軍隊裡，缺乏設備通常就以人力來補救，但我們連人力也缺。」

「不是從外地來了醫生和醫護人員嗎？」

「沒錯，」李厄說：「來了十位醫生和百來位人手。這看起來很多，但連照顧目前病患都還不太夠。若是疫情擴散，一定不夠。」

李厄傾聽屋子裡的聲音，然後對藍柏微微一笑。

「是啦，」他說：「您應該趕快把事情辦成。」

藍柏臉上掠過一陣陰影：

「您知道，」他的聲音低啞：「我不是因為這個才要離城的。」

李厄回答他知道，但藍柏接著說：

「我想我不是懦弱，至少大部分時間不是。我也曾有過機會證實了這一點。只不過，有些念頭我無法忍受。」

醫生直直看著他。

「您會和她團圓的。」他說。

「或許，但我無法忍受這情況可能會持續，而在這段期間內她會老去的念頭。三十歲，已經開始老了，必須把握一切。我不知道您是否能了解。」

李厄低聲說他相信自己了解，這時候，塔盧到了，神情非常興奮。

「我剛才去請潘尼祿加入我們的工作隊。」

「他怎麼說？」醫生問。

「他考慮了一下，然後答應了。」

「我很高興，」醫生說：「很高興知道他比他的布道來得好。」

「每個人都一樣，」塔盧說：「只要給他們機會。」

他朝著李厄微微一笑，眨眨眼。

「我這輩子要做的，就是給人機會。」

「對不起，」藍柏說：「我得走了。」

約好見面的那個星期四，藍柏在八點之前五分鐘就到了大教堂門口。空氣還頗清新。天空飄浮著小朵小朵圓形的白雲，待會兒就會被蒸騰的熱氣吞噬。草地雖然已被曬乾，仍隱約浮上一股潮濕的氣味。太陽現在還在東邊屋舍後方，只照亮廣場上一身鍍金的聖女貞德銅像的頭盔。大鐘敲響八下。藍柏在空蕩的教堂門口踱了幾步。從教堂裡傳出隱約唱聖詩的調子，以及地窖與焚香的陳舊氣味。突然，聖詩誦唱聲停了。教堂裡走出十幾個小黑衣人影，朝著市區快步而去。藍柏開始感到不耐煩。另一些黑色人影爬上教堂前的大階梯，朝教堂大門走上來。他點燃一根香菸，接著想起這地方恐怕不能抽菸。

八點十五分，教堂裡的管風琴低聲響起。藍柏走進陰暗的拱頂，過了一會兒，才看到剛才從他面前經過的黑影都在正殿中，聚在角落一個臨時搭起的祭台前，上面安置著一尊城內工坊倉卒完成的聖洛克像。他們跪在那裡，看起來更加蜷縮成一團，像一團一團凝結的影子，迷失在這片灰暗中，如同周圍四處飄浮的煙霧一樣輕薄不實。在他們上方，管風琴永無休止地變奏同一個曲調。

藍柏走出教堂時，貢札列斯已走下大階梯，朝著城中心走去。

「我還以為您已經走了。這是很正常的事。」他對記者說。

他解釋說剛才在附近有另一個約，和朋友約了七點五十分，但白白等了二十分鐘。

「一定是有事絆住了。我們幹這行總是有意外的時候。」

他提議改約次日，同一時間，陣亡將士紀念碑前。藍柏嘆口氣，把氈帽往後一推。

「不要緊，」貢札列斯下結論說：「想想射門得分之前，得有多少配合、進攻、傳球。」

「當然，」藍柏說：「但是一場球賽只持續一個半鐘頭啊。」

奧蘭市的陣亡將士紀念碑是全市唯一可以看到海的地方，位於沿著港口懸崖一段不算長的步道上。次日，藍柏先來到約好的地點，仔細念著碑上光榮捐軀的將士名字。幾分鐘後，兩名男子走到近旁，不在意地看看他，然後手肘支在步道的護牆上，好像完全專注凝視著空蕩蕩的無人碼頭。他們兩人身材一樣，都穿著藍色長褲和短袖海軍衫。記者稍稍離遠些，坐在一張長椅上從容打量著他們。他看他們鐵定不超過二十歲。就在此時，他看到貢札列斯邊道歉邊走過來。

「這就是我們的朋友，」他說著把他拉向那兩個年輕人，介紹他們叫作馬塞和路易。正面一看，他們長得很像，藍柏猜想他們是兄弟。

「好啦，」貢札列斯說：「現在你們認識了，就談正事吧。」

不知是馬塞還是路易說他們兩天後輪值當班，為期一周，必須找到最恰當的一天。他們總共有四個人看守西城門，另外兩名守衛是職業軍人。別想把他們拖進來，他們不可靠，況且這樣還會增加費用。但是有些晚上，那兩名守衛會去一家熟悉小酒館的裡間待上一段時間。因此不知是馬塞還是路易建議藍柏到位在城門邊的他們家住幾天，等待通知。之後要通過城門就非常簡單。但行動要快，因為近來聽說還要在城門外設置第二層崗哨。

藍柏表示同意，掏出他僅剩的幾根菸請他們抽。兩人之中還沒開口的那個問貢札列斯費用問題是否處理好了，能不能先收點訂金。

「不，」貢札列斯說：「不必這樣，他是個朋友。費用出發時再拿。」

他們約定了下次見面時間。貢札列斯建議後天到西班牙餐廳吃晚餐，吃完飯直接到守衛家裡去。

「第一個晚上我留下來陪你。」他對藍柏說。

次日，藍柏上樓回房間時，在旅館樓梯上遇見塔盧。

「我要去找李厄，」塔盧說：「您要一起來嗎？」

「我從來都不確定會不會打擾到他。」藍柏猶豫了一下說。

「我認為不會，他常跟我說到您。」

記者考慮之後說：

「這樣吧，如果晚餐後你們還有點時間，兩人一起到旅館酒吧來，就算晚一點也無妨。」

「這要看他和疫情而定。」塔盧說。

晚上十一點，李厄和塔盧走進又小又狹窄的酒吧。裡面三十幾個客人摩肩擦踵，高聲談話。他們兩個剛從死寂的疫區城市過來，有點頭昏眼花地停了下來。他們看到這裡還供應酒，便明白何以如此熱鬧嘈雜。藍柏在吧台盡頭，坐在高腳椅上向他們招手。他們坐到他兩邊，塔盧好整以暇地推開旁邊一個大聲喧嘩的客人。

「滴酒不沾嗎？」

「不，」塔盧說：「剛好相反。」

李厄聞著杯裡那酒的苦澀草味。在這片喧嘩吵嚷中很難交談，但藍柏似乎只顧著喝酒。醫生還不能判斷他是否醉了。這狹窄的酒吧裡，除了吧台，就只有兩張桌子，其中一張桌子坐了一位海軍軍官，兩手各摟著一個女人，正向一個喝得滿臉通紅的胖子描述在開羅爆發的一次傷寒：「有許多營區，幫土著蓋了許多營區，替患者搭了帳篷，四周圍了一圈士兵，病患家人若想偷偷把民間土藥交到病患手裡，士兵就開槍。很殘忍，但這樣做是對的。」另一張桌子坐的是一些時尚高雅的年輕人，談些什麼聽不到，聲音被高掛的擴音器傳出的〈聖詹姆斯醫院〉[12]旋律所淹沒。

「事情進行得還順利嗎？」李厄提高聲量問。

「快成了，」藍柏說：「或許就是這星期。」

「可惜。」塔盧喊道。

「為什麼？」

塔盧看著李厄。

「噢！」李厄說：「塔盧這麼說，是因為他認為您留下或許能幫上我們的忙。但我呢，我完全能理解您想離開的渴望。」

塔盧又請了一巡酒。藍柏從高腳椅上下來，第一次正面看著他：

「我能幫上什麼忙呢？」

「這個嘛，」塔盧慢條斯理地伸手握住酒杯，說：「加入我們的防疫工作隊。」

藍柏又擺出慣常的那副沉思的固執神情，重新坐回高腳椅上。

塔盧喝了口酒，凝神看著藍柏：

「您認為這些防疫工作隊沒有用？」

「非常有用。」記者說，接著喝了一口酒。

李厄注意到藍柏的手在抖，心想沒錯，他完全喝醉了。

次日，藍柏第二次走進西班牙餐廳，他從一小群人中間穿過，他們把椅子擺到餐廳門口，在金綠色的黃昏裡，享受著熱氣才正開始減弱的傍晚，一邊抽著氣味辛辣的菸草。餐廳裡面幾乎空無一人。藍柏坐到上次和貢札列斯相遇時坐的那張靠裡面的桌子。他跟女服務生說在等人。七點半了，外面那些人漸漸走進餐廳落座。服務生開始上菜，低矮的拱型天花板下充滿刀叉碰撞聲和低沉的談話聲。八點了，藍柏依舊等著。餐廳裡點亮了燈。新進來的幾個客人和他同桌而坐。他點了餐。八點半，晚餐吃完了仍不見貢札列斯和另外那兩個年輕人。他抽了幾根菸。餐廳裡人慢慢走光。外

12〈聖詹姆斯醫院〉（Saint James Infirmary）是美國藍調歌曲，源於十八世紀的民謠，歌詞內容與疾病、死亡相關。此歌曲於一九二八年由路易・阿姆斯壯（Louis Armstrong）灌錄唱片發行而廣為人知。譯註。

面，夜色很快降臨，海面吹來的溫熱微風輕輕撩起落地窗的窗簾。到了九點，藍柏發現餐廳裡已經空了，女服務生驚訝地看著他。他付了帳，走出去。餐廳對面那家咖啡廳還開著，他便坐在吧台前，監看著餐廳門口。九點半，他開始走回旅館，徒勞地尋思該如何找到他並不知道住址的貢札列斯，想到一切得從頭來過，心中一片茫然。

如同他後來跟李厄醫生所說，就在那一刻，就在那救護車奔馳而過的夜晚，他發現在這一整段時間裡，全心全意想在分隔他和妻子的這堵牆上找到一個開口，反而在某種程度上忘了妻子。但也就在那一刻，當所有的路又一次全部堵死，她重新出現在渴望的最中心，心中痛苦突然爆發，不禁拔腿跑向旅館，以逃避那恐怖的灼熱痛楚，然而擺脫不掉，這灼熱跟著他、燒上他的太陽穴。

次日一大早，他就來找李厄，問他如何找到寇達。

「我現在唯一能做的，就是重新來過一次。」

李厄說：「明天晚上過來，塔盧要我邀請寇達，我也不知道原因。他應該十點會來，您十點半來吧。」

第二天寇達到達醫生家時，塔盧和李厄正談論著在李厄那家醫院裡出現一個出人意料的治癒病例。

「只有十分之一的機率，他運氣真好。」塔盧說。

「啊！有這種事，」寇達說：「那就不是鼠疫吧。」

他們跟他說確實是鼠疫。

「既然他痊癒了，就不可能是鼠疫。你們和我一樣清楚瘟疫不會放過任何一個人。」

「一般來說是這樣，」李厄說：「但是憑著一股頑抗，有時會出現令人驚訝的情況。」

寇達笑起來。

「似乎不是這樣。你們聽到今晚公布的數字了嗎？」

塔盧和善地看著他，說他聽到了數字，情況很嚴峻，但這說明了什麼呢？這說明必須採取更加非常的措施。

「呃！你們已經採取了啊。」

「沒錯，但必須每個人都把這當作自己的事。」

寇達不解地看著塔盧，塔盧說有太多人不積極動員，瘟疫事關人人，每個人都應該盡一份力。志願工作隊歡迎所有人加入。

「這想法是不錯，」寇達說：「但一點用也沒有。瘟疫太厲害了。」

塔盧耐心地說：「這要一切都努力過才能知道。」

他們講話的時間裡，李厄坐在書桌前抄寫著資料卡。塔盧則一直看著坐在椅子上焦躁不安的寇達。

「您何不加入我們呢，寇達先生？」

寇達站起來，一副受到冒犯的神情，拿起他那頂圓帽，說：

「這不是我的工作。」

接著沒好氣地說：

「何況，我呢，在這瘟疫期間過得很自在，一點都不覺得為什麼該攪和進去制止它。」

塔盧拍拍額頭，就像是恍然大悟：

「啊！沒錯，我倒忘了，若不是瘟疫您早該被逮捕了。」

寇達嚇得手足無措，急忙抓住椅子像要跌倒似的。這時李厄也停下筆，以嚴肅而關切的眼神看著他。

「是誰說的？」寇達大聲喊道。

塔盧詫異說：

「是您說的啊，至少醫生和我是這麼理解的。」

寇達突然怒不可抑，嘴裡冒出一些含糊不清的話。

塔盧接著說：「別激動，醫生和我都不會揭發您。您的事與我們無關。再說，我們從來沒喜歡過警察。好啦，您坐下吧。」

寇達看了看椅子，猶豫了一會然後坐下。過了一陣子，嘆了口氣。

「這是一段陳年往事，」他坦承道：「現在又被翻出來。我原本以為大家都忘了，沒想到有個人爆了料。他們就傳訊我，跟我說在調查結束前都得隨傳隨到。我知道他們終究會逮捕我。」

「案件嚴重嗎？」塔盧問。

「這要看所謂嚴重的定義。總之不是謀殺案。」

「要坐牢還是服勞役？」

寇達一副氣餒沮喪。

「坐牢，這還算運氣好……」

但過了一會兒，他又激烈地說：

「這是個錯誤。每個人都會犯錯。我無法忍受就因為犯了錯，就得被迫離開我的家、我的日常習慣、所有我熟悉的一切。」

「啊！」塔盧問：「就因為這樣您才想到上吊這一招？」

「是的，蠢事一樁，沒錯。」

李厄現在才開口說話，跟寇達說他能了解他的焦慮，但一切都應該能夠解決。

「喔！我知道目前一點都不必擔心。」

塔盧說：「我看您是不會加入我們防疫工作隊了。」

寇達把帽子拿在手裡轉，抬頭朝塔盧投去游移的目光：

「不要怪我。」

「當然不會，」塔盧微笑著說：「但至少請您試著不要傳播病菌。」

寇達反駁說他又不希望發生瘟疫，只不過瘟疫發生剛好讓他一時躲掉牢獄風波，又不是他的錯。藍柏走進門口時，正聽到寇達口氣激昂地說：

「再說，我的看法是，你們所做的都是白費力氣。」

藍柏得知寇達也不知道貢札列斯住在哪裡，不過還是可以再回到小咖啡館去，他們約定次日在小咖啡館見。李厄表示想知道事情進展，藍柏便邀他和塔盧周末晚上前來他旅館房間，不管多晚都行。

次日早上，寇達和藍柏一起到小咖啡館，留下訊息約卡西亞當晚見面，如果不行的話，就約隔天。他們當天晚上白等了一場。隔天，卡西亞來了，默默聽完藍柏敘述事情的經過。他對這一切並不知情，但他知道有些城區二十四小時整個封鎖起來，進行挨家挨戶檢查。貢札列斯和那兩個年輕人可能因此無法通過封鎖線。他所能做的就是讓他和哈烏爾重新聯繫上。當然，這又要等到兩天後才行。

「我懂，一切又要重新來過。」藍柏說。

兩天後，在一個街角，哈烏爾證實卡西亞的推測，下城區整個被封鎖。現在只好再次和貢札列斯取得聯繫。又過兩天之後，藍柏和足球員貢札列斯一起吃午餐。

「真蠢，」貢札列斯說：「我們本應該說好碰頭的方法才對。」

藍柏深有同感。

「明天早上，我們一起去那兩個小傢伙家裡，把一切搞定。」

次日，那兩個小夥子不在家。他們只好留話約定隔日中午在中學廣場上見。藍柏只好先回家，下午在路上碰到塔盧的時候，他臉上的表情讓塔盧嚇了一跳。

「怎麼了嗎？」塔盧問他。

藍柏說：「因為又得重新來過。」

他再次提出邀請：「今晚過來吧。」

當晚，他們兩人進到藍柏房間時，藍柏正躺在床上。他起身，在準備好的酒杯裡斟上酒。李厄拿起酒杯，問他事情是否進展順利。記者說一切已重新來過一次，全部回到原點，最後一次約定的時間就快到了。他喝了口酒接著說：

「當然，他們不會赴約。」

「不要把發生一次的視為定律嘛。」塔盧說。

「你們還沒明白。」藍柏聳聳肩說。

「明白什麼？」

「瘟疫。」

「啊！」李厄說。

「不，你們還沒弄明白，它的定律就是會一直重來。」

藍柏走到房間一角，打開一台小型留聲機。

「這是哪張唱片？」塔盧問：「我聽過。」

藍柏回答說是〈聖詹姆斯醫院〉。

唱片放到一半的時候，遠處響起兩道槍聲。

「不是狗就是有人逃跑。」塔盧說。

過了一會兒，唱片放完了，一輛救護車的笛聲愈來愈清晰、大聲，從旅館房間窗戶下經過，聲音又漸漸變小，終至消失。

「這張唱片挺感傷，」藍柏說：「今天我已經聽了十遍了。」

「您這麼喜歡？」

「不是，是因為我只有這一張。」

過了一會兒，他又說：

「我跟你們說，它的定律就是會一直重來。」

他問李厄防疫工作隊進行得如何。現在總共有五個小隊，希望還能再增加。記者坐在床上，似乎專心檢視手指甲。李厄打量他縮在床緣那短小粗壯的身影，突然發現藍柏正盯著他。

「您知道，醫生，」他說：「我對您組織的工作隊思考了很久。我之所以不加入，自有我的理由。再說，我認為自己算是個不怕冒生命危險的人，我曾打過西班牙戰爭。」

「哪一邊？」塔盧問。

「戰敗的那一邊。但自此之後，我稍微做了一番思考。」

「思考什麼？」

「勇氣。現在我知道人能夠做出偉大的行動，但他若是不能體現崇高的情感，便引不起我的興趣。」

「我感覺人是無所不能的。」塔盧說。

「並不是，人無法長久忍受折磨或是感受幸福，因此他無法做出任何有價值的事。」

他看著他們，接著說：

「這麼說吧，塔盧，您能夠為愛而死嗎？」

「我不知道，但現在似乎不能。」

「那就是啦。您可以為一個信念而死，這一眼就能看出來。而我呢，我受夠為信念而死的人了。我不相信英雄主義。我知道英雄主義很容易，也得知它是會殺人的。我關心的是人為自己所愛而生、而死。」

李厄專注傾聽記者的話，目光始終盯著他，輕聲說：

「人並不是一個信念，藍柏。」

記者從床上跳起來，滿臉激動通紅。

「從人背棄愛的那一刻起，他就只是一個信念，而且是個淺薄的信念。而我們恰恰再也沒有愛的能力。放棄吧，醫生。讓我們等待有能力去愛的時刻到來，倘若真不可能，就等待未來解救大家，不要充當英雄。這就是我目前的想法。」

李厄站起來，突然神情疲憊。

「您說的有理，藍柏，完全有道理，您要做的事是正確的、是好的，我一丁點都不想讓您改變心意。但是我必須對您說：這一切無關英雄主義，是關係到正直。我的想法或許令您發笑，但對抗瘟疫唯一的方法，就是正直。」

「正直是什麼？」藍柏突然神情嚴肅地問。

「我不知道一般的定義是什麼，但對我來說，它的定義就是做好我的工作本分。」

「啊！」藍柏憤怒地說：「我不知道我的工作本分是什麼。或許我選擇愛情是錯誤的囉。」

李厄面對著他，強而有力地說：

「不，您沒有錯。」

藍柏若有所思地看著他們兩人。

「你們兩人，我想在這一切當中，你們根本不怕失去什麼。位於優勢總是比較輕鬆。」

李厄把杯裡的酒一飲而盡。

「走吧，」他說：「我們還有事要做。」

他走了出去。

塔盧跟在後面，正要走出房門時似乎改變心意，轉過身對記者說：

「您可知道李厄的妻子在離這裡幾百公里外的一家療養院裡？」

藍柏做出一個驚訝的手勢，但塔盧已經走了。

第二天一大早，藍柏打電話給醫生：

「在我找到方法離開這座城市之前，您能接受我和你們一起工作嗎？」

電話那頭一陣沉默，之後：

「好的，藍柏。謝謝您。」

# III

整整一星期，被瘟疫囚禁的人們盡可能掙扎著。其中也有像藍柏這樣的一些人，想像自己還是自由的，還能有所選擇。但事實上，到了八月中旬這時候，瘟疫可以說已籠罩一切。再也沒有個人命運可言，只有集體遭遇，也就是瘟疫和眾人同擔的這個共同感受。其中最強烈的感受就是分離和放逐，以及伴隨而來的恐懼和反抗。因此敘事者認為，值此熱浪與熱病達到顛峰的時期，有必要描述一下總體狀況，並以一些實際例子描述我們市民中生者的暴力、死者的下葬、與戀人兩地相隔的痛苦。

那一年年中，颳起大風，一連幾天呼嘯在這瘟疫之城裡。奧蘭的居民特別怕颳風，因為這城市坐落在高原上，毫無天然屏障，風可以長驅直入，橫掃街頭巷尾。好幾個月來，天沒有下一滴雨滋潤這城市，蒙著一層灰色塵垢，風一吹像鱗片般剝落。風也揚起一波波塵土與紙片，打在愈來愈稀少的行人腿上。這些行人在街上快步疾行，身子往前彎，用手帕或手摀著嘴。到了晚上，大家不再群聚在一起，盡量拉長可能是最後一天的每一日，反而三兩成群急著回家或到咖啡館去。好幾天來，到了這時節愈來愈早降臨的黃昏時刻，街上已空蕩無人，只有不斷的淒厲風聲。從城市裡看不到的大海上，波濤洶湧地吹來一股海藻和鹽的氣味。這座荒蕪的城市，被塵土染成白色，充滿海水的氣味，風聲呼嘯，像一座發出哀鳴的不祥孤島。

直到目前，瘟疫在人口較多、環境較差的外圍城區造成的死亡人數遠遠多於市中心。但它似乎驟然逼近，也侵入了商業區。居民埋怨是風把傳染病菌吹過來，旅館經理說：「風把情況搞得更複雜了。」無論如何，城中心的居民聽到愈來愈近、愈來愈頻繁的救護車鳴笛聲，在他們窗下響起瘟疫陰沉且無情的召喚時，便知道輪到自己的時刻到了。

在城裡，某些疫情特別嚴重的區域被隔離起來，除了絕對必要的公務之外，任何人不得進出，住在這些區裡的居民不免感覺這項措施是專門欺負他們，並且相較之下，覺得其他區的居民是自由之人。反過來看，其他區的居民在困難時刻，想到其他人比他們還不自由，便稍感安慰：「還有人比我更被隔離呢」概括了當時唯一可能有的希望。

大約就在這一時期，火災頻繁發生，尤其是在西城門那裡的休閒娛樂區。根據調查，大都是隔離結束返家的人，由於悲痛和不幸心生恐慌，放火燒毀自己的屋宅，妄想燒死瘟疫。制止這些舉動相當困難，火災頻傳，加上強風，許多地區隨時都處於危險狀態。儘管當局一再宣導對屋舍進行的消毒足以排除所有傳染風險，依然無效，只好針對那些想法天真的縱火犯訂定嚴格刑罰。無疑地，讓這些不幸的人卻步的，並不是坐牢本身，而是市立監獄的死亡率高得離譜，全體居民皆有共識被判入獄就等於被判死刑。當然，這種想法並不是沒有根據。理由很明顯，瘟疫似乎特別肆虐於長期群體生活的族群，例如士兵、修道士、囚犯。除卻某些單獨監禁的囚犯之外，監獄本身就是個共同體，而最好的證明，就是在我們市立監獄裡，不論是獄卒或是囚犯都一視同仁身陷瘟疫魔掌。在瘟疫的至高點上，所有人，上至典獄長，下至最卑微的囚犯，一律都被判了刑。監獄裡存在著這種絕對的公平，這或許是頭一遭。

面對瘟疫一視同仁的情況，政府當局設想出頒發勳章給因執行任務而殉職的獄卒的辦法，試圖分出等級，但仍舊徒勞無功。因為一旦頒布了戒嚴令，某種程度來說獄卒也就等同於動員軍人，因此對這些人員追頒軍功勳章。然而就算犯人沒有發出太大異議，軍方卻十分不滿，並合理地指出這樣的作法很可能在民眾心裡造成令人遺憾的混淆。軍方的說法獲得認可，因此最簡單的辦法就是改頒給殉職的獄卒抗疫勳章。但是對之前已接受勳章的人，木已成舟，總不能追討回來，但軍方依舊維持原來的看法。另一方面，抗疫勳章也有缺點，起不了獲得軍功勳章的那種激勵鼓舞作用，因為在瘟疫期間，獲得這種抗疫勳章稀鬆平常。總之，大家都不滿意。

此外，監獄管理方式不若宗教團體，嚴格說起來也不若軍隊。事實上，城中僅有的兩間修道院中的修道士已暫時分散住到信徒家裡，軍隊也是，只要可能就盡量讓小隊士兵離開軍營，駐紮到學校或公立建築去。因此，表面上這場疫情令被圍困的市民團結一致，其實也同時打破了傳統的組織團體，迫使人人重回孤獨的困境。這令大眾人心惶惶。

我們可以設想，在這種種情況下，再加上風勢助長，某些人心頭燃起熊熊大火。夜裡，城門又數度遭到攻擊，但這次是小群武裝人士所為。雙方交火之下，有幾個受傷，也有幾個逃出。城門守衛增強人手，很快就平息了這類逃跑企圖。然而，這已足以在城裡挑起一股革命風暴，引爆了若干暴力場面。一些因為疫情而被燒毀或被封閉的屋舍遭到劫掠。老實說，很難認定這些行為是預謀。大部分情況下，往往是突發的一個情況使原本忠厚老實的人做出讓人譴責的行為，然後旁人又立刻群起效尤。因此我們看到一些發狂的人，當著驚惶哀痛的屋主的面，衝進還火光沖天的房屋裡。看到屋主沒有反應，許多圍觀者也跟隨前幾個人往裡面衝，於是在陰暗的街道上，火光映照下，只見許多黑影四處奔走，在逐漸減弱的火光中，肩上扛著各種物品或家具的影子一個個都變形了。由於發生這些事故，迫使當局把瘟疫視同戒嚴狀態來處理，採取戒嚴時期的法令。兩名竊賊因而被槍決，但這對民眾是否產生效果委實令人懷疑，已經死了這麼多人，處決兩個人根本沒人會注意，滄海一粟罷了。事實上，這類趁火打劫的場面經常出現，當局似乎毫無管束。唯一讓全體市民有感的是實施宵禁，晚上十一點，全城陷入一片漆黑，有如一顆石頭。

月空下，整排灰白的牆和筆直的街道，沒有任何黑色樹影映在上面，沒有任何散步者的腳步聲或狗吠聲驚擾。巨大寂靜的城市僅是一堆死氣沉沉的龐大方形建築物的組合，其間散落著幾座被遺忘的善人、昔日的大人物默不作聲的塑像，永遠禁錮在青銅之中，只有他們石頭或鋼鐵的假面見證著江河日下的人類過往。在沉鬱的天空下，在死寂的十字路口，這些粗糙無感情的平庸偶像昂然矗立，頗能象徵我們進入的這個死亡國度，或至少死亡之前的最後階段，那個瘟疫、石塊、黑夜將掩沒一切人聲的大墳墓。

然而黑夜也在所有人心中，口耳相傳的不管是真實或是傳聞中的埋葬事宜，更令市民心生不安。敘事者深感抱歉，但是不得不說到埋葬死者的事。他知道自己免不了會因此受到指責，他唯一能辯解的理由是這段期間葬禮真的不少，就某方面來看，他和所有市民一樣被迫得關心埋葬死者的事。總之，他並非對這類儀式特別感興趣，相反地，比較喜歡活人的社會，例如海水浴場。但是海水浴場已經封閉，而且活人的社會鎮日裡擔心被迫向死人世界退讓。這是明顯的事實。當然人們可以強迫自己不去看，摀住眼睛拒絕，但是死亡這明顯的事實雷霆萬鈞，終將席捲一切。若有一天當親人要下葬時，又何能拒絕面對葬禮呢？

從一開始，下葬的特點就是快速！一切程序從簡，概括說來連葬禮儀式都取消了。病患死時家屬不會在身邊，守靈也被禁止，所以在晚間過世的人只能獨自度過黑夜，白天裡過世的則立刻下葬。家屬當然會獲得通知，但大多數情況下都無法參加，因為之前與死者同住，目前就得接受隔離。沒有和死者住在一起的家屬，可以在規定時間到場，也就是出發前往墓園的時候，那時屍體早已洗淨入殮。

假設這個過程發生在李厄醫生服務的臨時醫院。這所充當醫院的學校主建築後面有個出口，走廊邊一個大雜物間裡擺滿棺材。家屬就在走廊上，面對一具已蓋了棺的棺材，之後立即進行最重要的手續，就是請監護人簽署一些文件。之後把棺木抬上車，這車可能是真正的靈車，也可能是大型救護車改裝的。家屬搭上那時還准許通行的計程車，車輛以最快速度沿著外環道路駛向墓園。到了墓園門口，憲兵攔下車，在官方通行證上蓋章，沒有這個章放行，死者便無法抵達我們市民所謂的「最後居所」。憲兵退下，車輛開到一塊四方土地上，地上已挖好許多等著填滿的墓穴。一位神父在那裡等候亡者，因為教堂的葬禮追思已經被禁止。棺木在祈禱聲中搬下車，綁好繩子，拖過來滑下墓穴，沉沉落到底部，神父才剛灑下聖水，第一鏟土就已落在棺木上，塵土四濺。救護車已提早一些離開，以便進行消毒。當一鏟一鏟土落下的聲音愈來愈沉悶，死者家屬已鑽進計程車。十五分鐘後便回到家了。

如此一來，這一切以最快的速度、在最低的風險下完成。當然，至少在最開始的時候，家屬心中自然感覺很不是滋味。但值此瘟疫期間，也無法考慮到這麼多了：為了效率，只得犧牲一切。再說，就算初期這種作法讓居民情緒低迷——因為希望葬禮隆重的心態比我們想像的還普遍，幸而不久之後，採購食品變成棘手問題，市民的注意力就轉移到更迫切的事情上。要吃飯，就得費盡心力排隊、辦手續、填表格，已經無暇顧及周圍的人是在什麼情況下死的，自己有一天又會如何死去。因此，這些實質上的困難本來應該是壞事，後來反倒成了好事。若不是瘟疫誠如我們所見愈演愈烈，情況本應當還不至於太壞。

棺木愈來愈短缺，壽衣布料和墓地也不夠用，必須想個辦法。以效率而言，最簡單的辦法就是舉行集體葬禮，必要的話就在醫院和墓園之間來回多跑幾趟。就李厄工作的醫院來說，目前存有五具棺木，一等裝滿了，救護車就運走。到了墓園，抬出鐵青色的屍體放到擔架上，擺在專門設置的倉庫裡等著。棺木澆過消毒水之後，再運回醫院，只要有必要，同樣的程序就這樣重複循環。這樣的作法相當不錯，省長覺得很滿意。他甚至跟李厄說，這比起歷史上記載以前瘟疫由黑人用小拖車拉運屍體的方法來得好。

「是啊，」李厄說：「埋葬的方法相同，但我們現在有登記紀錄，這進步無庸置疑。」

這個作法在行政上雖然成功，但葬禮現在變成這個樣子令人感到不舒服，因此省府不得不禁止死者親友參與下葬儀式，只能讓他們來到墓園入口，況且這還不是官方正式允許，因為最後棺木下土的儀式有點改變了。墓園盡頭，在一塊長著乳香黃連灌木的空地上，挖了兩個大坑。一坑埋男屍，一坑埋女屍。從這點看來，當局還是尊重禮儀的，只是到了最後，迫於情勢，連這一點廉恥之心也消失了，一個疊一個男男女女亂葬一堆，不顧體統。幸而這種混亂現象是到瘟疫最後期才發生。在我們現在談到的這段時期，省府還很重視男女分葬的事。在兩個墳坑的底部鋪著厚厚一層沸騰冒煙的生石灰，坑旁也堆著像小山的生石灰，在空氣中爆裂著氣泡。救護車運送完畢，擔架列隊抬過來，將赤裸裸有點扭曲的屍體盡可能一個挨一個滑進坑底，這時先蓋上一層生石灰，再蓋一層土，但只蓋到一定高度，以便留空間給下一批。第二天，家屬被請去在登記冊上簽名，這標示人和畜生——例如狗——的不同：掌控永遠是可能的。

這些工作程序都需要人手，但是人手總是瀕臨短缺。這些護士和挖墓人員剛開始是公家雇用，之後是臨時湊來，其中很多都死於瘟疫。不管防護措施多麼嚴密，總有一天還是會染上。然而仔細想想，最令人驚訝的是在整個瘟疫期間，從來沒缺過這方面的人員。疫情到達最高峰之前不久的那個時期，人員欠缺情況危急，李厄醫生委實不能不擔憂。不論是管理工作或是他所說的粗重活，人手就是不夠。但是自從疫情真正席捲全城之後，疫情的危害反而方便了行事，因為它瓦解了全部的經濟活動，造成大量的失業人口。這些人大都無法應徵管理階層職務，但是較低下的活計就不乏人手了。從那時候開始，我們見識到貧窮的力量超過了恐懼，尤其工作酬勞是依所冒的風險程度來計算。衛生機構有一份求職者名單，一旦有空缺，就通知名單上排在最前面的人員，這些人除非在這期間遞補上其他職缺，否則一定會來報到。因此，省長本來還一直猶豫是否要徵召受刑人（有期或無期徒刑）來執行這項工作，如今能夠避免這種極端手法。只要有失業者能使用，徵召受刑人的辦法就往後推延。

直到八月底為止，我們市民好歹能夠被帶到最後安息處，雖然不一定符合禮儀，終究還算按部就班，行政當局也覺得善盡了職責而心安理得。但是必須先把疫情後來的發展先報告一下，才能敘述到了最後下葬時不得不採取的手段。八月疫情依然嚴峻，累積的死亡人數已遠遠超過我們那個小墓園可容納的範圍。墓園一部分圍牆被打掉，在鄰近空地上擴增一點死者容身之地仍無濟於事，必須盡快找到其他辦法。首先決定在夜間埋葬死者，這樣可以免去某些禮儀規矩上的考量。救護車上的屍體可以愈塞愈多。零星一些違反規定在宵禁時間後還在外圍郊區的行人（或是因工作關係剛好在那裡），不時會看見長車身的白色救護車疾駛而過，嘶啞的鳴笛聲回響在夜裡空蕩的街頭。屍體匆匆丟進坑裡，還沒落穩，一鏟鏟生石灰已落到臉上，黃土草草將他們無名無姓地掩埋，埋在愈挖愈深的坑裡。

然而過不了多久，又得另尋更多空地。省府一紙公文徵用了永久租用的墓地，將挖出的骸骨全部送往火葬場焚化。很快的，死於瘟疫的屍體也直接火葬。為此，東邊城外的舊火化爐又得派上用場。城門崗哨往外移，市府一名職員提議利用原已停駛的沿海電車，大大方便了行政當局的工作。因此，把電車拖車頭和車廂內的座椅拆掉改裝，把路線在火化爐附近改道，讓火化爐成為電車路線的起點站。

整個夏季末尾，直到多雨的秋季中期，每天夜裡就能看到一列列奇怪的無人電車，沿著海邊峭壁上搖搖晃晃駛過。到後來居民終於明白了是怎麼回事。儘管巡邏人員禁止民眾靠近峭壁，還是有一群群人溜到高踞海上的岩石之間，朝著駛過的電車車廂裡拋擲鮮花。夏日夜晚，一直可以聽到上面載著鮮花和死人的電車顛簸行駛的聲音。

總之，最初幾天的早晨，東城區上空瀰漫著一股令人作嘔的濃煙。所有醫生都研判這排出的氣體雖然難聞，卻不會危害人體。但這些區域的居民們堅信瘟疫從天而降到了他們頭上，揚言要遷離，當局只好被迫設計出一個複雜的系統，把煙霧排向他方，才安撫了居民的怒氣。只有在颳大風的日子，東邊吹來一股隱約的氣味，人們才想起境遇已不同，每天晚上瘟疫的火焰吞噬著他們獻上的祭品。

這就是瘟疫帶來的最極端後果。幸而疫情後來沒有更惡化，因為我們可以想像官員的應變巧思、省府的因應措施、甚至火化爐的容量應該都已經無法應付。李厄知道當局已考慮過一些絕望之中的解決方法，例如把屍體拋入大海，他輕易便能想像藍色海水上漂浮著恐怖屍渣的景象。他也很清楚，倘若統計數字持續上升，再健全的組織也無法支撐下去，省府也束手無策，人會成堆死亡，在街頭腐爛，城中心的公共廣場上，將可看到垂死之人帶著一種可以理解的恨意與愚蠢的希望揣著活人不放。

總之，就是這類明顯的事實或擔憂，造成我們居民始終感受到放逐和分離。關於這一點，敘事者深感遺憾在此沒有什麼精彩轟動的片段可報導，像古籍中所記載某個鼓舞人心的英雄或某個石破天驚的壯舉之類的。這是因為一場災禍根本沒什麼驚人壯觀之處，而且時間一拖長，再大的苦難都變得單調了。根據親身經歷過瘟疫的人們回憶，那期間恐怖的日子並不像殘忍的瘋狂烈焰，反而像永無止境的踐踏，踏過之處，一切都被踩得粉碎。

不，瘟疫和初期縈繞在李厄醫生腦中驚心動魄的猛烈景象完全不同。剛開始，它的進程小心謹慎毫無瑕疵，不出差錯。在此附帶一提，敘事者為了不扭曲事實，更不違背自己良心，盡量保持客觀。除了敘述事件關聯性上必須做的基本變動之外，他不願為了文字效果做任何改動。正是這種客觀態度讓他說出：這段時期當中巨大、普遍、深沉的痛苦固然是分離，但是疫情到了這個時期，若有必要做個忠實的描繪，可以說連這個痛苦本身都已經不再那麼悲愴了。

市民們，或至少那些備受分離之苦的市民們，能夠習慣這樣的處境嗎？倒也不盡然。比較正確地說，應該是他們在精神上、肉體上都已形銷骨毀。疫情初期，他們清晰記得失去的人，苦苦思念。然而，儘管他們對那張臉龐、笑容、以及事後回想起來的幸福時日都記憶猶新，卻很難想像就在他們思念的此時此刻，身在如此遙遠地方的對方在做什麼。一言以蔽之，在那個時候，他們保有記憶，卻沒有足夠的想像。到了疫情第二階段，連記憶也失去了。他們並非忘了那張面孔，但其實也就像忘記，因為那張面孔失了血肉，內心再也感受不到。最初幾個星期，他們還會抱怨只能與幽靈影子維繫情愛，再接下來發現這些人影愈來愈無血無肉，連記憶中的最後一絲顏色都已消失。分離時間一長，他們已無法想像曾經有過的親密，甚至有這麼個自己隨時能把手放在對方身上的人曾生活在身邊。

從這個觀點來看，他們已經深受瘟疫的控制，愈是不聲張慢慢擴展，力量愈強大。大家都已經沒有太大感覺，只覺得一切都單調乏味。「該是結束的時候了」，我們的市民之所以這麼說，一來是因為疫病時期，希望集體的苦難盡早結束是很正常的，二來也因為，他們的確希望就這樣結束了。只不過說這話的時候，已沒有初期時的火氣與怨氣，只帶著僅剩的一絲微弱的清明理智。剛開始幾周的蠻悍激動已被氣餒消沉取代，說這是屈服並不正確，毋寧是一種暫時的妥協。

我們市民開始順服情勢，如同人們所言，他們已適應，因為別無他法。他們看起來當然還是不幸與受苦的樣子，但這些感覺已不再尖銳錐心。也有人，例如李厄醫生，認為這才是真正的不幸，習慣於絕望比絕望本身更糟糕。以往，被迫分離的人還不算真正不幸，痛苦中還存有一絲光亮，而這絲光亮現在也熄滅了。如今，他們在街角、咖啡館、或朋友家中，心平氣和，心不在焉，眼神如此無奈，把整座城市變得像間候診室。還保住工作的人，幹起活來也和瘟疫一樣的步調，謹小慎微且不露聲色。每個人都恭恭謹謹。與心愛的人被迫分離者第一次不再蓄意避免談到不在身邊的人，用的是和所有人一樣的詞彙，以看待疫情統計數字同樣的角度檢視他們的分離狀態。在此之前，他們激烈地把自己的痛苦和集體的不幸區分開來，現在卻接受被混為一談。沒有回憶、沒有希望，他們只把自己置身於現在。事實上，對他們來說，一切都只有現在。必須承認，瘟疫把愛、甚至友情的所有力量都奪走了，因為愛需要一些未來前景，但此時對我們大家來說，只有當下。

當然，這一切都不是絕對的。儘管所有與心愛的人分離者最後終會走到這個地步，也必須說明並不是同時發生，況且就算進入這種新的態度之中，某些瞬間的清醒、短暫的理智也會喚起這些分離症患者更翻新也更錐心的感受。遇到這些時刻，為了紓解情緒，他們計畫有朝一日瘟疫結束後要做些什麼。也有的時刻，不知什麼原因，他們突然感受到被不明所以的妒忌啃噬。其中也有些人突然重新振奮起來，一星期中某些日子會突然從麻木中甦醒，大致是星期天和星期六下午，因為這些日子是和分離的人以前相約做某些活動的日子。又或者，一日將盡的時候，他們心頭突然襲來一陣傷感，警告回憶將如潮水般湧來——但也未必真會發生。這傍晚時分，對宗教信徒來說是反躬自省的時刻，但對囚禁者和放逐者來說這時刻很難挨，因為反躬自省的內容只有空虛。這時刻猶如懸空抽離，然後他們又回到遲緩麻木狀態，封閉在瘟疫裡。

我們因而明白，這代表他們已經放棄個人最切身的東西。瘟疫剛開始的時候，他們驚覺許許多多瑣事在別人眼中毫無輕重，對他們卻非常重要，就像工作時每個人專注於自己的小小範圍。而現在，他們只關心大眾關心的事物，腦子裡只有普遍的大眾想法，連他們的愛情也變得抽象飄渺。他們已完全聽任瘟疫擺布，只有在睡夢中還敢希冀點什麼，有時甚至出現「得個瘟疫，也就一了百了吧」這種連自己也嚇一跳的想法。其實他們已進入昏睡，這段時間只是長長的一段休眠。整個城市的居民都在半夢半醒之中，只有夜裡罕見的時刻，狀似癒合的傷口突然裂開，方才真正醒過來。醒時驚跳起來，茫然地摸摸痛癢的嘴唇，剎那間痛苦又回來了，如此尖銳，隨之而來浮現的是所愛的人那驚惶失措的臉龐。天亮後，他們又回到瘟疫，也就是回到照舊的生活。

有人會問，這些被迫分離者是什麼樣子呢？嗯，其實很簡單，他們什麼模樣也沒有。或者也可以說，他們和所有人的樣子都一樣，完全大眾普遍的模樣。他們分擔著城裡的平靜與無謂騷動。他們外表上似乎已失去了批評精神，擺出一派沉著鎮定。例如我們可以看到他們當中最聰明的人，假裝和所有人一樣在報紙或廣播節目上找尋瘟疫很快會結束的跡象，內心升起虛妄的希望；再不然讀了某個記者邊無聊打呵欠邊信筆寫下的文章，就產生毫無依據的擔憂。其他人呢，喝喝啤酒、照顧生病的家屬，或者無所事事或者筋疲力竭，把文件歸歸檔，或是放放唱片，總之和大家並無不同。換句話說，他們已不再做選擇。瘟疫已磨滅了價值判斷。這可從一點看出：再也沒有人在意自己購買的衣服或食品的品質。一切照單全收。

最後，我們可以說這些分隔兩地的人已經沒有剛開始專有的那種奇怪特權。他們已不再心心念念想著自己的愛，以及因這種專屬心態獲得的暫時休憩。至少，現在情況已經很明顯，瘟疫關係到每個人。我們都身處在城門口咻咻槍聲之中，啪啪有節奏蓋下的戳章都敲定我們的生與死，火災與檔案、恐怖氣氛與讓人死得屈辱但有登記紀錄的公家下葬程序，在恐怖的濃煙與救護車平穩無情的鳴笛聲中，我們大家吃著相同的放逐口糧，不自知地等待驚心動魄的相同團聚與相同和平。我們的愛無疑還存在，只不過已無用處，變得沉重，在內心裡死寂，就像犯了罪、判了刑一樣沒有前景。愛已經變成沒有未來的耐性和執拗的等待。從這個角度看，某些市民的態度令人聯想到城裡各處食品店門口排的長長隊伍。同樣的認命，同樣的堅忍，既無盡頭也不存幻想。但是對被迫分離的人來說，這樣的感覺應該要乘以千倍，因為這關係到的是另一種能夠吞噬一切的飢渴。

無論如何，如果想要對城中那些與親人分離的人的心態有個正確的概念，那就有必要再次說起那些金黃夕陽、塵埃飛揚的永恆傍晚，當暮色降臨這座光禿禿沒有樹木的城市，男男女女湧到街上的時刻。因為，很怪異地，在這時候還曬得到陽光的露天座上，城市裡慣常的車輛和機器的噪音都聽不到了，只聽見一陣亂烘烘的腳步聲和隱約的說話聲。在沉悶的天空下，成千上萬的鞋底隨著瘟疫的呼嘯痛苦地移動，一陣永無休止而令人窒息的踏步，這踏步聲漸漸充滿了全城，一晚又一晚，發出最忠實而沉鬱的聲音，盲目而頑固，這聲音終於取代了我們心中的愛。

# IV

九月與十月之間，瘟疫已徹底打敗奧蘭城。既然說到踏步，城裡幾十萬民一個星期又一個星期沒完沒了地猶如困獸走來踏去。天空中，薄霧、炎熱、雨水相繼變換。一群群來自南方的椋鳥和斑鶇，寂靜地從高空飛過，卻繞過城上空，就好像潘尼祿口中的那根棰枷，那詭異的大木棍正在屋舍房頂上呼呼揮舞，令牠們不敢靠近。十月初，幾場傾盆大雨把街道洗刷乾淨。這段期間，除了這整個城市巨大的踩踏聲之外，沒有更重要的事發生。

李厄和他的朋友們這時才察覺自己有多麼疲憊。事實上，防疫小組的人員已再也無法承受這疲憊。李厄醫生察覺到這一點，是因為觀察到自己和朋友們身上滋生出一種奇怪的冷漠。例如，以前這些人對所有關於瘟疫的消息都萬分關切，現在卻一點都不在乎。前不久藍柏住的旅館裡設立了隔離所，由他擔任臨時管理，他對自己負責觀察的隔離人數一清二楚。倘若隔離病患突然狀況惡化，必須立刻移轉到醫院的流程細節他也一手掌握，因為這系統就是他建構的。血清在隔離病患身上出現的效果統計數據，都印在他腦袋裡。但是，他卻說不出每周死於瘟疫的人數是多少，完全不知道瘟疫是加劇還是趨緩。而且，無論如何，他還是希望很快能夠逃出城去。

至於其他人員，夜以繼日工作，既不看報也不聽廣播。若跟他們宣布一項醫療成果，他們會假裝感興趣，事實上卻漫不經心隨便聽聽，我們可以想像他們就像大戰中因興建防禦工程已疲憊不堪的戰士，只希望每天的任務不要出差錯就好，對決戰之役或停戰之日都已不再抱期望。

葛朗繼續執行瘟疫的必要統計，但他肯定無法指出統計工作總體的結果。他和看上去就是耐操耐勞的塔盧、藍柏、李厄不一樣，他的身體一向不太好。然而他身兼市政府職員、李厄的祕書工作，還加上晚上的個人工作。看得出來他一直處於筋疲力竭的狀態，只靠著兩三個意念支撐，例如瘟疫過後要給自己好好放個至少一星期的假、以「脫帽致敬」為信念，積極完成手邊的創作。有時他突然多愁善感起來，便會主動和李厄談起珍娜，心心念念她此時身在何處，看到報紙會不會想到他。李厄有一天也用最平常的語氣談起妻子，這讓李厄自己非常訝異，因為之前他從來沒這樣做過。妻子打來的電報都說很好，但他不知可不可信，便決定打電報給她療養院的主治醫生。醫生回電說病患病情加重，但院方保證盡一切力量阻止情況惡化。他一直把這消息壓在心底，自己也無從解釋何以會對葛朗吐露，多半是疲憊的緣故吧。其實，葛朗先和他談起珍娜，然後問起他妻子，李厄也就回答了。「您知道的，」葛朗說：「這種病現在很快會治好的。」李厄點點頭，僅說開始覺得分離的時間太長了，他本來或許可以幫助妻子戰勝病魔，現在她一定感到非常孤獨。接著他就閉嘴不談，對葛朗提的問題也支吾回答。

其他人也處於一樣的情況。塔盧的抗耐力比較好些，但從他的筆記本中可以看出，儘管他好奇心的深度並未改變，廣度卻縮減了。其實，這整個時期當中，他看來只對寇達感到興趣。自從旅館改建成隔離所，他就搬到李厄家裡住，每晚葛朗或李厄談論疫情狀況他幾乎聽都不聽，立刻把話題轉到他通常關心的奧蘭日常生活上的瑣事。

至於卡斯鐵，他跑來告知李厄自製血清已準備就緒的那天，奧東先生的小兒子剛被送進醫院，李厄認為病情應該無望了，他們決定在這孩子身上做第一次試驗。李厄稍後想把最新病情數據告訴這位老朋友時，發現他已窩在扶手椅上沉沉睡去。他望著這張臉，平日總是帶著溫文而嘲諷的神情，顯得永遠年輕，現在突然喪失了精力，微張的嘴邊掛著一絲口涎，顯露出疲態和衰老，李厄覺得喉頭一緊哽咽起來。

就是這些脆弱的表現，令李厄判斷自己疲憊了。他已無法掌握自己的情緒。平時他大都把情緒收藏得很好，讓自己冷酷乾硬，只有久久一次會潰堤，陷入無法掌握的激動之中。他唯一的抵禦方式就是躲藏在這鐵硬的外表之下，把心中的結拉扯得更緊，他很清楚只有這樣他才能繼續下去。至於其他，他本來就沒有太多妄想，現在，疲憊把他僅存的一些幻想也剝除了。因為他知道，在這看不到盡頭的時期裡，他的角色不再是治病救人，而是診斷。發現、觀察、描述、登記，然後判定，這就是他的任務。病人的妻子往往抓著他的手腕高喊：「醫生，救救他的命吧！」但是他在那兒不是為了救命，而是為了下令隔離。他在那些人的臉上看到怨恨，怨恨又有何用呢？有一天，有個人對他說：「您真沒心肝！」有，他當然有心肝。就是這個心肝支撐著他每天工作二十個鐘頭，眼看著那些本該活著的人死去。就是這個心肝讓他能夠日復一日地工作下去。從今而後，他的心只足以做到這個程度，還能如何救人的命呢？

不！他鎮日給予的不是救援，而只是資訊。當然，這不能稱為職業，但在這群驚恐惶惶、死者無數的群體中，誰還有閒工夫從事真正的職業呢？也幸好疲憊，李厄如果更清醒的話，那到處發出的死亡氣味一定會令他傷感。但是每天只有四個鐘頭的睡眠，誰也傷感不起來了。就會就事論事，也就是以公平正義來看待，偏偏這公平正義醜陋復可笑。其他人，那些被判死刑的人，也清楚感受到了。瘟疫之前，大家視他為救星，三顆藥丸一根針劑便能解決問題，家屬一路挽著他通過走廊送他到門口。這樣的舉動雖然危險，但還是讓人窩心。現在卻截然相反，出診要士兵相隨，還得用槍托重重敲門，家屬才終於決定開門。他們巴不得拖著他、拖著全人類和他們一起死亡。唉！這倒是真的，人無法離開人群，他和這些不幸的人一樣束手無策，他在離開病患時心中不由滋長的巨大憐憫，其實他自己也同樣需要。

在這些永無止境的星期復星期當中，這至少是李厄醫生的內心所想，而這些想法還交織著與妻子分離的情境。這也是他從朋友們臉上看到的反射。但是在所有參與抗疫人員的疲憊之中，漸漸升起的最危險效應，不是對外在疫情事務或對其他人的情緒的冷漠無感，而是對自己的放任疏忽。因為他們出現一種傾向，凡是非絕對必要的或覺得不堪負荷的舉動就盡量避免。因此，這些防疫人員就愈來愈常疏忽自己訂下的衛生規範，忘記遵守某些必須做的消毒事項，有時沒有採取預防措施就跑到肺鼠疫患者那裡，因為總是臨時接到通知要到患者家裡，已無精力先回到醫療站進行必要的防疫注射。這是真正的危險，因為正是與瘟疫的對抗讓他們成為瘟疫下最脆弱的人，總之他們是在賭運氣，而運氣不屬於任何人。

然而城裡有個人看起來既不疲憊也不氣餒，總是一副心滿意足的模樣。那就是寇達。他依舊和所有人保持距離，也同時繼續維繫關係。但他卻經常去找塔盧（只要塔盧工作時間允許），一來是因為塔盧對他的狀況很了解，二來是他始終如一地親切相待。這真是個永恆的奇蹟，但是塔盧不管工作多累，總是如此親切與關心。甚至有些晚上被疲倦壓垮，第二天又是精神抖擻。寇達曾對藍柏說：「和這個人可以深談，因為他是條漢子。他總是能理解人。」

因此，那段時間裡，塔盧的筆記本內容逐漸集中到寇達這個人身上。塔盧試著描繪出寇達對事物的反應和想法，有些是寇達吐露的心聲，有些則是他自己的解讀。這篇〈寇達與瘟疫的關係〉的描繪占了筆記本好幾頁，敘事者認為有必要在此簡要略述。塔盧對寇達的整體看法可以歸納為這句話：「他是個愈來愈成長的人」。至少表面上看來，他在愉快的心情中成長了。他對事態的發展並無不滿。他有幾次在塔盧面前以這類的言詞表達心底的想法：「當然，情況並無好轉，但至少大家都在同樣的境地。」

塔盧在筆記本上補充道：「當然，他和其他人一樣受到瘟疫威脅，正因如此，他和他們共患難。其次，我很確定，他並不真的相信自己會染上瘟疫。他似乎就是靠著這信念過日子。這個作法其實挺聰明：當一個人受到嚴重疾病或是巨大憂慮折磨，就不會同時再受到其他疾病或憂慮所苦。他跟我說：『您可曾注意到，人不會同時患上好幾種病。好比說您得了嚴重或不治之病，末期癌症或肺結核，就絕不會患上鼠疫或傷寒，絕不可能。而且說得更遠一點，從沒見過一個癌症病人死於車禍。』這種想法不管正確與否，讓寇達能保持心情愉快。他唯一不願的就是和別人隔離開來。他寧可和大家一起被圍困，也不想獨自被關到牢裡。瘟疫一來，就再也不會有祕密調查、檔案、紀錄、密令、及時逮捕。嚴格來說，警察局、舊罪新案、罪犯都不存在了，只有被瘟疫判了刑的人期待著最專橫的天意恩典，而警務人員自己也包括在內。」因此，依照塔盧的闡釋，寇達有充分的理由以一種寬容、體諒的滿意心情，來看待我們市民同胞的焦慮和驚慌失措，他那神情似乎在說：「你們說再多也沒用，我早就領教過這種感受。」

「我曾徒勞地跟他說不和群眾隔離的唯一方法，歸根究柢，就是要問心無愧，他惡狠狠地盯著我，說：『這麼說來，誰都不能和別人在一起相處。』又說：『您愛怎麼說就怎麼說，但我告訴您，唯一讓人團結在一起的方法，還是讓瘟疫在他們身邊竄流。看看您周圍的情況吧。』事實上，我明白他的意思，也知道今日的生活對他來說該有多愜意。眼下眾人的反應在在讓他看到自己所經歷過的：人人都試圖和大家在一起；有時候費心為迷路的人指路，有時候又心情惡劣連理都懶得理；大家蜂擁擠進高級餐廳，開心待在那裡久久不離去；鬧烘烘的人群每天在電影院前排隊，把每個放映廳和舞廳都塞滿，洶湧的人潮滿溢到所有公共場所；雖然懼怕與別人有任何接觸，但又渴望人的溫暖，驅使大家互相靠近，摩肩擦踵，男男女女彼此吸引。很顯然，這一切寇達早就經歷過。但除了女人之外，因為以他那副長相……我猜想他動念想找妓女時，也會克制，以免給人造成壞印象，往後可能壞事。

「總之，瘟疫成就了他。瘟疫使他從他所不願意當的孤獨者成為了它的同謀夥伴。他的確是個同謀，而且是個甘之若飴的同謀。他欣然以見所有一切：這些提心吊膽的人的迷信、沒來由的恐懼、敏感易怒；他們極力避免談到瘟疫、卻又不停談到它的怪癖；當他們知道瘟疫最初症狀是頭痛，只要稍稍一點頭疼就慌張得面無人色；他們一觸即發、敏感易怒、不穩定的情緒，把一些無心的疏忽看成冒犯，就連掉了一顆褲子的鈕扣都會悲痛異常。」

塔盧經常和寇達晚上一起出去，接下來記在筆記本上，敘述他們如何在傍晚或深夜混入黑壓壓的人群中，摩肩擦踵，陷入因遠遠才一盞路燈而分成黑白兩界的人堆之中，伴隨著一群群人朝向尋歡作樂的狂熱，以抵抗瘟疫的陰寒。這就是幾個月前寇達在公共場所尋求的豪奢和闊綽的生活，他夢寐以求但無法饜足的無度享樂，現在全城的人都趨之若鶩。萬物齊漲，價格已無法抑止，但人們卻從未像現在如此揮霍過，儘管大部分人連生活必需品都缺乏，人們對奢侈品的消費卻前所未有的多。我們可以看見衍生出一大堆休閒娛樂的花樣，然而這只是大家失業沒事幹。塔盧和寇達有時跟在一對情侶後面走滿長一段時間，以往情侶們小心翼翼避人耳目，現在卻緊緊依偎，非得逛遍全城不可，就像熱戀中的情侶無視周遭人群。寇達為此感動，說道：「啊！這些年輕人！」他高聲說話，在這群體的狂熱當中，周圍響著大筆小費丟下來的聲音，眼前看著男歡女愛的情景，他感覺如魚得水。

然而，塔盧覺得寇達的態度並沒有什麼惡意的成分。他那句「這我早在他們之前就領教過了」表達的與其說是得意，其實是不幸。塔盧寫道：「我想他開始愛這些被監禁在天空下、城牆內的這些人了。例如，他一有機會就向他們解釋說情況其實也沒那麼糟糕，他跟我說：『您聽聽他們說的：瘟疫過後我要做這，瘟疫過後我要做那……他們不願安詳過日子，偏要自尋煩惱。他們甚至不知道自己的好運。我呢，難道我能說：被捕之後，我要做這做那嗎？被逮捕是一個開端，而不是結束。至於瘟疫呢……您想知道我的看法嗎？他們之所以不幸是因為不能聽其自然。我不是信口胡說。』」

塔盧接著寫道：「他的確不是信口胡說。他對奧蘭居民的矛盾心理做出正確的評論，他們一方面深切需要彼此相互貼近的溫暖，卻又無法完全投入，因為戒心而疏遠。大家都深深懂得不能相信鄰居，他可能在你不知不覺中、趁你放下防備時，把瘟疫傳染給你。當你像寇達那樣，花費許多時間在他所尋求的同伴中窺探所有可能被出賣的蛛絲馬跡，便能理解這樣的心情。便能體諒那些認為瘟疫會在旦夕之間降到身上的人，或許就在他們慶幸自己躲過感染的時候，它就在一旁伺機而動。儘管有這種可能，但寇達在恐怖氣氛中仍舊輕鬆自在。他在所有人之前就已經領受過這一切，所以我認為他並不能全然感受他們那種不安的恐懼。總之，他和我們這些還沒喪命於瘟疫的人一樣，深知他的自由和生命每日都懸於一線。但因為他曾經活在恐懼之中，覺得現在輪到別人嘗嘗這種滋味也應當。說得更確切一些，比起當初獨自一人承擔，現在恐懼似乎沒那麼沉重了。這一點其實他錯了，也使得他比別人更難理解。但無論如何，正因為這一點，他比其他人更值得我們試著去理解。」

最後幾頁，塔盧以一段故事結尾，描述了寇達和其他受瘟疫侵襲的市民身上一種奇特的心態。這段敘述大致還原了這時期艱難困苦的氣氛，所以敘事者認為相當重要。

寇達邀請塔盧到市立歌劇院觀賞《奧菲歐與尤麗迪絲》[1]，這個劇團是在春天瘟疫剛開始時來到本城演出，被疫情困住，不得已和我們市立歌劇院協商，每周演出一次。因此，好幾個月來，每逢周五，市立劇院裡就傳出奧菲歐優美動聽的悲吟和尤麗迪絲哀怨的呼喚。然而，這齣劇持續受到觀眾歡迎，賣座一直很好。寇達和塔盧坐在票價最高的位置，居高臨下望著被本城高雅人士擠得爆滿的樓下座位區。那些姍姍來遲的觀眾處心積慮想讓大眾注意到他們的進場。在刺眼的幕前燈光下，當樂師們輕聲調和弦的時候，清晰的人影從一排座位走到另一排座位，優雅地向人傾身致意。在一陣斯文的輕聲交談中，人們又重拾幾個小時前走在城裡黑街暗巷時缺乏的自信。華服驅走了瘟疫。

在整個第一幕中，奧菲歐揮灑自如地悲歌，幾位穿長袍的婦女優雅地評論著他的不幸，接著他以小詠嘆調唱出他對尤麗迪絲的愛。觀眾們做出不冷不熱的反應。到了第二幕，觀眾幾乎沒有察覺到，奧菲歐在歌中加入了原本不該有的顫音，在懇求冥王因他的眼淚而心生憐憫時，又唱得有點過度悲情。他的某些動作手勢顯得斷續而不穩，但是連最深思熟慮的觀眾都把這視作風格表現，為表演者的詮釋更添光彩。

直到第三幕，奧菲歐和尤麗迪絲的主要二重唱時（這是尤麗迪絲和愛人訣別的時刻），觀眾席上才出現某種驚訝的反應。恍若表演者就等著觀眾的反應似的，或更正確地說，觀眾席上發出的竊竊私語證實了他所感受到的，他選擇在這一刻以怪異的步伐走向舞台最前方的腳燈，古典舞台裝下手腳大大張開，整個人倒在鄉村牧園的布景之間。這本來就年代不合的鄉村牧園風光，此時此刻觀眾們才發覺如此不合時宜，而且是以可怕的方式發覺。同時間，樂團停止了演奏，樓下座位區的觀眾站起身，開始慢慢走出場，起先是靜悄悄地，就像做完禮拜走出教堂，也像瞻仰儀容後步出殯儀館，女士們拉攏裙襬，低著頭走出，男士們手挽著女伴領著她們，護著她們不撞到兩旁側椅。但是動作逐漸加快，竊竊低語變成高聲驚叫，觀眾們爭先恐後湧向出口，到最後大聲叫嚷相互推擠。寇達和塔盧這時候才從座位起身，現場只剩他們兩個目睹現實生活中的場景：瘟疫就在舞台上，藉由一名手腳已不聽使喚的蹩腳演員現身，觀眾席上遺留下一堆現在已無用的奢侈品，諸如散落在紅色扶手椅上的扇子以及蕾絲。

1《奧菲歐與尤麗迪絲》（*Orphée et Eurydice*）是德國作曲家葛路克（Christoph Willibald Gluck, 1714-1787）於一七六二年創作的歌劇，改編自希臘神話中樂神奧菲歐前往地獄拯救妻子尤麗迪絲的故事。譯註。

九月初這段期間，藍柏一直在李卮身邊認真工作，只請過一天假，和貢札列斯、那兩個年輕人約好在男子高中門口見面。

那天，正午時分，貢札列斯和記者看見那兩個小夥子邊笑邊走過來。他們說上次運氣不好，但那也是意料中之事。總之，這星期不輪他們執勤，要耐心等到下星期，得重新再來一遍。藍柏說沒錯，得重新再來一遍。貢札列斯建議下周一再碰面，但那時就安排藍柏住到馬塞和路易家裡。「我們倆先約，如果我沒赴約，你就直接去他們家，我們會跟你解釋他們住哪兒。」但這時不知是馬塞還是路易說，最簡單的辦法就是立刻領這位朋友到家裡去。要是他不挑剔的話，家裡有足夠四個人吃的。如此一來，他就知道他們住哪裡了。貢札列斯說這是個好主意，於是他們便往下朝港口走去。

馬塞和路易住在港區盡頭，靠近通往峭壁道路的城門。這是一幢西班牙式小房子，牆壁很厚，有上了油漆的木頭窗板，和幾個空蕩蕩的陰暗房間。兩個年輕人的母親是個笑容可掬、滿臉皺紋的西班牙老太太，她端出米飯來，貢札列斯很驚訝，因為城裡已經缺米了。馬塞說：「守城門總會有法子的。」藍柏又吃又喝，貢札列斯說他是個好相與的夥伴，然而這時記者滿腦子只想著還得再捱上一個星期。

實際上，他還得等兩個星期，因為減少守衛班次，改為每兩周輪值。這兩星期內，他拚命工作，幾乎閉著眼從日出到日落毫不間斷地埋頭工作。他總是到深夜才上床，睡得很沉。從以前的閒散突然轉變到疲憊不堪，使他幾乎喪失了夢想和精力。他很少談及自己即將潛逃出城的事。只有一件事值得一提：一個星期之後，他對李厄醫生吐露，前一夜是他第一次喝醉。走出酒吧時，他突然感覺腹股溝腫脹，兩臂腋下活動也困難。他想自己是染上瘟疫了。當時他唯一的反應（李厄和他都同意這是不理性的舉動）就是奔到城裡高處，從那兒，在一個小小廣場上，雖然在那裡還是看不到海，但可以看到比較開闊的天際，他高聲呼喊妻子的名字，聲音迴盪在城牆上空。回到家裡，他沒發現身上有任何染疫的跡象，覺得自己這種毫無來由的恐慌很丟臉。李厄說他很能理解這樣的舉止，他說：「其實，有時候我們真的希望自己被感染。」

藍柏正要離開的時候，李厄突然說：「奧東先生今天早上跟我提到了您，他問我是否認識您，並說：『勸勸他別和那些走私販來往，他已經引起注意了。』」

「這是什麼意思？」

「意思是您得加快速度了。」

「謝謝。」藍柏握著醫生的手說。

走到門口，他突然轉過身來。這是從瘟疫發生以來，李厄頭一次看到他微笑。

「您為什麼不阻止我離開呢？您有辦法這麼做的。」

李厄習慣性地搖搖頭，說這是藍柏自己的事，既然藍柏選擇了幸福，他，李厄，沒有任何理由反對。在這件事情上，他覺得自己沒有能力判斷什麼是對、什麼是錯。

「既然如此，為什麼叫我加快速度？」

這下換李厄微笑了。

「或許是因為我也想為幸福做點什麼吧。」

次日，他們沒再多談，只是一起埋頭工作。到了下個星期，藍柏終於住到西班牙小屋去了。他們在大家共用的起居室裡替他搭了一張床，要他盡量少出門，兩個年輕小夥子又不回家吃飯，大部分時間他都是一個人待在家裡，再不就是和老太太說說話。老太太又乾又瘦，但忙個不停，一身黑衣，棕色的臉上滿布皺紋，一頭白髮乾淨整齊。她沉默寡言，看著藍柏時只是一雙眼充滿笑意。

有幾次，她問藍柏會不會擔心把瘟疫傳染給妻子。他認為風險是有，但機率微乎其微，若是他繼續留在城裡的話，或許他們就永遠不能再相見了。

「她人好嗎？」老太太微笑著問。

「非常好。」

「漂亮嗎？」

「我覺得是。」

藍柏想了想，無疑是因為這樣，但不可能只為了這個原因。

「您不信仁慈的天主嗎？」這位每天早上都去望彌撒的老太太問道。

「啊！」她說：「原來如此。」

藍柏承認自己不信，老太太又說原來如此。

「那麼得去和她相聚，您是對的。否則您還剩下什麼呢？」

其他時間，藍柏就在粗塗灰泥的四面空牆裡打轉，摸摸釘在壁上裝飾的扇子，或數數桌巾流蘇的小毛線球。晚上，兩個小夥子回家了，他們話不多，頂多只是告訴他時候還未到。吃完晚飯，馬塞就彈彈吉他，大家喝著茴香甜酒。藍柏似乎一直在思量。

星期三那天，馬塞回家時告訴他：「明天晚上可以行動了，午夜十二點。您做好準備。」和他們一起守城門的另外兩個人，其中一人患了瘟疫，另外那個平常都和同伴住同一寢室，現在被隔離觀察。因此，這兩三天只有馬塞和路易當班。當天夜裡，他們安排了最後一些細節問題。次日就可能成行。藍柏謝謝他們。老太太問他：「您高興嗎？」他說高興，但心裡卻在想另一件事。

第二天，天空陰沉，天氣潮濕又悶熱。疫情消息很不妙，但西班牙老太太氣定神閒，她說：「世上罪孽太多，所以這是必然的！」藍柏也和馬塞、路易一樣，光著上身，但就算這樣，汗珠還是沿著膀子、胸膛往下淌。在關著窗板陰暗的屋內，他們上身就像塗了一層棕色亮漆。藍柏一言不發在房間裡打轉。下午四點時，他突然穿上衣服，說他要出門。

馬塞對他說：「當心點，午夜就要出發。一切都安排妥當了。」

藍柏前往醫生家。李厄的母親說他應該是在上城的醫院裡。醫院門口的崗哨前還是那一大堆人轉來轉去。一名眼睛凸出的士官喊著：「走開！」人群是移動了，但兜著圈子轉。汗水浸濕了外套的士官又喊：「沒什麼好等的。」大家也知道沒什麼好等的，但儘管烈陽曬得死人，他們還是待著不走。藍柏向士官出示通行證，士官就指出塔盧的辦公室在哪兒。辦公室對著中庭，他迎面遇見潘尼祿神父正從辦公室走出來。

一間又小又髒的白色房間，散發著藥品和濕床單的氣味，塔盧坐在一張黑色木桌後，襯衫袖子挽起，拿手帕擦著順著肘彎流下的汗。

「還在這兒？」塔盧問。

「是，我想和李厄談談。」

「他在診間。如果事情可以解決的話，不去打擾他是最好的。」

「為什麼？」

「他太勞累了。我盡量幫他排除事務。」

藍柏看著塔盧。他瘦了。他的眼睛和臉龐都因疲憊而變得模糊。寬厚的肩膀也塌成一團。有人敲門，一名戴著白色口罩的男護士走進來，把一疊病歷資料卡放在塔盧辦公桌上，只用隔著口罩布料蒙住的聲音說：「六個」，然後就走出去。塔盧看著記者藍柏，把資料卡攤成扇狀給他看。

「好看的卡，嗯？其實不是，這是昨天夜裡死去的病患資料卡。」

他皺著額頭，把資料卡重新疊好。

「我們現在唯一能做的就只是統計死亡人數。」

塔盧站起來，兩手撐著桌子。

「您即將要離開了？」

「今晚，午夜。」

塔盧說他很高興知道這消息，並要藍柏多保重。

「您說這話是真心的嗎？」

塔盧聳聳肩：

「到了我這把年紀，當然是真心的。說假話太累了。」

「塔盧，」記者說：「我還是想見一下醫生。請原諒。」

「我知道。他比我有人情味。我們走吧。」

「不是這樣。」藍柏似乎難以啟齒，停下腳步。

塔盧看了看他，突然衝著他微笑。

他們沿著一道小走廊往前，兩邊牆壁塗成淺綠色，在光線照射下好像水族箱。快走到一扇雙層玻璃門之前，可以看到門後一堆影子以奇怪的動作晃動著。塔盧先讓藍柏進到一間很小的房間，四面全是櫥櫃。他打開一個櫃子，從滅菌器裡拿出兩個紗布口罩，遞了一個給藍柏，請他戴上。記者問他口罩能否起什麼作用，塔盧回答說沒有，只是讓別人放心罷了。

他們推開玻璃門。這是一間非常寬廣的大廳，儘管還在夏季尾，窗戶關得密密實實。牆壁上方的通風扇轟轟作響，弧形的扇葉在兩排灰色病床上方攪動著混濁而炎熱的空氣。四下傳來低沉或尖聲的呻吟，混合成一股單調的哀鳴。穿著白衣的男人在裝設鐵欄杆的長窗洩下的刺眼光線下緩緩走動。藍柏在這酷熱的大廳裡感覺很不舒服，連正傾身面對著一團呻吟形體的李厄醫生都沒認出來。醫生正在切開病人的腹股溝，床兩邊各站一位女護士，壓著病人的雙腿。他伸直上身，把手術刀丟到助手遞過來的托盤，一動也不動站了一會兒，看著正在包紮繃帶的病人。

「有什麼新消息？」他問走過來的塔盧。

「潘尼祿答應接手藍柏來負責隔離所。他已經做了很多。現在剩下的就是在藍柏離開後要重新組織第三探查小組。」

李厄點點頭。

「卡斯鐵已經準備好第一批血清，建議先做個試驗。」

「啊！那很好。」

「還有，藍柏來了。」

李厄轉過身，看到記者，口罩上方的眼睛瞇起來，說：

「您到這裡做什麼？您現在應該要在別的地方。」

塔盧說他今晚半夜走，藍柏加上一句：「原則上。」

他們當中不管是誰說話，紗布口罩就會鼓起，嘴的部位變得潮濕。這讓他們的交談顯得有點不真實，好像是雕像間的對話。

「我想跟您談談。」藍柏說。

「您願意的話，我們一起離開。您在塔盧的辦公室等我一下。」

過了一會兒，藍柏和李厄坐在醫生車子的後座，塔盧開車。

「沒油了，」塔盧發動車子的時候說：「明天我們得走路去。」

「醫生，」藍柏說：「我不走了，我要留下來和你們一起。」

塔盧不動聲色，繼續開著車。李厄似乎無法從疲憊中清醒，用低啞的聲音問：

「那她呢？」

藍柏說他又思考了一番，雖然原來的想法沒變，但如果離開，會覺得可恥。這會妨礙他去愛他留在遠方的那個人。但李厄直起身子，以堅定的聲音說這很愚蠢，追求幸福沒什麼可恥的。

「對，」藍柏說：「但是獨自一個人幸福，就可能會讓人覺得可恥。」

直到現在一言不發的塔盧，並沒回過頭看他們，只提醒藍柏如果想分擔眾人的不幸，就不會再有時間追求幸福。必須做選擇。

「不是這樣的，」藍柏說：「我一直認為我是異鄉人，和你們沒有任何關係。但我看到了眼睛所見的，我知道不管我願不願意，都是這座城裡的人了。瘟疫事關所有的人。」

沒人搭腔，藍柏顯得煩躁起來。

「再說你們也都清楚這一點！否則你們在醫院裡幹什麼呢？因此你們選擇了、也放棄了幸福了嗎？」

塔盧和李厄都沒作聲。沉默持續了很長一段時間，直到快到醫生家，藍柏又問了一次剛才那個問題，而且語氣更為堅定。李厄轉過身朝向他，費力地挺直身子說：

「對不起，藍柏，但我不知道答案。既然您想留，就留下和我們一起吧。」

車子打滑了一下，打斷他的話，接著他凝視著前方，又說：

「世界上沒有任何事值得我們捨棄所愛。然而，我自己也捨棄了，我也不知道為什麼。」

他又往後靠在座椅靠背上。

「事情就是這樣，如此而已。」他疲憊地說：「且讓我們記住它，並接受種種後果。」

「什麼後果？」藍柏問。

「啊！」李厄說：「我們治療疾病的時候，還無法知道後果。那就先盡快治病吧，這是當務之急。」

午夜了，塔盧和李厄把藍柏要負責探查的區域地圖畫出來，塔盧看看手錶，抬起頭正好和藍柏目光交會。

「您預先告知了嗎？」

記者移開眼光。

「來找你們之前，」他艱難地說：「我已給他們留了字條。」

卡斯鐵製造的血清在十月底開始試用。事實上，這是李厄最後的一線希望了。若是再失敗，他確信整座城就只能任憑瘟疫擺布，要不是疫情繼續肆虐長達數月，就是它決定沒有原因地收手。

卡斯鐵來找李厄的前一天，奧東先生的兒子病了，全家必須進隔離所。奧東夫人不久前才從隔離所出來，現在又得第二次隔離。預審法官遵照下達的規定，一在孩子身上發現瘟疫徵兆，就請李厄醫生前來。李厄到的時候，夫婦倆站在床尾，小女兒已被遣開。生病的孩子處於衰竭狀態，接受檢查時一聲痛都沒唉。醫生檢查完抬起頭，與預審法官四目相接，孩子母親在法官身後，一臉蒼白，手帕摀在嘴上，瞪大眼睛注視醫生的一舉一動。

「是這病，對吧？」法官冷靜的聲音說。

李厄又看了看孩子，回答：「對。」

母親的眼睛睜大，但依舊一言不發。法官也沉默無言，然後以更低沉的語調說：

「那麼，醫生，我們就得按照規矩來。」

李厄避免去看手帕一直摀在嘴上的母親。

「很快可以辦妥，」他遲疑地說：「我能打個電話嗎？」

奧東先生說立刻帶他到電話旁，但醫生轉過身對著奧東夫人說：

「很抱歉。您得準備一些東西。您應該知道是什麼。」

奧東夫人似乎愣住了，看著地上。

「知道，」她點點頭說：「我會準備好。」

臨走之前，李厄忍不住問他們需不需要什麼。奧東夫人仍是一語不發看著他。法官這次卻轉開了目光。

「沒有，」他說，嚥了嚥口水：「但是請救救我的孩子。」

最開始，隔離措施只是虛應故事，後來李厄和藍柏以非常嚴格的方式組織。尤其他們要求同一家人從頭到尾要彼此隔離。只要家庭成員有人在不知情下染疫，就立刻杜絕疫情擴散的機會。李厄向法官解釋這個原因，法官也覺得有道理。然而，他和妻子對眼相望的樣子，醫生能感受到這分離令他們如此倉皇無助。奧東太太和女兒可以安置在藍柏負責、由旅館改設的隔離所。但隔離所已經沒有空位安置預審法官奧東先生，只能住到省府從道路管理處商借來營帳、正在市立運動場上搭建的隔離營去。李厄為此覺得抱歉，但奧東先生說，規定就是這樣，必須要遵守。

至於那孩子，被送到臨時醫院，一間由教室改裝、現在擺上十張病床的病房裡。二十多個小時之後，李厄判定孩子的病情已無希望。小小的軀體被病菌吞噬，已完全沒有反應。一些才剛成形的小膿腫造成疼痛，使瘦弱的四肢關節無法活動。他已經被病菌打垮了。因此，李厄想把卡斯鐵研製的血清試用在他身上。當天晚上晚餐後，他們進行了長時間的血清疫苗接種，但孩子毫無反應。第二天黎明，所有人都到小男孩身邊觀察這決定性試驗的結果。

孩子從昏沉狀態中醒來，在被單下翻來覆去地抽搐。李厄、卡斯鐵和塔盧從清晨四點以來就守在他旁邊，觀察病情一步步的進展或稍停。床頭是塔盧略微駝背的魁梧身軀，李厄站在床尾，卡斯鐵坐在他旁邊，狀似平靜地讀著一本舊書。隨著天光漸漸亮起來，其他人也來到這原來教室改裝的病房。先是潘尼祿，他走到塔盧對面的床邊，背靠著牆，臉上顯出痛苦的表情。這些天來他全力以赴的疲憊，在他那通紅的額頭劃下了皺紋。然後是約瑟．葛朗來了。那時是七點鐘，這位市府職員為自己氣喘吁吁道歉。他不能久待，或許現在已經有什麼確切的結果。李厄一言不發，向他指了指孩子，孩子閉著眼睛，臉變了形，死命地咬緊牙齒，身體一動也不動，只有頭在沒有枕套的長枕上不停左右擺動。當天色終於亮到能看到病房最裡面牆上掛的黑板昔日寫的方程式字跡的時候，藍柏來了。他背靠著旁邊那張病床的床尾，掏出一包香菸，但看了一眼小男孩，又把菸放回口袋。

卡斯鐵仍然坐著，抬起眼睛從眼鏡框的上方看著李厄：

「您有孩子父親的消息嗎？」

「沒有，」李厄說：「他在隔離營裡。」

孩子在床上呻吟，李厄緊緊握著床架，目不轉睛看著小病患，孩子的身體突然僵直，又咬緊牙齒，腰部弓起，緩緩張開雙臂和雙腿。從軍毯下赤裸的小身軀，衝出一股混合羊毛和汗臭的氣味。孩子漸漸鬆弛下來，雙臂和雙腳向床中央收攏，但始終閉著眼不出聲，呼吸顯得更加急促。李厄和塔盧四目相望，但塔盧避開了目光。

他們曾經看過孩童死亡，因為這幾個月來恐怖的瘟疫從不選擇對象，但是他們從未像今天早上這樣一分一秒目睹孩子受到痛苦的折磨。當然，在他們眼中，這些無辜病患所受的痛苦，自始至終就是令人憤慨的事。但至少到現在為止，這種憤慨是抽象的，因為他們從未如此長時間地目睹一個無辜孩童的垂死掙扎。

就在此時，孩子像胃被咬了一口，身體又弓起，發出尖細的呻吟聲。他身體弓屈了好幾秒鐘，痙攣地顫抖，脆弱的軀殼就像被瘟疫的呼嘯壓彎，又在一陣陣的高燒中碎裂。呼嘯狂風吹過，他稍微鬆弛了些，高燒似乎退去，丟下他在潮濕而毒害的沙灘上喘息著，暫時的歇息已然接近死亡。當灼熱的浪潮第三度侵襲，孩子身體稍微拱起，蜷縮成一團，在難忍的高燒焰火下縮到床頭，發狂地搖晃著頭，掀掉毯子。大滴淚珠從紅腫的眼皮下湧出，沿著鉛灰色的臉頰往下流。經過這陣發作，孩子筋疲力盡，四十八小時內已消融得瘦骨嶙峋的雙腿和雙臂蜷縮起來，在亂成一團的床上，擺出了一個怪異的、像耶穌釘在十字架上的姿勢。

塔盧彎下身，用他的大手擦拭小臉上的眼淚和汗水。卡斯鐵早已闔上書，注視著孩子。他張口說話，但嗓音突然變調，只得輕咳幾聲才能說出：

「早上的病情沒有減緩，不是嗎，李厄？」

李厄說是，但孩子抵抗的時間比一般情況來得久。潘尼祿模樣消沉地靠在牆上，低啞著說：

「若他終究會死，這樣只會拉長他受苦的時間。」

李厄猛然轉身對著神父，張口想說什麼但沒出聲，很明顯在努力克制自己，隨後把眼光轉到孩子身上。

病房裡充滿天光。其他五張病床上有形體在蠕動、呻吟，但都像商量好了似的謹慎低聲。只有病房另一端的那個病人發出叫聲，規律間斷地發出短暫尖叫，聽起來倒像是驚叫而非疼痛，彷彿連病人也不像剛開始時那麼恐懼了。現在，他們對待疫病抱著某種逆來順受的意味。只有這孩子盡全力抵抗。李厄不時替他測測脈搏，這麼做並非出於需要，而是為了逃避束手無策的無力狀態，他一閉上眼就感到孩子的騷動煎熬和自己內心沸騰的血液合而為一。他和受折磨的孩子融為一體，試圖以他完整的全副力量支撐孩子。然而兩顆心才結合了一分鐘，心跳就不協調了，他感受不到孩子，他的力量墜入空無。他只好放下那孱弱的手腕，回到原來的位置。

陽光沿著刷了石灰的牆，由粉紅色轉黃。玻璃窗外，上午開始發揮炎熱的威力。葛朗離去時說他待會再回來，但大家幾乎聽而不覺，只是等待著。孩子眼睛依舊閉著，似乎平靜了一些。他的兩隻手變得像爪子，不停刮著床緣，然後又伸起來，抓扒膝蓋上的毛毯，突然間，他蜷縮起雙腿，大腿直縮到腹部才停止不動。這時他第一次張開眼，看著面前的李厄。在他現在有如灰色黏土僵凝的凹陷臉上，嘴巴張開了，幾乎立刻發出唯一一聲不間斷的、不因呼吸而改變的叫喊，病床裡突然充斥著一種沒高沒低、不一致的抗議吶喊，如此不像人類發出的聲音，聽起來倒像是來自人類全體的聲音。李厄咬緊牙根，塔盧背過身去。藍柏走到床邊，站到卡斯鐵旁邊，卡斯鐵也已闔起攤在膝蓋上的書。潘尼祿看著孩子因病而充滿汙穢的嘴，滿載著所有年齡的病人的吶喊。他跪了下來，在一片持續不斷的無名呻吟之中，用略微嘶啞、但在場的人自然而然便聽見的清晰聲音說：「主啊，救救這孩子吧。」

但孩子繼續叫喊，周圍的病患也騷動起來。大家呻吟得更厲害，而病房另一頭一直不停尖叫的病人更加快了叫聲的節奏，直到也變成真正的吶喊。病房裡哭嗚聲如潮水洶湧，蓋住了潘尼祿的禱告，李厄緊握住床架，閉上眼睛，疲倦和憎厭使他昏眩。

他重新張開眼，看見塔盧在他旁邊。

「我得走了，」李厄說：「我再也無法承受這些了。」

但突然之間，其他的病人都靜止下來。醫生發現孩子的叫聲變弱，愈來愈弱，終至停止。周圍的病人又開始呻吟，但聲音很低，就像這場剛結束的戰鬥遙遠的回聲。因為戰鬥結束了。卡斯鐵走到床另一邊，說結束了。孩子的嘴張著，但已無聲，躺在亂成一團的床單之中，身體顯得瞬間縮小，臉上還殘留著淚水。

潘尼祿走到床邊，畫了十字聖號。然後攏起長袍，沿著中央走道走出去。

塔盧問卡斯鐵：「一切得重新開始嗎？」

老醫生搖搖頭。

「或許吧，」他勉強微笑著說：「他畢竟支持了很長時間。」

李厄正要離開病房，步伐那麼快速，神情如此憤慨，當他走過潘尼祿身旁時，神父伸出手拉住他。

「別這樣，醫生。」神父說。

李厄以同樣暴躁的動作轉身，猛然朝著他說：

「啊！至少這個孩子是無辜的，您心裡很清楚！」

他轉過身，比潘尼祿早一步踏出病房，走到學校內院的另一頭。他在積滿塵土的矮樹中間一張長凳坐下，抹去已經流淌到眼睛裡的汗水。他很想再高聲怒吼，紓解死絞在心中的那個結。熱浪慢慢從無花果樹樹枝之間淌下。早上的藍天很快就被一層白翳蒙住，使空氣更悶熱。李厄癱坐在長凳上，看著樹枝和天空，呼吸緩緩平穩下來，疲勞也漸漸消除。

「為什麼這麼大火氣跟我說話？」他背後傳來聲音：「這樣的場面對我來說也是難以忍受的。」

李厄轉身對潘尼祿說：

「沒錯，請原諒我。但疲勞讓我瘋了。有些時候，在這城裡，我只感受到一股反抗的心。」

潘尼祿喃喃說道：「我明白。這令人憤慨，因為超過了我們理解的限度。但或許我們應該愛我們不能理解的東西。」

李厄突地直起身子，以全部的力量與熱忱盯著潘尼祿，搖著頭說：

「不，神父。我對愛的看法不是這樣。我至死都拒絕去愛這個孩童們會慘遭折磨的世界。」

潘尼祿的臉上閃過震驚的陰影。

「啊！醫生，」他悲傷的說：「我剛才理解了所謂的聖寵。」

但李厄又癱回長凳上。疲憊感又襲來，他較緩和地回答神父：

「這正是我所沒有的，我知道。但我不想跟您討論這個。我們一起合作，是因為某個超越褻瀆與祈禱之上的東西讓我們團結在一起。唯有這點是重要的。」

潘尼祿在李厄身邊坐下，神情感動，說道：

「是的，您也是為了人類的救贖而努力。」

李厄試著微笑：

「人類的救贖對我來說是太偉大的字眼。我沒看到那麼遠。我關心的是人的健康，首先是人的健康。」

潘尼祿猶豫了一下，說：

「醫生……」

但他停下沒繼續說。他的額頭也開始滴下汗珠。他喃喃地說「再見」，站起身時眼睛發亮。他正要離開，沉思中的李厄也站了起來，朝向他踏了一步。

「再次請您原諒，」他說：「我不會再像這樣失態了。」

潘尼祿伸出手，悲傷地說：

「然而我並沒有說服您！」

李厄說：「這又有什麼關係呢？我痛恨的是死亡和惡疾，這一點您知道。不管您願不願意，我們在一起就是要共同承受、戰勝它們。」

李厄握著潘尼祿的手，迴避他的目光，說：

「您看，現在連天主都無法把我們分開了。」

自從潘尼祿加入防疫工作隊之後，就從未離開醫院和瘟疫肆虐的地點。在救難者的行列裡，他把自己擺在自認應該站的位置，也就是第一線。他看了很多死亡的場景。儘管原則上他注射了疫苗血清保護，但也會對自己的生死擔心。表面上，他一直很鎮定。但自從那天目睹那孩子漫長的死亡之後，他似乎變了。他的臉上顯現愈來愈緊繃的神情。有一天他微笑著對李厄說他目前在寫一篇短論文，題目是〈教士能否求醫？〉，李厄感覺事情比潘尼祿口中所說的要來得嚴肅。他說想拜讀這篇論文，潘尼祿說他將在為男性信眾舉辦的一場彌撒上講道，藉著這機會至少能闡述其中的幾個觀點。

「我希望您能來，醫生，這題目您應該會感興趣。」

神父第二次布道的那天颳著大風。老實說，坐著一排排聽道的人比第一次稀疏。那是因為對我們市民同胞來說，這個場面已沒有新鮮感。在本市正歷經的艱困情況下，「新鮮」這兩個字也已經失去意義。此外，大多數的人即使沒有完全背棄宗教責任，也並沒有特別過著與宗教相違的極端不道德的私生活，但現在都以缺乏理性的迷信取代了尋常的宗教儀式。他們寧可佩戴護身徽章或聖洛克的護身符，也不上教堂望彌撒。

舉例來說，市民同胞對預言的濫用毫無節制。春季之時，大家預計疫情隨時會結束，沒有人想到要去詢問別人疫情到底可能持續多久，因為所有人都深信不會太久。

但隨著時日一長，大家開始擔心這災難沒完沒了，一瞬間，疫情停止成了所有人希望之所在。因此，人們互相傳遞手抄的來自占星師或天主教歷來聖者的各種預言。城裡的印刷公司很快從這股熱潮裡看見商機，開始大量發行坊間流行的諸多文本。當他們察覺民眾的這種好奇心永不饜足，便差人跑到市立圖書館蒐集所有野史軼聞在這方面的見證，在城內廣為流傳。當歷史軼事再也翻不出什麼預言了，就委託記者杜撰，至少在這點上，記者們表現出的能力與歷代優秀前輩不相上下。

某些預言甚至在報紙上連載，讀者熱中的程度不亞於疫情發生之前對言情小說的連載。這些預測有的來自於怪誕的計算，瘟疫發生的年份、持續幾個月、死亡人數等等；有的則是拿歷史上幾次大型瘟疫做類比，找出相同點（預言裡稱之為常數），再透過同樣怪誕的計算，便聲稱可得出此次疫情的相關證據。但群眾最趨之若鶩的，無疑是以一種末世警語揭示即將發生的一連串事件，其中每一件都可能是城裡正在發生的，這些事件又如此複雜，怎麼詮釋都行。因此大家每天求教於諾斯特拉達姆斯[2]和聖女奧迪爾[3]，而且總是獲得結果。此外，所有這些預言都有個共同點，它們最後都讓人安心。唯有瘟疫讓人忐忑。

因此，我們市民同胞以這些迷信取代了宗教，這也是為什麼潘尼祿布道時，教堂裡座位只坐了四分之三滿。布道那天晚上，當李厄到達時，風化為氣流從雙開的門扇中穿進來，在聽眾間肆意流竄。在這陰冷寂靜的教堂裡，聽眾清一色是男性，李厄坐了下來，看見神父走上布道壇。神父講道的語調比上次溫和，也更深思熟慮，聽眾好幾次發現他演說時稍帶遲疑。還有件奇怪的事，他不再說「你們」，而說「我們」。

然而，他的聲音漸漸變得堅定。一開始他先提醒大家，好幾個月來瘟疫一直存在我們之間，現在我們對它認識比較清楚，因為我們已那麼多次看到它坐在我們桌邊或我們心愛的人的床頭，看到它在我們身旁走動，在工作場所等著我們到來，所以我們現在或許能更了解它一直不斷對我們說的話，這些話我們之前太過驚嚇，可能沒有好好傾聽。上一次潘尼祿在這裡布道講的話依舊是對的——至少他堅信如此。但也許就像我們每個人都會發生的情形，他所想和所說的都不存慈悲，這是他深感懊悔的。不過

---

2 諾斯特拉達姆斯（Nostradamus, 1503-1566），猶太裔法國預言家，鑽研星象、玄學，著作《百詩集》（*Les Prophéties*）留下對後世的大量預言。譯註。

3 聖女奧迪爾（Sainte Odile）西元七世紀亞爾薩斯公爵之女，是亞爾薩斯的守護聖人。第一次世界大戰時，法國坊間出現了一本由拉丁文寫成的《聖女奧迪爾的預言》（*Prophétie de Sainte Odile*），預言德國將落敗，這本書來源神祕可議，無法證實與聖女奧迪爾有任何關聯，但因當時聲名大噪，街頭巷尾都將聖女奧迪爾視為預言家。譯註。

他說的有一點始終是真實的，那就是任何事情都有值得記取之處。最殘酷的試煉，對基督徒來說仍是一種恩賜。在這種情況下，基督徒應該尋找的正是他的恩賜，找出這恩賜是什麼，又如何能得到。

這時候，李厄周圍的人似乎都舒適地靠著長凳扶手，盡量讓自己坐得舒服些。入口一扇海綿襯墊的門輕輕搖晃，有個人跑去關好。李厄被這騷動分心，幾乎沒聽到潘尼祿接續下來的講道。神父的大意是說，不必試著解釋瘟疫的現象，而應嘗試從中汲取所能學習的。李厄大致理解神父的意思是說這沒什麼好解釋的。他的注意力再度集中，是潘尼祿強而有力地說在天主的眼裡，有些事可以解釋，有些事卻是無法解釋。當然，世上存在善與惡，而且通常人們很容易解釋這兩者的分野。但是惡的內部本質，解釋起來就難了。例如有的惡顯然是必要的，有的顯然是不必要的。有下地獄的唐璜，也有無辜孩子的死亡。若說唐璜這不信神的放蕩之徒被雷劈死是應該，孩子受苦則令人無法理解。事實上，世界上再沒有比一個孩子所受的折磨、這個折磨引起的恐怖、以及必須找出受這折磨的理由更重要的事了。除此之外，生命中其他一切，天主都讓我們活得喜樂，直到今日，宗教並沒有價值。現在則相反，天主將我們置於絕境。我們面臨瘟疫這座高牆，必須在這座高牆的死亡陰影下，找到我們的恩賜。潘尼祿甚至拒絕以輕鬆的方式讓他能攀越這座高牆，他大可以說永恆的喜樂足以彌補孩子受到的苦痛，但他根本不知道事實是否如此。誰能確定永恆的喜樂足以彌補人類一時一刻的苦痛？誰要是如此輕鬆看待苦痛，他必定不是個基督徒，因為天主受盡了身體與心靈的苦痛。不，神父待在高牆腳下，忠誠面對十字架象徵的四分五裂的苦痛，面對一個孩子所受的折磨。他要無懼地對今日聽他講道的人說：「我的兄弟們，時刻到來了。要不就全心相信天主，要不就完全否定。你們之中又有誰敢完全否定呢？」

李厄才剛覺得神父觸及了異端思想，神父就已經以宏亮的聲音接著說，他確定這個指定、這個純粹的要求，就是基督徒的恩賜，也是他的美德。神父知道他接下來要說的美德有些極端，可能會讓許多習慣於比較寬鬆、比較傳統的道德觀的人覺得震驚。但是瘟疫時期的宗教不可能同於尋常時期，倘若天主容許、甚至期望在太平幸福時期，靈魂能獲得安息和喜樂，那在極端不幸的時期，祂也會要求靈魂做出極端的反應。今天天主賜予祂所創造的人一項恩典，將他們置於不幸之中，迫使他們必須重新找到並承擔那個至高無上的美德，那就是全有或全無。

上個世紀，一位不信神的作家曾聲言揭露了教會的祕密，斷言煉獄[4]並不存在。他的言下之意是沒有折衷之道，只有天堂和地獄，依照人們生前所選擇的道路，死後或是獲得救贖或是被判下地獄。潘尼祿認為這是異端邪說，只有不信神的靈魂才會滋生出的想法。因為煉獄是存在的。只不過有些時代或許不能太過期待煉獄，那些時代沒有輕罪可言。凡是罪都該死，所有對宗教的漠視都是罪行。要不就全有，要不就全無。

潘尼祿說到這裡停頓一下，這時李厄聽得更清楚門縫下吹進來的嗚咽風聲，外面風勢似乎更強了。此時神父又說，他所講的這全盤概括接受的美德，不能以尋常人們賦予的狹隘意義來理解，這不是一般的服從，甚至也不是難以做到的謙卑。而是一種屈辱受難，但這是受屈辱者同意而受的。當然，眼見一個孩子受折磨對心靈是受屈辱，但這就是必須面對它的原因。這就是為什麼——潘尼祿要聽眾相信，他接下來要講的話並不容易說出口——我們必須期待受這屈辱苦難，因為這是天主的旨意。唯有如此，基督徒才能不惜一切，在無路可走的情況下，貫徹到底做出最重要的選擇。為了不淪落到全盤否定的地步，他會選擇完全相信。現在在各處教堂裡，一些自認意志堅強的婦女聽說淋巴膿腫是身體排除感染的自然管道，便說：「我的主啊，讓我長出淋巴囊腫吧」，基督徒就該如此將自己交由天主的意志，即使這旨意令人無法理解。我們不可說：「那個我能理解，這個我無法接受」，必須全心迎向天主賜予我們的這

「無法接受」，這樣才能幫助我們做出選擇。孩子們所受的苦是我們苦澀的麵包，但沒有這塊麵包，我們的靈魂會因飢餓而死亡。

只要潘尼祿神父一停頓，四周就會發出低微的嘈雜聲，此時嘈雜聲剛起，神父出人意料地大聲接著說，假裝以聽眾的角色問道：那到底應該如何自處呢？他猜想大家一定會說出駭人的「宿命論」這個字眼。那麼，倘若允許他加上「積極的」這個形容詞，他不會懼怕用這個字眼。當然，再次強調，不應該效仿他上次曾經講到的阿比尼西亞的基督徒。也不能和古代波斯的瘟疫患者一樣，把自己的舊衣服扔向基督徒組成的防疫工作隊，一邊大聲祈求上天把瘟疫降到這些離經叛道的信徒身上，因為他們竟想對抗天主賜下的災難。但反過來說，也不應仿效那些開羅的僧侶，在上個世紀瘟疫時期，用小夾子夾聖體餅給領聖體的信徒，以避免接觸到那些裡面可能藏著病菌的濕熱嘴巴。波斯的瘟疫患者和那些僧侶都同樣有罪。因為對前者來說，一個孩子受苦並不重要，對後者來說正相反，人類對痛苦的恐懼凌駕了一切。不論是前者或後者都規

4 煉獄是天主教重要教義之一，人死後可在煉獄後經過懺悔反省，生前所犯的小過錯、輕罪，可經由煉獄的洗禮而滌淨，終能上天堂。但煉獄的說法不被新教、東正教接納。譯註。

避了問題。他們都對天主的聲音充耳不聞。此外，潘尼祿還想舉一些例子。根據馬賽大瘟疫流行期間的記載，梅西修道院裡的八十一位修道士，只有四位幸免。在這四人當中，三個逃跑了。記錄者只這麼寫，他的工作也就是記載，無須多加演繹。但是潘尼祿神父讀到之後，心裡唯一想的是那個唯一留下的人——儘管面對著七十七具屍體，尤其儘管其他三個兄弟逃跑了——依舊留下的那一個。神父握拳敲著布道壇的邊緣，大聲疾呼：「我的兄弟們，我們要當留下來的那個人！」

這並不表示就不顧防範措施，一個社會遭受到災難混亂時，必然要採取明智的秩序規範。不需要去聽那些所謂的賢達人士所言，要人民下跪屈服放棄一切的說法。只須在黑暗中開始往前，儘管有些盲目，試著做些有益的事就對了。至於其他的，哪怕是為了孩子的死亡，也只需接受天主的安排，不去尋求個人的解決手段。

此時，潘尼祿神父提起馬賽大瘟疫時期一位重要人物貝爾曾思主教（Belzunce）。疫情後期，主教做了所有能做的努力，認為沒有任何挽救方法了，就攢了些糧食把自己關在房子裡，堵上了所有出口。那些原本把他當偶像的人民，就像在極度痛苦中的人會有的反應，情緒突然反彈，對他非常不滿，把屍體圍在他家周圍讓他染疫，甚至把屍體丟進他家牆內，要他必死無疑。因此，這名主教只為最後一刻的意志脆弱，以為自己能與死亡世界隔絕，沒想到死屍卻由天而降，落到他頭上。我們也是這樣，必須告訴自己瘟疫中沒有避難島嶼，沒有中間地帶，都沒有。必須承認這個令人憤慨的事，因為我們必須選擇恨天主或愛天主。而誰敢選擇憎恨天主呢？

「我的兄弟們，」潘尼祿最後結論：「對天主的愛是艱難的愛。必須徹底忘我，放棄個人。但唯有這樣的愛，才能抹去孩子們的受苦與死亡，也唯有這樣的愛才能讓死亡成為必需，因為無法理解死亡，我們只能欣然接受。這就是我想和大家分享的困難課題。這就是忠貞信仰，在人們眼中殘酷，在上帝眼中卻是關鍵，所以我們必須去貼近它。在這恐怖的死亡意象之下，我們必須讓自己提升到它的高度。到了最高的高度，死亡之前一切都混雜在一起變得平等，真理將在不正義的外表下湧現出。因而，在法國南部許多教堂裡，祭壇的石板下數百年來長眠著瘟疫的犧牲者，教士們在他們的墳上布道，他們的精神從包括孩子在內的骨灰裡湧現出來。」

李厄正走出教堂時，一股猛烈的風灌進半開的門內，直颳到信徒的臉上。風把雨的氣息、濕漉人行道的氣味帶進教堂裡，信徒們還未踏出去便已猜測到城裡的景象。走在李厄前面也正要出去的一位年長教士和一位年輕執事，被風吹得連帽子都快拉不住。儘管如此，年長教士依舊不停地評論著這場布道。他稱讚潘尼祿口才辯給，但也擔心他所顯露的大膽想法。他認為潘尼祿這次布道顯示出的擔憂超過釋放出來的力量，而像他這樣年輕的神父沒有擔憂的權利。低頭避著風的年輕執事說他和神父很熟，很清楚他思想的演變，並且說他的論文內容還更加大膽，但勢必通不過教會審查出版。

「他的想法是什麼呢？」老教士問。

他們走到了教堂前廣場上，四周的風呼嘯，打斷了年輕執事的話。當他能開口說話時，只說：

「教士去找醫生看病，這中間存在著矛盾。」

塔盧聽了李厄轉述的布道內容，說他認識一名教士在戰爭期間看見一個年輕人被炸瞎雙眼，因而拋棄信仰。

「潘尼祿說得沒錯，」塔盧說：「眼見一個無辜的人雙眼被炸瞎，身為基督徒要嘛失去信仰，要嘛接受這被炸毀的雙眼。潘尼祿不想失去信仰，他要堅持到底。這是他布道時想要說的。」

塔盧這番見解能否稍微釐清接下來發生的不幸事件，以及這期間潘尼祿令周遭人都無法理解的行為呢？之後人們自有評斷。

布道過後幾天，潘尼祿忙著搬家。這段期間隨著疫情發展，城裡經常有人搬家。就像塔盧得搬出旅館住到李厄家去，神父也不得不離開教會分配的公寓，搬去一位經常上教堂且尚未染上瘟疫的老人家裡住。搬家期間，神父覺得自己愈來愈疲憊和焦慮。也因如此，他失去了房東老太太的敬重，因為當老太太興致勃勃跟他說到聖女奧迪爾的預言時，他可能因為疲倦的原因稍稍顯出不耐煩。接下來他無論做出多少努力，再也得不到老太太哪怕一絲中立的好感，他已經留下壞印象。每天晚上回去他那充滿鉤織花邊蕾絲的房間之前，他看到的只是房東太太的背，她身子也不回地冷冷一聲「神父晚安」。就是在像這樣的一個晚上，他就寢前腦袋脹痛，感覺體內蟄伏多日的熱潮從手腕脈搏和太陽穴暴衝而出。

接下來發生的事只能從女房東的敘述得知。第二天早上，她按習慣很早起床，過了一陣子，很訝異神父還沒走出房間，猶豫再三還是決定去敲他房門。她發現失眠一整夜的神父還躺在床上，胸悶得難受，臉色比平時脹紅。據老太太自己的說法，她禮貌地建議神父請醫生來看一下，卻被粗暴地拒絕，令她感到遺憾。她也只好離開神父的房間。不久之後，神父搖鈴請她過來，他為先前自己脾氣暴躁道歉，並聲言他的情況與瘟疫無關，沒有任何徵狀，只是一時疲憊所致。老太太莊重地回答說她方才的建議並非擔心瘟疫，她考慮的不是自己已交到天主手中的安全，唯一顧慮的是神父的健康，因為她自認必須負部分責任。據她所說，神父沒再多說什麼，於是她希望善盡房東之責，再次建議請醫生過來。神父再次拒絕，提出了老太太覺得含糊不清的解釋。她只聽懂一點，而這恰恰是她難以理解的一點，那就是神父之所以拒絕看醫生，是因為這不符合他的原則。由此她得出結論，這房客因發燒神智不清，只得替他端來一杯藥草茶。

在這突發情況下，老太太決定善盡職責，固定每隔兩小時看望一次病人。令她最驚訝的是神父一整天不停躁動，把床單掀開又蓋上，不斷用手擦著汗濕的額頭，而且經常坐起身來想咳嗽，但咳嗽聲像被掐住了似的，沙啞含痰，猶如撕裂一般，好似沒辦法把卡在喉嚨深處令他窒息的棉花團拔除出來。每次發作之後，他就往後倒在床上，疲倦不堪。最後又半坐起身子，短暫凝視著前方一會兒，眼神比方才躁動時還要狂烈。但是老太太怕違背了病人的心意，依然猶豫著不敢請醫生來。雖然看著嚇人，或許只是一陣普通高燒罷了。

然而到了下午，她試著和神父說話，卻只得到幾聲模糊斷續的回答。她又建議請醫生來。神父一聽就坐起來，用半窒息的聲音清清楚楚地說他不要醫生。這時房東太太決定等到第二天早上，若神父的病情沒好轉，她就撥打朗斯多新聞處每天在廣播上重複十幾次的那個電話號碼。她向來富責任感，想著當夜要去探視房客，守著他。但晚上替他端去新鮮的藥草茶之後，想躺下休息一會兒，卻一躺就到第二天破曉才醒。她趕緊跑到房間去。

神父一動不動地躺在床上。前一天脹紅的臉上如今卻呈現一股青灰色，尤其他臉部還很飽滿，看起來更明顯。神父眼睛盯著床上方吊燈垂掛的五顏六色小珠串。老太太走進房間時，他轉過頭來。根據房東太太描述，他此時看來整夜與病魔搏鬥，已無任何力量。她問他感覺如何，他以令她覺得怪異的冷漠聲調說情況不好，他不需要醫生，只需把他送進醫院，一切按照規定來。老太太嚇壞了，連忙跑去打電話。

李厄中午時到了。聽完房東太太一番敘述之後，僅回答說潘尼祿要求送醫院是對的，但可能已經太遲了。神父以同樣漠然的態度迎接他的到來。李厄幫他做了檢查，訝異地發現除了肺部出現腫脹壓迫的情形之外，並沒有腺鼠疫或淋巴腺鼠疫的主要症狀。無論如何，他的脈搏如此虛弱、整體健康狀況如此危急，沒什麼希望了。

「您沒有瘟疫的主要症狀，」他對潘尼祿說：「但事實上還是有疑慮，我得把您隔離起來。」

神父像是出於禮貌，怪異地笑了笑，但一聲不吭。李厄出去打電話，接著回來房間。他看著神父。

「我會陪在您身邊。」他輕聲地說。

神父狀似精力恢復，轉身看著醫生，眼裡似乎又重現某種熱情。他咬字不清，以至於難以猜測他這句話是否帶著悲傷：

「謝謝，」他說：「但神職人員沒有朋友。他們把全部交付給天主了。」

他請醫生把放在床頭的十字架拿給他，一拿到手上便轉過身凝視著它。

在醫院裡，潘尼祿沒再開過口。他像個物品一樣，任由院方在他身上進行所有治療，只是抓著十字架不肯放手。然而神父的病情依然詭異，李厄心中還是充滿疑慮。這既像瘟疫，又不是瘟疫。何況這段時間以來，瘟疫似乎以誤導診斷為樂。但是以潘尼祿的病歷來說，後續發展的狀況顯示出，是不是瘟疫已經不重要了。

發燒更加升高。咳嗽聲愈來愈嘶啞，病人一整日受咳嗽折磨。到了晚上，神父終於咳出令他窒息的那棉花團，是紅色的。在高燒之中，神父一直維持著淡漠的眼神，次日早晨，院方發現他死了，半個身子倒在病床外，眼神依舊毫無顯露任何東西。他的病歷卡上寫著：「不明病例。」

這一年的萬聖節[5]跟往年不同。當然，天氣配合時令，突然轉變，涼意驟然驅散了遲遲不退的熱氣。如同往年，一股冷風不停颳了起來，大朵大朵的雲漫橫天際，在屋舍上頭罩下陰影，雲影飄過，又在屋舍上頭灑下十一月清冷的金色陽光。已經有人開始穿上雨衣，但是大家注意到亮光光的橡膠雨衣多得出奇。原來報紙上報導說兩百年前法國南部大瘟疫期間，醫生都穿著塗油的衣服，以防感染。於是店家趁此機會出清這類過時衣物存貨，大家希望穿上就可免疫。

但是所有這些呼應季節的跡象，都無法讓人忽略墓園的冷清。往年這個時節，電車上充滿菊花淡淡的香氣，成群的婦女前往親人安葬的地方，在墳頭獻上鮮花。在這

5 萬聖節（La Toussaint），是天主教、聖公會和東正教都有的節日。在天主教會和聖公會中，萬聖節在每年的十一月一日，緊接著是十一月二日的亡者節（La fête des morts），用以紀念及追思亡者。譯註。

個日子裡，人們試著補償亡者這麼多個月來的分離與遺忘。但是這一年，沒有人願意再想起死去的人，或更正確地說，大家想死者已想得太多了。不再是大家帶著些許遺憾和許多傷感去憑弔他們，他們也不再是每年一度大家尋求心安去上墳的被遺棄的人。他們是大家想忘卻的闖入者。這就是為什麼這一年的萬聖節幾乎可說被忽略了。根據寇達的話——塔盧覺得他說話愈來愈諷刺——現在每天都是亡者節。

事實上也是，火化爐中瘟疫的火愈燒愈歡暢愈猛烈。沒錯，死亡人數並沒有一天天增加，但瘟疫似乎穩穩維持高峰，像個盡職的公務員，每天精確規律地落實殺戮任務。原則上看來，而且根據一些專業人士的意見，這是個好徵兆。例如對理查醫生來說，瘟疫發展的曲線原本急遽攀升，現在來到持平狀態，是個十分令人欣慰的情況。他說：「這曲線圖很好，好極了。」他估計疫情已經到達所謂的穩定高峰，接下來勢必趨緩。他將這情況歸功於卡斯鐵的新血清，這血清最近的確獲得幾個意想不到的成功效果。老卡斯鐵沒有駁斥這個說法，但他認為根本無法預測，歷史上的瘟疫都發生過預料之外的再次爆發。長時間以來，省府一直想安撫群眾惶惶人心，礙於疫情無暇執行，現在打算召集醫生，請他們提出一份疫情報告書，但就在此時，理查醫生也恰恰在這段疫情穩定高峰期間，被瘟疫奪走了生命。

面對這無疑令人心驚、但無法證明任何東西的例子，當局又立刻墜入悲觀，輕率的程度就如同原本採取的樂觀態度。至於卡斯鐵，就只是盡可能謹慎細心地製造血清。總之，城裡所有的公共建築都已改設為醫院或檢疫站，之所以沒動用到省府廳，是因為好歹得留下一個開會場所。不過大體而言，這時期的疫情相對平穩，李厄建構的防疫工作隊絲毫沒有不勝負荷。已經筋疲力盡的醫生和助手不必擔心工作量還會增加，只需繼續規律地（如果可稱之為規律的話）執行他們的超人工作。原本在城中就已出現的肺部感染病症，現在蔓延到城裡每個角落，就像強風引燃、助長了胸腔裡的火勢。病患在吐血過程中，很快就被奪走了生命。以疫情轉換的新形式來說，傳染的危險性更為增大。實際上，對於這點專家們的意見始終互相矛盾。為了保險起見，醫護防疫人員繼續佩戴消毒紗布口罩。無論如何，乍看之下疫情應該是擴散了，但因為腺鼠疫病例降低，病人數量便保持平衡。

糧食隨著時間愈來愈難以取得，引起了其他令人憂心的問題。投機商人趁機哄抬，天價出售一般市場上業已缺乏的民生必需品。貧窮家庭生活艱難，然而有錢人家幾乎什麼都不缺。瘟疫傳染一視同仁的作法，本應強化本城市民之間的平等，然而因為人心自私衍生出的一般手段，反而更加深了大眾的不公平感。當然，還剩下人皆有一死這無可非議的公平性。但是沒人想要這個公平性。餓肚子的窮人更加懷念附近的城市鄉村，那裡的生活自由，麵包也不貴。一旦在這裡吃不飽，就會引發不理性的想法，認為那就應當放他們離開。民心不滿，以至於後來城裡響起一句口號：「不給麵包，就給新鮮空氣」，不只牆上塗鴉著，好幾次省長經過時也聽群眾喊過。這句諷刺的口號挑起了幾次示威遊行，雖然很快就被鎮壓，但任誰都看得出此事的嚴重性。

報紙自然是聽從上級旨意，不顧一切粉飾太平。報紙上寫著，目前情勢正體現了人民「令人感動臨危不亂的冷靜典範」。但是在一座封閉的城市裡不會有祕密，沒有一個人相信當局所謂「典範」這鬼話。至於所謂的臨危不亂和冷靜，只須去隔離中心或是當局組織的隔離營見識一下，便會有個確切的概念。只不過敘事者別有他務，並沒有親自前去，因此在這裡引用了塔盧的見證。

塔盧在記事本中記下了他和藍柏一起去參觀設置在市立運動場上的隔離營。運動場就在城門邊，一邊是通行電車的馬路，另一邊是一塊空地，空地一直延伸到本城坐落的高地邊緣。運動場四周本來就圍著水泥高牆，只須派幾名哨兵守住四個出入口，就能防止裡面的人脫逃。而且高牆也能阻擋外面好奇民眾打擾營內不幸遭到隔離的人。這些不幸的人一整天看不到卻聽得到電車駛過，經由電車轟隆聲變大，便猜到是上下班時間。他們由此知道自己被革除在外的生活在幾公尺外繼續著，水泥高牆分隔了兩個世界，彼此不識，就像活在兩個星球上一樣陌生。

塔盧和藍柏選了一個周日下午前往運動場，足球員貢札列斯也一起來，他又和藍柏搭上線，並且最後答應負責運動場的輪班監督工作。藍柏要把他介紹給營區主管。貢札列斯和他們兩人碰頭時就說，瘟疫爆發前，這正是他換球衣下場比賽的時間。現在運動場被徵用，踢球已不可能，他感覺無所事事，樣子看起來也遊手好閒。這是他答應監督任務的原因之一，條件是只輪周末的班。那天天空半陰，貢札列斯抬頭看著天，遺憾地說這種既沒下雨也不太熱的天氣，最適合好好踢一場球。他盡情回憶著更衣室裡選手塗抹在身上的藥劑氣味、搖搖欲墜的看台、黃褐色球場上顏色鮮豔的運動衣、中場休息時的檸檬或檸檬汽水，像千根清涼的小針輕刺著乾渴的喉嚨。塔盧還寫道，當他們穿過郊區凹凸不平的路，一整條路上這位足球員看到小石頭就踢，試著直踢到陰溝孔裡，踢進了就說「一比零」。菸抽完了就把菸蒂往前吐出，然後試著用腳在落地前接住。到了體育場附近，一些玩球的孩子把球朝走過的三個人踢來，貢札列斯特意精準地把球踢回給他們。

他們終於走進運動場。看台上擠滿人，球場上卻搭了幾百個紅色帳篷，遠遠就可看到裡面的棉被枕頭和一些小包裹。看台還留著，是為了被隔離的人可以躲豔陽或避雨。但是太陽下山就得回帳篷。看台下設置了淋浴間，原來的球員更衣室則改建為辦公室和醫務室。大多數的隔離者都在看台上，其他一些在球場邊晃蕩，還有幾個蹲在自己帳篷前，恍惚的眼神環視著四周。看台上，很多人攤倒著，似乎等待著什麼。

「他們一整天都在做什麼？」塔盧問藍柏。

「什麼都不做。」

幾乎所有人的確都晃著手臂、空著兩手。群聚的這麼一大堆人出奇地安靜。

「頭幾天，大家都很嘈雜，這裡連說話都聽不見。隨著時日，他們的話愈來愈少。」

塔盧在筆記裡寫道，他能了解這些人，剛開始看見他們擠在帳篷裡，聽著蒼蠅飛或是搔搔癢，遇到有人願意聽就大聲傾訴他們的憤怒或是害怕。但自從營區人數暴增，願意聽的人愈來愈少。因此他們只能沉默、心存疑慮。的確，灰沉卻透亮的天空，將紅色營區籠罩在某種疑慮下。

是的，他們全都帶著疑慮的神情。既然把他們互相分開，一定有原因，所以他們臉上都帶著想找到原因又恐懼的表情。塔盧看到的每一個人都眼神空洞，一副與過去生活全面隔絕所感受到的痛苦。既然他們不能老想到死亡，只好什麼都不去想。他們在放空。「但最糟糕的，」塔盧寫道：「是他們被遺忘了，而且他們自己也知道。認識的人忘了他們，因為有別的事要操心，這很可以理解。至於愛他們的人也忘了他們，是因為為了讓他們離開隔離營，手續、籌畫都已筋疲力盡，一心一意想方設法把人弄出去，反而無暇去想這個人了。這也很正常。到了最後，人們才發現，就算在最大的苦難中，也沒有人能真正想著誰。因為真正想著一個人，是每分每秒都想，不為任何事分心，無論是家務事、蒼蠅亂飛、三餐、皮膚癢。偏偏這裡蒼蠅飛個不停，皮膚也總是發癢。所以人生人不易。這些人很清楚這一點。」

隔離營區主管走過來，有一位奧東先生要求見他們。他先把貢札列斯帶到辦公室去，然後領著他們到看台一角，原本奧東先生獨自坐在一旁，看到他們便走上前來。他還是和以前一樣的穿著，同樣戴著上漿的硬領。塔盧只注意到他兩鬢的頭髮比以前蓬亂許多，一隻鞋的鞋帶還鬆開了。法官神情疲憊，說話時一次都沒正眼與對方相視。他說很高興看到他們，也請他們轉達對李厄醫生所做一切的謝意。

其他人都沒說話。

「我希望，」法官隔了一會兒又說：「菲利浦沒受到太多苦。」

這是塔盧第一次聽到他說出兒子的名字，明白有些東西改變了。太陽已降到地平線，光芒在兩朵雲之間斜射到看台上，在他們三張臉龐罩上金光。

「沒有，」塔盧說：「沒有，他真的沒受到苦痛。」

他們離開之時，法官繼續望著夕陽照過來的那個方向。

他們去和貢札列斯道別，他正在研究值勤輪班表。這位足球員笑著跟他們握手，說：

「至少我又回到更衣室來了，總比什麼都沒有來得好。」

不一會兒後，營區主任陪同塔盧和藍柏離開的時候，看台上傳來一陣劈啪巨響。平時用來宣布比賽結果或介紹球隊的擴音器夾著劈啪的聲音播報，請隔離者回到自己帳篷，要開始發放晚餐了。大家緩緩離開看台，拖著腳步回到自己帳篷。大家都回到位置後，兩輛電動小車（就像在火車站月台上那種）駛過帳篷之間，上面載著大鍋子。人從帳篷裡伸出手臂，車上的人兩支大杓子在兩個大鍋子裡舀出食物，裝在兩個飯盒內。然後車繼續往前，到下一個帳篷重複一樣的動作。

「這作法很科學。」塔盧對主管說。

「是啊，」主管邊跟他們握手邊滿意地說：「很科學。」

暮色已降，天空中雲已散去，一抹柔和而清冽的光線灑在營區上。傍晚的寧謐之中，四面八方響起刀叉的聲音。蝙蝠在帳篷上方飛來飛去，又突然消失。牆外一輛電車在軌道岔口發出鏗鏘聲。

「可憐的法官，」塔盧走出營區大門時喃喃說著：「必須幫他做點什麼。但是該怎麼幫助一位法官呢？」

城裡還有其他幾個隔離營，但敘事者並無直接資訊，基於謹慎無法多說什麼。但他可以說的是這幾個營區的存在、營區散發出的人群的氣味、暮色中擴音器中發出的大聲播音、神祕的高牆、以及大家對這些被屏棄地方的畏懼。這一切都沉重地壓在我們市民同胞的心上，更增加了所有人的驚惶與不安。群眾和當局的摩擦和衝突愈來愈頻繁。

到了十一月底，早晨變得十分寒冷。幾場傾盆大雨洗淨了路面，也洗淨了天空，濕漉光亮的道路上方的天空一片雲都沒有。每天早上，軟弱無力的太陽在整個城市上方灑下耀眼而清冷的光芒。到了晚上，空氣卻又相反變得溫熱。這正是塔盧慢慢向李厄醫生敞開心房的時候。

一天晚上，十點左右，在度過漫長而疲憊的一天後，塔盧陪李厄去那位氣喘老病人家看診。老舊城區的房舍上空透著柔和亮光。一陣微風無聲吹拂過黑暗的十字路口。兩人走過一段安靜的街區，一頭栽進老人囉嗦的絮叨當中。老人跟他們說，許多百姓心裡很不平衡，他們覺得好處都被同一批人占盡，事情做過頭了，難保不砸鍋。他搓著手說，或許會大幹一場呢。醫生診視的時候，他還不停評論現下的時事。

他們聽到屋頂上有人走動的聲音。病人的老伴看見塔盧好奇的神色，便跟他們解釋說一些鄰居婦女會上到屋頂平台去，聽說上面視野很棒，而且各戶屋頂平台都有一側相連，本區婦女們不出門就可以在平台上串門子。

「是啊，」老人說：「你們上去看看吧，上面空氣很好。」

他們上去的時候，屋頂平台上沒有人，擺著三張椅子。從一邊望過去，極目所見都是屋頂平台，最後倚靠著黑烏烏滿布石塊的一團，他們認出那是最鄰近的一座山丘。另一邊，眼光越過幾條街和看不見的港口上方，可以看到地平線，海天一色之處波浪隱隱。遠處那裡，他們知道是懸崖，再遠些，一道他們看不見出處的光規律地閃現：那是航道的燈塔，春季以來依舊繼續運作，指引轉向其他港口的船隻。天空被風掃得清空，顯得明淨，星星晶瑩閃亮，遠處燈塔的光不時一閃而過，照出一束灰濛。微風吹來辛香料和石頭的氣息。四下一片沉寂。

「這天氣真舒服，」李厄說著坐了下來：「就像瘟疫從未到過這兒似的。」

塔盧轉過身去，背對著李厄，凝望著大海。

「是啊，」他過了片刻才說：「天氣很舒服。」

他走到李厄旁邊坐下，仔細凝視著他。光束在天空出現了三次。碗盤的聲音從街底直傳到上面來。屋裡一扇門啪地關上。

「李厄，」塔盧語氣自然地說：「您從來也不想知道我是誰嗎？您把我當作朋友嗎？」

「是，」醫生回答說：「我把您當朋友。但到目前為止，我們沒有足夠時間發展友誼。」

「嗯，那我就放心了。要不讓這一刻成為我們友誼的時刻呢？」

李厄微微一笑，盡在不言中。

「那麼，就這樣吧……」

幾條街之外，一輛車似乎在潮濕的石板路上不停打滑。汽車開走了，留下一串模糊的叫喊聲，遠遠傳過來，打斷四周寂靜。之後，寂靜又挾著整片天空和星子的力量落在這兩個人身上。塔盧起身，靠著平台護欄，面向坐在椅子上的李厄。只看見他一團黑影，像剪影一樣映在天際。他說了很久，以下是他所說的大致內容：

「簡單來說吧，李厄，我早在這個城市深陷瘟疫之前，就已經受瘟疫所苦。可以說我跟所有人都一樣，但是有的人不自知，或是處在這種情況也不覺得有什麼不好，也有的人察覺了，想脫離這種情況。我呢，我一直想脫離。

「我年輕的時候，活得一派天真，也就是說完全沒有想法。我不是那種自尋煩惱的人，人生開始得順遂，一切都順利，人也不笨，女人圈裡也吃得開，就算曾有些憂慮，來得快也去得快。有一天，我開始思考。現在……

「我得跟您說，我家境不像您這麼窮困。我父親是代理檢察長，地位相當不錯，但他天性質樸，不會擺架子。我母親單純而低調，我一直愛著她，但現在我不太想提她。父親慈愛照顧我，我甚至相信他試著想了解我。他有外遇，現在我可以肯定，但我一點都不因此感到氣憤。他的一切舉止表現都合乎分寸，不會激起任何人反感。簡單地說，他沒什麼特別之處，而他現在已過世，我領悟到，他的一生就算不是個聖人，卻也不是個壞人。他是個中庸之人，如此而已。我們對這種人會有不過分的親近之情，人生也就因為這中庸的親近之情，得以繼續穩定過下去。

「然而，他有一個特殊之處：他的床頭書是《謝克斯鐵路指南全本》。這不代表他經常旅行，其實他也只有度假會到布列塔尼去，他在那裡有棟小別墅。但是他甚至能準確告訴你巴黎到柏林火車的出發和抵達時刻，從里昂到華沙中途轉車的時間，任何兩個國家首都之間距離公里數。您能說出從布里昂松到夏慕尼要怎麼搭車嗎？即使是火車站站長都搞不清楚，我父親卻一清二楚。他幾乎每天晚上都在努力精進這方面的知識，並為此不無自豪。我覺得這很好玩，常常考他，然後在《謝克斯鐵路指南全本》裡找答案，發現他答對了就很開心。這些小小練習拉近了我們的關係，因為我成了他誠懇的聽眾，他很受用。至於我呢，我覺得他在鐵路知識方面的長才，並不亞於他實際職業上的能力。

「我說太遠了，並且可能太過強調他的正直形象。因為歸結到底，他對我所下的決心只有間接影響，充其量只是製造了一個機會罷了。在我十七歲那年，父親邀我去法庭旁聽。那是刑事法庭一件重大案件，當然，他想在我面前展現自己風光的一面。

我想他也意圖透過能激發年輕人想像力的法庭儀式，驅使我繼承他選擇的這個職業。我答應邀請，因為這會讓他高興，也因為我很好奇，想看一看、聽一聽他在家庭之外扮演的另一個角色。除此之外，我完全沒想到其他。對我來說，法庭上的一切就像國慶日閱兵或頒獎典禮這樣自然而無法避免的東西。我當時對這方面只有抽象的概念，從未感到困擾。

「但是那天唯一讓我留下印象的只有那個罪犯。我想他是真的犯了罪，至於什麼罪不是很重要。那個稀疏紅毛髮的矮小人犯，三十來歲，似乎下定決心承認一切罪行，似乎對他所做的事、人家將對他所做的處罰都嚇得魂不附體，以至於幾分鐘之後，我的注意力全放到他身上。他就像隻在強光照射下嚇壞了的貓頭鷹。他領帶的結沒對正領口，咬著手指指甲，右手的指甲……總之，我不必再強調，您已能理解他是個活生生的人。

「但我呢，我那時才突然發現這一點，在此之前，那個人在我腦袋裡只被劃分為『被告』這種方便的類別。我不能說當時忘了父親，但某個東西揪著五臟六腑，使我全部注意力都放在這個人犯身上。我幾乎什麼都聽不進去，只感覺他們要殺死這個活生生的男人，一股強烈的本能像浪潮一樣盲目而頑固地把我推到他身邊。直到我父親宣讀起訴書的時候，我才真正醒過來。

「他穿著一襲紅色法袍，完全變了個樣，不是好好先生也不親切，嘴裡吐出一大串一大串句子，像一條條毒蛇不停竄出。我聽懂了，他以社會之名要求處死這個人，甚至要求將他斬首。當然，他只說了『這顆腦袋應該落地』，但差別並不大，而且結果其實是一樣的，因為他終究會得到這顆人頭，只不過動手的不是他。我對這個案子一直追蹤到尾不放手，和這個不幸的人犯產生了一種深切的親密感，這是我和父親之間從未有過的感覺。按照慣例，在處決犯人時——文雅說是最後一刻，但說明白就是最卑劣的謀殺時刻——我父親是必須出席的。

「從那天起，我一看到那本《謝克斯鐵路指南全本》就反感痛恨。從那天起，我帶著憎惡的心情關心起正義、死刑、處決，而我震驚地發覺，我父親一定參與過許多次這樣的謀殺，而且每逢這些日子他就起得特別早。是的，在這種情況，他總是先調好鬧鐘。我不敢和母親談到這件事，但更仔細地觀察她，結果明白他們之間已毫無感情，她過著放棄一切的生活。這讓我原諒了母親，這是我當時說的。後來我才懂了，無所謂原不原諒，因為她直到結婚之前家裡窮困，窮困讓她學會了逆來順受。

「您一定在等我說我當時立刻就離家出走了。沒有，我在家又待了幾個月，幾乎一年。但是我心已死。一天晚上，我父親在找鬧鐘，因為次日他要早起。那一夜我都沒睡。次日當他回家時，我已經走了。我直截了當說，接下來父親派人找過我，我自己主動跑去見他，什麼也沒解釋，只平靜地對他說要是他逼我回家，我就自殺。他生性溫和，最後接受我離去，不過他長篇大論說了一頓教，說這種想過自己人生的行為很愚蠢（他以為我離家是為了這原因，我並沒有駁斥），之後又千叮萬囑，強忍住眼眶中湧上的真心淚水。之後，隔了很久，我才定期回家探望母親，也會見到他。我想這樣的關係對他就足夠了。至於我，我並不恨他，只是心裡有點悲傷。他過世之後，我就把母親接來同住，若不是她也過世了的話，現在應該還和我住在一起。

「我花了這麼多時間講這開頭，是因為它正是一切的開端。現在我會說得快一些。十八歲時我離開安逸的生活，過得很拮据，為了謀生幹過千百種行業。一切都還算順利。但我關心的是死刑，我想把那隻紅色貓頭鷹的事弄清楚。因此我就像人們所說的去搞政治。我不想甘於當一個瘟疫患者，如此而已。我曾以為我所處的這個社會建基於死刑之上，與之抗爭就是與謀殺做抗爭。我曾經這麼相信，其他人是這麼跟我說的，其實這個說法大體上也沒錯。因此我和那些我愛、對他們的愛至今未停止的人並肩奮鬥。我堅持了很久，全歐洲沒有一個國家有關死刑的抗爭是我沒去參加的。這些先略過不提。

「當然，我知道，我們有時也會給人判刑。但人們告訴我，為了實現一個不再殺人的世界，這幾個人的死亡是必要的。以某種方式來說，這倒也是真的，但或許我無法活在這種真實裡面。總之可以確定的是，我猶豫了。但我只要一想到貓頭鷹，就能繼續下去。直到我親眼目睹了處決的那一天（那是在匈牙利），童年時感受到的震驚令我已成年的雙眼一片模糊。

「您從沒看過槍斃人吧？當然沒有，這通常是要受邀的，而且觀眾會經過事先挑選。所以您的印象還停留在圖片和書本上的描述。眼睛蒙上布條，一根木柱，遠處幾名士兵。不是這麼回事！您知道行刑槍手就站在死刑犯一米半遠的地方嗎？您知道刑犯只要向前踏兩步，胸口就會碰觸到槍嗎？您知道以這麼近的距離，槍手集中瞄準心臟部位，大顆子彈射擊出去，會打出拳頭大的洞嗎？不，您不知道，因為這是大家不會說到的細節。對瘟疫患者來說，睡眠比生命還神聖，我們不能阻止那些老實人睡覺。這樣就太不上道了，所謂的上道就是不要追根究柢，這是眾所皆知的事。但是我，從那時候起就沒好好睡過一覺。這上不上道一直卡在我心裡，我一直不放棄追究，也就是說不斷想到這件事。

「於是我明白了，我滿心認為自己奮力對抗瘟疫的這些漫長年月以來，其實都一直是個瘟疫患者。我了解到自己因為認定最後無可避免造成死亡的行動和原則是正確的，等於間接同意了數以千計人的死亡，甚至促成了這個死亡。其他人似乎不覺得這有什麼不妥，或至少他們從不會自動提起。而我呢，一想起就喉頭一緊。我雖然跟他們在一起，卻感覺孤單。當我有時說起這些疑慮的時候，他們對我說該考量的是大局，舉一堆冠冕堂皇的例子，硬逼我吞下無法接受的事情。但我回答他們說，在這些情況下，那些瘟疫大患者——也就是法庭上穿紅袍的那些人——也會提出非常漂亮的理由，如果我同意瘟疫小患者所說的不可抗力和迫不得已，那就不能駁斥瘟疫大患者所講的同樣理由。他們提醒我說，信任穿紅袍的法官最好的方法，就是給他們判決的全部權力。但我認為，讓一次步，就沒理由停止讓步。歷史似乎也證實我這個想法，今天呢，他們不是都在爭相殺人嗎？他們都殺紅了眼，停都沒辦法停。

「總之，我在乎的不是論證。而是那隻貓頭鷹，是法庭上那件骯髒勾當，幾張又髒又臭的嘴對一個手鐐腳銬的人宣布他即將要死，並且一切皆已安排妥當，經過一夜又一夜的垂死等待，睜著眼睛等著被殺。我在乎的，是胸口的那個大窟窿。我心想，在弄清楚之前（至少對我來說），我堅決拒絕相信這噁心的殺戮會有任何理由——聽好了，任何一丁點理由。是的，在把這議題弄清楚之前，我採取這種盲目的堅持態度。

「從那時候以來，我依然沒變。長久以來我感到羞愧，為自己曾是殺人兇手羞愧得要死，就算是非常間接，即使是出於善意也都一樣。隨著時間過去，我只發現到，即使比任何人都還良善的人在今日都無法制止自己殺人、或放任別人去殺人，因為這是他們的邏輯，在這個世界上，我們的一舉一動都可能導致別人死亡。是的，我一直感覺羞愧，我明白了一件事，那就是我們都身處瘟疫之中，我內心再也無法安寧。直到今日我還在尋求內心的安寧，試著去了解這一切，也不成為任何人的死敵。我只知道必須盡全力讓自己不再是個瘟疫患者，唯有如此，才可能希冀內心安寧，就算得不到內心安寧，也能心安理得地死去。只有如此才能減輕人們的苦痛，就算拯救不了他們，至少盡可能讓他們少受害，甚或對他們有一點點助益。這也是為什麼，只要是致人於死或為殺人進行的辯解，不管是直接還是間接，不管有理還是無理，我一概拒絕接受。

「這也是為什麼，這場瘟疫並沒有教導我任何新的東西，我學到的唯一一件事就是和您並肩對抗。我確知（是的，李厄，我對人生看透了，您也看得出來）每個人身上都帶著瘟疫，因為這世界上沒有人能免疫。必須要不斷監督自己，以免一不小心就把氣呼到別人臉上，讓他感染了。唯一自然產生的，只有細菌。其他諸如健康、正直、純潔，都可說是意志的作用，而這意志永遠都不該停止。正直的人，也就是幾乎不把疾病傳染給任何人的人，總是小心翼翼不分心。而要做到永遠不分心，必須有意志力、時時處於緊繃狀態！是的，李厄，當一個瘟疫患者很累人，但不想當瘟疫患者還更累。這就是為什麼所有人都一副疲態，因為今日人人都有點染上了瘟疫。但也因為如此，少數不願再當瘟疫患者的人會疲憊到虛脫，只有死亡才能讓他們解脫。

「從現在到死亡之間，我知道我對這世界本身再也無用，從我拒絕殺人那一刻起，我就對自己宣判了永久的流放。歷史將由其他人去創造。我也知道，我顯然不能去評斷那些人。我缺少成為一個理性殺人者的特質，這當然不是個長處。但現在我願意當我自己，我學會了謙遜。我要說的只是，這世上存在著禍害和受害者，我們應該盡可能拒絕站在禍害那一邊。這在您看來或許有些簡化，我也不知道這是不是簡化，但我知道這是真的。我曾聽過太多論證，讓我差點昏頭轉向，也迷惑了不少的人，以至於到了同意謀殺的地步，因此我明白，人類的一切不幸都來自於他們不把話講清楚明白。所以我決定要求自己言行都要清楚明白，才是正道。因此，我只說這世上存在禍害和受害者，不會再多做演繹。倘若這麼說讓我自己成了禍害，至少不是出於本意。我試著讓自己做一個無辜的謀殺者。您看，這並不是一個多大的野心。

「當然，應該還有第三類，那就是真正的醫生，但事實上很少碰到真正的醫生，應該也很難碰到。這是為什麼我決定不論在任何情況下，都站在受害者的一邊，減低損害的程度。身處受害者當中，我至少能夠試著知道如何成為這第三類人，也就是獲得內心的安寧。」

說完之後，塔盧搖晃兩腿，腳輕輕敲著露天平台的邊緣。一陣沉默之後，李厄稍稍挺起身子，問塔盧是否知道要走哪條路才能獲得內心安寧。

「我知道，將心比心這條路。」

遠處傳來兩輛救護車的鳴笛聲。剛才模糊的喊叫聲現在聚集到城市邊緣來，這靠近遍布石頭的丘陵的地方。他們同時聽到好像是一聲槍響的聲音。接著又歸入沉寂。李厄看到燈塔又閃了兩次。微風似乎增強了，同時間，海風吹來鹹水的味道。現在可清楚聽到波濤打在懸崖上有如低沉呼吸的聲音。

「總之，」塔盧直截了當地說：「我關心的是如何成為一個聖人。」

「但是您並不相信天主。」

「正是。一個人沒有天主，還是可以成為聖人嗎？這是目前我遇到唯一具體的問題。」

突然，從剛才傳來叫聲的地方發出一大束光，一陣朦朧的嘈雜聲順著風傳到這兩人的耳邊。光線立刻就暗了下去，遠處那些露天平台邊緣只剩下微微的紅光。風稍停，便清楚聽見男人的喊叫聲，接著是射擊聲，然後是隱約人群聲。塔盧站起來傾聽，但現在又聽不到任何聲音了。

「城門口又打起來了。」

「現在結束了。」李厄說。

塔盧喃喃說著這絕不會結束，還會有更多犧牲者，因為這是固定法則。

「或許吧，」李厄回答說：「不過您知道，我覺得自己跟戰敗者比跟聖人更能休戚與共。我想，我對英雄主義和聖人之道都沒興趣。我關心的，是當一個人。」

「對，我們尋求的是同一個東西，但是我的野心沒您的大。」

李厄以為塔盧在開玩笑，便轉頭看著他。但在夜空微弱的光芒下，他看見一張憂傷而嚴肅的臉。風又起了，李厄感覺風吹到皮膚上很溫潤。塔盧振作精神說：

「您知道嗎，」他說：「為了友誼，我們該做什麼嗎？」

「您想做什麼都行。」李厄說。

「去海裡游泳吧。即使對未來的聖人來說，也是一項高尚的樂趣。」

李厄微笑。

「我們有通行證，可以到防坡堤上去。只活在瘟疫中，那就太愚蠢了。當然，人應該為受害者奮鬥，但若是他因此不再愛其他事物，那奮鬥又有何用？」

「對，」李厄說：「我們走吧。」

不一會兒，汽車停在港口的柵欄附近。月亮已經升起，乳白色的天空向四處投射模糊的影子。在他們身後是層層堆疊的城區，從那裡漫出一股混濁的熱氣，驅使他們走向大海。他們向警衛出示通行證，警衛檢驗了好久才放行。他們穿過堆滿酒桶、充滿酒和魚的氣味的場地，朝防波堤走去。快走到時，一股碘和海藻的氣味預告大海到了。隨即，他們聽到了海的聲音。

海水在防波堤大石塊下輕輕噓鳴。他們爬上大石塊，大海出現在眼前，如天鵝絨般厚實，如野獸般柔軟光滑。他們面向大海坐在大石塊上，海水漲起又緩緩退下，這平靜如呼吸的起伏使海面油亮的反光時隱時現。在他們面前，夜色無邊。李厄感受到手指之下石塊的凹凸表面，心裡充塞著一股奇異的幸福。他轉向塔盧，在塔盧平靜而嚴肅的臉上彷彿也看到同樣的幸福，但這幸福並不會忘卻生命中任何東西，甚至謀殺。

他們脫掉衣服。李厄先跳下水，一開始覺得冷，但浮上水面時就覺得溫潤了。划了幾下之後，他知道今晚的海水是溫的，秋天的海水吸收了好幾個月以來地面積存的熱氣。他規律地往前游，雙腳拍動，身後留下一道水花，海水沿著手臂流下到腳。他聽到很大撲通一聲，就知道塔盧也下水了。李厄翻過身來，浮在水上不動，面對一整個天空的月亮和星星。他深深吸了幾口氣。接著，他聽到拍水聲越來越大，在安靜孤寂的夜裡顯得出奇響亮。塔盧游近了，不一會就聽到他的換氣聲。李厄翻過身，游到他旁邊，兩人以同樣的韻律一起往前。塔盧游得比他快，他只得加快速度。幾分鐘內，他們以同樣的節奏、同樣的活力往前進，與世隔絕，終於擺脫這座城市和瘟疫。李厄先停下來，然後慢慢游回去，只除了途中有一段遇到了一股冰冷的水流，他們在大海出其不意的襲擊下，兩人不約而同地加快速度。

他們穿好衣服，一言不發地離開。但他們現在擁有同樣的心，這個夜晚給他們留下了溫暖的回憶。當他們遠遠看到疫城的哨兵時，李厄知道塔盧和他的想法一樣，剛才瘟疫一時忘卻了他們，真好，但現在又該重新開始。

是的，又該重新開始，瘟疫是不會忘記任何人太久的。十二月間，它熊熊燃燒在我們市民的胸口，使火化爐燒得通亮，使隔離營內兩手空空的人影不斷增加，它以有耐性卻又斷續的步伐不斷前進。當局本來寄望寒冷的天氣到來能遏止這個前進步伐，然而它不間斷地壓過了第一波冬寒。還得再等。但是人們等久了就放棄不等了，我們整個城市活得沒有未來。

對李厄醫生來說，他感受到的平和與友誼那稍縱即逝的一刻也是沒有明天的。城裡又設立了一間醫院，李厄每天面對面的就只有病患了。但他發現，疫情到了這階段，肺部感染的情況愈來愈多，但病人似乎都能好好配合醫生。他們不再像瘟疫初期時那樣任由自己陷入消沉或發狂，好像對自己的病有比較正確的了解，主動要求對病情更好的療法。他們不斷地要求喝水，每個人都要求保暖。李厄雖然勞累不減，在這種情況下感到沒那麼孤單了。

將近十二月末的時候，李厄收到人還在隔離營裡的預審法官奧東先生的一封信，說他隔離期限已過，但管理單位找不到他入營的日期，因此繼續把他留在隔離營裡，肯定是個錯誤。他的妻子已經移出隔離營一段時間了，曾向省府提出抗議，卻受到惡劣對待，對她說行政絕對不會出差錯。李厄請藍柏介入了解。幾天後，奧東先生前來找他。行政作業的確出了錯誤，李厄對這一點也有點氣憤。但消瘦許多的奧東先生舉起虛弱的手，字字斟酌地說人人都可能出錯。醫生此時才感覺，他真的有點不一樣了。

「您打算做什麼呢，法官先生？一定有很多案件等著您吧。」

「嗯，不，」法官說：「我想請假。」

「的確，您該休息休息。」

「不是這樣，我想回營裡去。」

李厄很驚訝：

「您才剛從那裡出來！」

「我沒解釋清楚。我聽說營區裡管理單位有些志願人員。」

法官轉一轉圓圓的眼睛，手試著撫平一綹頭髮……

「您知道，這樣讓我有點事做。此外，說起來也挺愚蠢，在那兒我會覺得和小兒子接近一些。」

李厄看著他。他那雙嚴厲又死板的眼睛是不可能突然出現溫柔目光的，但變得比較迷濛，沒了原本金屬般的冷銳。

「那當然，」李厄說：「既然您有意願去，我來安排。」

醫生的確把這件事安排好了，直到耶誕節，這座疫城裡的生活維持著平日的步調。塔盧依舊一派安詳到處走動。藍柏私下告訴醫生，靠兩位小守衛幫助，他建立了和情人通信的地下管道，現在每隔一段時間就會收到一封信。他提議李厄也可以利用他這個管道，李厄接受了。這是他好幾個月來第一次寫信，提起筆時感到非常困難。他喪失了某種語言能力。信發出了，卻遲遲未收到回音。至於寇達，生意興隆，投機的小買賣讓他賺了不少錢。但葛朗在這節慶期間情況卻不太好。

這一年的耶誕節與其說是福音節，倒不如說是地獄節。商店裡空空如也、昏昏暗暗，櫥窗裡擺的淨是假巧克力或空盒，電車裡的乘客滿臉陰鬱，沒有一絲昔日耶誕節的樣子。往年這個節日期間，不管富人窮人，家家都歡聚一堂，而今年只有些許特權人士在髒兮兮的店鋪裡間，花費昂貴的代價換來孤單而羞愧的少許享受。教堂裡充塞的不是感恩而是哀嘆。在陰沉而寒冷的城市裡，幾個孩子奔跑著，尚不知自己受到的威脅。但是沒人敢跟他們預報神要降臨了，這神以前滿帶禮物，古老如人類的苦難卻又清新如滋生的希望。現在每個人的心裡只容得下一個很古老很沉鬱的期望，這期望讓人避免自暴自棄等死，這期望也就是堅持活下去而已。

耶誕節前一天，葛朗沒來赴約。李厄很擔心，次日一大早就到他家去，但沒找到他，就通知大家留意。十一點左右，藍柏到醫院告訴李厄說，他遠遠看到葛朗在街上徘徊，整張臉變了樣，之後就不見人影。醫生和塔盧便開著車去找他。

中午時分，寒冷的時刻，李厄走下汽車，遠遠看著葛朗，這位老公務員的臉幾乎貼在一個擺滿粗糙的木雕玩具的櫥窗上，臉上淚水不斷淌流。這眼淚讓李厄震撼，因為他懂得這眼淚意味著什麼，自己也喉嚨裡一陣淚的酸楚。李厄也想起這個可憐的人訂下婚約的情景，在一個耶誕裝飾的商店前，珍娜仰著頭跟他說她好高興。從遙遠的年代、那情濃痴狂的時刻，珍娜清脆的聲音又回到葛朗的耳邊，這是可以確定的。李厄知道此時此刻這流淚的老先生心裡想什麼，他想的其實也跟他一樣：一個沒有愛的世界就像一個死寂的世界，人生總會有那麼一刻，人們厭倦了被監禁、工作、勇氣，而希望看見某個人的臉，和一顆溫柔令人讚嘆的心。

葛朗在玻璃櫥窗的倒影上看見了李厄。他轉過身，背靠著櫥窗，看著李厄走過來，淚水依舊不停。

「啊！醫生，啊！醫生。」他說。

李厄說不出話來，點點頭表示他理解。他的悲傷也正是李厄的悲傷，此時糾結在李厄胸口的是一股巨大的憤怒，這是面對所有人共同承擔的痛苦時所升起的憤怒。

「是啊，葛朗。」他說。

「我希望有時間寫封信給她，讓她知道……也讓她能毫無內疚地活得快樂……」

李厄帶點蠻橫地拉著葛朗往前，葛朗幾乎讓他拖著走，嘴裡繼續結巴說著不連貫的句子。

「這拖得太久了。讓人想放棄了，這是一定的。啊！醫生！我看起來很平靜，就像這樣。但我都要費盡力氣才能勉強保持正常狀態。而現在，這已經超過我的能力了。」

他停下來，全身顫抖，眼神像發了狂。李厄拉起他的手。手是滾燙的。

「該回去了。」

但是葛朗掙脫開，跑了幾步，然後停了下來，張開雙臂，身體開始前後搖晃。他原地打轉，倒在冰冷的人行道上，老淚縱橫弄得一臉髒。行人遠遠看見，猛地停下不敢再往前。李厄只得把老人抱起來。

現在葛朗躺在床上，呼吸困難：肺部受到感染。李厄思考了一下。這位公務員沒有家人，何必送他進醫院呢？就由他和塔盧來照顧他吧……

葛朗的頭深陷在枕頭裡，臉色發青，眼神無光。他定定看著塔盧用木箱碎片在壁爐裡生起的一小堆火。「情況不妙。」他說。他說話時，從那燃燒的肺部深處發出奇怪的劈啪聲。李厄勸他別說話，說他晚一點會再過來。病人露出怪異的微笑，臉上也升起一絲溫柔神情。他費勁地眨了眨眼，說：「要是我能脫險，醫生，我向您脫帽致敬！」說完就精疲力竭。

幾個鐘頭後，李厄和塔盧回來時發現葛朗半坐在床上，李厄看到他燒紅的臉上病情惡化，感到驚恐。但他神智似乎比較清醒，立刻就用一種異常空洞的聲音請求他們把他放在抽屜裡的手稿拿給他。他接過塔盧遞給他的紙張，看也沒看就緊緊抱在胸前，之後把手稿遞給醫生，打了個手勢請他念出來。這份手稿只有短短五十來頁。醫生翻了一下，發現這些紙上寫的都是同一個句子，不斷重複、重組、增增刪刪。五月、女騎士、布隆涅森林小徑這些字翻來覆去的不同排列組合。此外還有經常過度冗長的註釋，以及各種不同寫法。但是在手稿最後一頁最下面，有一行清楚的字，墨跡還很新：「我最親愛的珍娜，今天是耶誕節……」就在這一行的上面，工工整整寫著最後版本的句子。「請念。」葛朗說。李厄就念了。

「五月一個美好的早晨，有位纖細的女騎士，騎上一匹華麗栗色母馬，在群花之間，穿過森林小徑……」

「這樣對了吧？」老人熱切的聲音問。

李厄沒抬頭看他。

「啊！」他激動地說：「我就知道。美好，美好，這個字不確切。」

李厄握住他放在毯子上的手。

「算了，醫生。我沒時間了……」

他胸口困難地起伏著，突然大喊一聲：

「燒了它！」

醫生還猶豫著，但葛朗又喊了一次，語氣如此可怕，聲音如此痛苦，李厄只好把那些紙張丟到快熄滅的壁爐火中。房間很快亮了起來，充滿一陣短暫的熱氣。醫生走回病人身邊，只見他已背轉過身，臉幾乎貼在牆上。塔盧望著窗外，彷彿事不關己。李厄給葛朗注射了血清後，對塔盧說葛朗可能撐不過今夜了，塔盧說他可以留下來看護。醫生同意了。

一整夜，李厄滿腦揮不去葛朗將要死的想法。但是第二天早晨，他竟看見葛朗坐在床上，正和塔盧說著話。高燒已退，除了全身虛弱之外，沒有其他症狀。

「啊！醫生，」葛朗說：「我錯了。不過我會再寫，我記得一清二楚，您等著看吧。」

「還要再觀察看看。」李厄對塔盧說。

但是到了中午，情況都沒有變化。到了晚上，葛朗可被視為脫離險境了。李厄怎麼也搞不懂他是如何起死回生的。

大約也是在那段期間，一名女病患被送到李厄這兒來，他起先也認為病情無望，因此她一送到醫院就被隔離起來。這位年輕女病患嚴重譫妄，呈現肺鼠疫的所有病徵。但是第二天早上，熱度退了。醫生以為這和葛朗的情況一樣，只不過是早上的緩解現象，而根據經驗，這是個凶多吉少的徵兆。不過到了中午，熱度沒有回升。晚上，熱度也只上升了不到一度，而到了次日早上，燒整個退了。年輕女病患雖然還是很虛弱，但躺在床上呼吸順暢。李厄對塔盧說，她的痊癒完全不合常理。但在同一個星期當中，李厄的醫院就一連發生了四起類似的病況。

到了周末，醫生和塔盧去探視哮喘老人時，他激動萬分。

「這下行啦，」他說：「牠們又出沒了。」

「誰？」

「哎呀！老鼠啊！」

從四月以來，就再也沒有發現任何一隻死老鼠。

塔盧對李厄說：「一切得以重新開始嗎？」

老頭高興地搓著手。

「瞧牠們奔跑的樣子！看了真讓人開心。」

他看到兩隻活生生的老鼠從對街的大門竄進他家。幾個鄰居也說他們家裡也重新出現老鼠。一些木造屋梁上，再次可聽到被遺忘數個月的騷動聲。李厄等著每個禮拜初公布的整體統計數據。這數據顯示疫情消退了。

# V

儘管疫情出乎意料地突然消退，但市民們不敢過早高興。這幾個月來，愈來愈想擺脫瘟疫的渴望也同時教會了他們謹慎，讓他們習慣於愈來愈不指望疫情會在短期內結束。然而，疫情減退這個新現象掛在每個人嘴上，每個人的內心都懷抱一個不敢明說的希望。其他一切都退居其次。死亡統計人數下降了，相對於這令人瞠目結舌的情況，瘟疫造成新的死亡病患幾乎算不了什麼。雖然人們不敢公開明說但暗暗期盼健康時代重新來臨，其中一個跡象就是從那時起，市民們雖擺出一副不在乎的神態，但很自然開始談論起疫後的生活重建。

所有人一致認為以前便利的生活不可能一下子復返，破壞容易，重建困難。大家只估計食物供應的情況應會稍有改善，這樣一來，至少不必操心這最迫切的問題。但事實上，從這些無關緊要的話頭裡，同時可窺見縱容著一個荒誕的希望，市民偶然自己意識到，便忙不迭地澄清，再怎麼說，疫情不會一兩天內就結束。

的確，疫情並沒有在一兩天內停止，但表面上看來，減緩的速度比一般合理預期的還要快。一月初那幾天，嚴寒罕見地持續，似乎在城市上空凝結不退。然而，天空卻是前所未見的蔚藍。接連好幾天，永恆燦爛冷冽的陽光持續整日照耀著這座城市。在這純淨的空氣中，三個星期以來疫情也連續下降，死亡人數愈來愈少，瘟疫似乎已耗盡衰竭。它好幾個月來蓄積的力道，在短短的期間內就完全潰散。看著它錯失像葛朗或李厄醫治的那位年輕女病患這些本來被選中的犧牲品；看著它在某些區裡猖狂兩三天，在其他區裡卻又銷聲匿跡；看著它星期一奪走更多人的性命，星期三又幾乎讓所有病患逃過一劫；看著它這樣時而喘喘吁吁時而勇猛往前，人們覺得它由於煩躁和厭倦而亂了陣腳，在失去統治自身霸權的同時，那建構它力量的百分百效率和統治權也瓦解了。卡斯鐵的血清之前不見效，現在突然也獲得多次成效。醫生們本來採用的種種療法完全沒有結果，現在卻突生奇效。就好像瘟疫本身遭到了圍攻，而它突然的軟弱使到目前為止束手無策的抗疫大軍如有神力。不過，疫情時不時又突起，在一陣復甦中，隨手帶走三、四個原本預期可治癒的病人。這些人很倒楣，在這充滿希望的時刻被瘟疫殺死。法官奧東先生的狀況就是如此，不得不把他撤離隔離營。塔盧說他運氣還真差，他這麼講不知指的是法官生前運氣差或是說他的死亡。

但從整體情況來看，疫情是在全線撤退，省府公報先是隱約透露一絲希望，最後向大眾證實抗疫成功，瘟疫已全面失守。實際上，很難斷定這場仗勝利了，人們只看到這疫情來去都一樣莫名其妙。對抗它的戰略並沒有改變，昨日似乎毫不見效，今日卻大有斬獲。大家只有一個感覺，就是疫病自行衰竭，或者，它已達到所有目的，因此自行撤退。某種方式來說，它的任務已結束。

然而城裡似乎沒有任何變化。白天裡街上依舊靜悄悄，晚上依舊擠滿同一批人群，大多數穿著大衣戴著圍巾。電影院和咖啡廳依舊生意興隆。但再仔細瞧瞧，可以注意到每張臉上的表情變得比較放鬆，有時還帶著微笑。這時才讓人察覺到，在這以前，街上沒有任何人露出笑容。事實上，幾個月來籠罩在城市的黑暗帷幕剛露出一道裂縫，隨著每星期一的新聞廣播，每個人都可以發現這道裂縫逐漸擴大，最後終於大到讓人可以呼吸了。這畢竟還是消極地鬆口氣而已，不敢明顯流露。不過，若是前些時候聽到一列火車出站或一艘船進港，甚或汽車又獲准在街上通行的消息，肯定不會輕信，而一月中發布這些消息時，沒有人覺得訝異。這當然不是什麼大事，但這個微妙的差別，其實反映了市民同胞在希望的道路上邁開了大步。也可以這麼說，從民眾心頭燃起最微小的希望的這一刻起，瘟疫實際的統御已然結束。

然而，整整一月裡，市民同胞的反應相當矛盾。確切地說，他們處於興奮和沮喪交替狀態之中。因此就算疫情統計最樂觀的此時，還是有新的試圖逃離事件發生。大多數逃跑都成功，因為當局、甚至城門守衛都相當訝異現在還有人要逃。實際上，這個時期逃跑的人只是受制於自然而然的感覺。對某些人來說，瘟疫已在心中深深埋下了懷疑，無法擺脫，他們與「希望」已絕緣。雖然疫情已過，他們還活在疫期的規範裡。他們是趕不上事件發展的人。另一些人則相反，尤其是那些直到現在一直與心愛之人分離的人，經過這段長時間的禁閉和沮喪之後，這股希望之風反而燃起他們的狂熱與不耐，使他們全然喪失了自我控制。一想到在離目標這麼接近的時候，很可能死亡，不但見不到心愛的人，連這幾個月的痛苦都白受了，他們便心生恐慌。儘管在過去幾個月裡被監禁、被放逐，他們頑強堅持等待，現在第一線希望的曙光才出現，卻足以摧毀恐懼與絕望都無法摧毀的心。他們像瘋子一般想超越瘟疫，再也無法跟隨瘟疫的腳步到最後。

同時間，某些樂觀的跡象已經立即顯現。物價明顯下跌。從純經濟角度來看，這一點無法解釋。所有的困境並沒有改善，城門口的隔離措施還是照舊，食品供應也完全沒有提升。因此，這個現象根本是心理因素，就好像瘟疫減弱的情形顯露在所有層面。同時，原本過著群體生活但因疫情被迫分開的人，也感染了這份樂觀。城裡的兩間修道院重新開放，又可恢復集體生活。軍隊也一樣，軍人重新被召回空著的營房，恢復正常的部隊生活。這些小事的意義重大。

市民在這種暗自忐忑之中直到一月二十五日。那個星期，統計數字陡降，省府與醫學委員會商議之後，宣布疫情可算結束了。省政府公報還補充說，為了審慎起見，城門還要繼續關閉兩個星期，預防措施還要維持一個月，相信市民們都能夠贊同。在這段期間，一旦疫情有絲毫復發跡象，「就必須維持現狀，所有措施照常實行」。但是，大家都把這個附註視為形式而已，所以一月二十五日晚上，城裡一片歡騰興奮。為了響應大家這種歡欣，省長命令恢復正常時期的照明。冷冽純淨的天空下，歡笑喧鬧的市民成群結隊湧到一片通明的街上。

當然，有許多房舍的窗板還是關著，許多家庭依舊在沉默中度過這個其他人歡欣喧鬧的夜晚。然而在這些沉浸於哀傷中的人之間，還是有許多深深鬆了口氣，擔心其他親人又被瘟疫帶走的恐懼終於平息，對自身安危也無須再戰戰兢兢。和這一派歡樂氣氛最無緣的家庭，無疑是此時此刻還有一位親人染病待在醫院裡，全家人在隔離疫所或居家隔離，等著瘟疫中有朝一日會放過他們，就像放過其他人一樣。這些家庭當然也抱著希望，只是把希望儲藏在心裡，在沒有真正把握之前都不敢動用。這介於垂死和歡樂之間的等待，這沉默的夜晚，在四周一片歡欣之中，顯得更加殘酷。

但這些例外的情況毫不影響其餘人的開心。瘟疫無疑尚未結束，而且之後證實也還有餘波。可是在所有人的心中，都已經提早好幾個星期想像到火車鳴笛飛馳在看不到盡頭的鐵軌上，輪船航行在閃閃發光的海面上。或許再過一天，大家頭腦冷靜下來，又會生出疑慮。但是目前整座城市都震動了，離開扎根在石頭上的這些封閉、陰暗、停滯不動的地方，帶著大難不死的心態往前邁進。那天晚上，塔盧、李厄、藍柏等人都走在人群中，他們也覺得飄飄然。塔盧和李厄離開大道許久，甚至直到在人煙稀少的小街沿著一扇扇關著窗板的窗戶走過時，都還聽得見身後的歡笑聲。他們太過疲憊，已無法分別窗內延續的痛苦和稍遠處街上充斥的歡樂。即將到來的解脫有著一張攙雜笑與淚的臉孔。

有一會兒喧鬧聲更響更歡樂，塔盧停了下來。陰暗的石板路上，一個黑影輕盈跑過。是一隻貓，這是春季以來看到的第一隻貓。牠在路中間停下，猶豫了一會兒，舔舔爪子，爪子快速搔搔右耳後，又悄悄沒入夜色中消失不見。塔盧微微一笑，那個小老頭應該也會挺高興的。

正當瘟疫似乎遠離，如同悄悄地來一般返回它不為人知的巢穴時，根據塔盧的筆記，城裡至少有一個人對它的撤離感到懊喪，那就是寇達。

老實說，自從統計數字開始下降以來，筆記的內容就變得相當奇怪。或許因為疲倦，字跡變得潦草難辨，主題也老是東跳西跳。再加上，塔盧的筆記頭一次缺乏客觀，取而代之的是諸多個人觀感。比如說，在長篇關於寇達的描述之中，突然參雜了一小段對貓老頭的紀錄。根據塔盧記載，他對這個老頭的關注絲毫未因疫情而改變，疫情前疫情後同樣感興趣，儘管他誠意十足，可惜已無法繼續關注，原因不在塔盧，而是他一直就沒再看到老頭。一月二十五日那歡慶夜晚過後幾天，他守在巷口。貓兒未爽約地群聚在那兒，在陽光下取暖。但是到了老頭習慣出現的時間，窗板依舊緊緊關閉。接下來的幾天裡，塔盧再也沒看見窗板打開過。因而他下了個古怪的結論：小老頭要不是發火，要不就是死了。若是發火，那是因為老頭認為自己理直氣壯，但瘟疫剝奪了所有道理；若是死了，就該像對哮喘老人一樣，想想他是不是個聖人。塔盧認為小老頭不是，但也認為他的情況是一種「徵象」。塔盧筆記本上寫道：「或許人能達到的只是某些近乎聖人的標準。在這種情況下，或許只能滿足於一種適度而寬厚的邪惡。」

筆記裡除了對塔盧的觀察之外，還夾雜許多雜七雜八的評論，其中有些關於葛朗（他現在已康復，重新回去上班，就像什麼事都沒發生過一樣），也有些提及李厄的母親。他住到醫生家時與老太太之間的幾次對話、她的態度、笑容、對瘟疫的看法都巨細靡遺記錄下來。塔盧特別強調李厄老太太的謙遜，說話時用簡單幾句話的方式就能道盡一切；強調她特別喜歡某一扇窗，這扇窗對著一條安靜的街道，傍晚時她獨自坐在窗前，上身略微挺直，兩手安靜地放著，雙眼凝視，直到暮色漫進整個房間，把她變成一道黑影，灰色的光線愈來愈暗沉，將她靜止的身影淹沒。塔盧特別描述她在屋內各個房間走動時輕盈的步伐；還有她的善良，雖然塔盧沒有特別看到明確的表露，卻能在她的一言一行中隱約感受到；他最後還強調，她無須多加思考就能知悉一切，而儘管沉靜如影子，但在任何光芒、哪怕是瘟疫的強光之前，她這影子都不會失色。塔盧寫到這裡，筆跡突然怪異地歪歪斜斜起來，接下來的幾行字很難辨識，而就像要給這歪斜一個證據似的，最後幾句話是他第一次提及私人的事：「我母親也是這樣的人，我喜歡她身上同樣的謙遜，一直想回到她身邊。八年了，我不能說她已經死了，她只是比平日更加謙遜低調罷了，當我回過頭時，她已不在那兒了。」

回到寇達身上。自從統計數字下降以來，他曾找了各種藉口去找李厄。事實上，他每次都問李厄對疫情有何預測。「您認為它會這樣毫無預兆，一下子就停止嗎？」他對這點很存疑，至少他口頭上是這麼說的。但他一問再問，似乎表示也沒這麼肯定。到了一月中旬，李厄的回答相當樂觀，每一次的回答非但沒有讓寇達高興，反而引發他種種反應，有時火冒三丈，有時懊惱沮喪。到後來，醫生只好告訴他，就算統計數字顯示情況好轉，最好也不要高呼抗疫勝利。

「換句話說，」寇達說：「現在根本說不準，說不定瘟疫哪天又會捲土重來？」

「對，就像治癒率也可能愈來愈高一樣。」

這個不確定性讓所有人都擔心，卻顯然令寇達鬆了口氣。他當著塔盧的面和社區店家聊天時，總是盡力宣傳李厄的這番說法。老實說，大家也很輕易動搖。因為初步勝利的狂熱已經過去，許多人心裡又升起疑慮，取代了當初省府公告所引發的興奮之情。寇達看見大家憂心忐忑，感到十分安心，但時不時又沮喪不已。

「是啊，」他對塔盧說：「城門終究會打開。您看著吧，到時候他們都不會再理睬我了！」

在一月二十五日之前，大家都發覺寇達個性變化無常。他會花很多時間和社區裡的居民和認識的人交好，然後又整整好幾天猛烈攻擊他們。一月二十五日之後，他至少表面上退出了社交，一夕之間過起離群索居的生活。餐廳、劇院、他喜歡的咖啡廳都再也見不到他的身影。不過他似乎也並未回到疫情爆發之前那種謹守節制的晦暗生活。他整天關在家裡，叫附近的一家餐廳每天送餐。只有在日落後，他才偷偷摸摸出門，買買必需品，一出店門就往無人的小巷裡鑽。那時期就算塔盧碰到他，他也只用一兩個簡單的字應答。接下來他又立刻轉換地活躍起來，滔滔不絕談著疫情，詢問每個人的意見，每天晚上開開心心重回人潮之中。

省府發布公告的那天，寇達整個銷聲匿跡。兩天後，塔盧在路上碰到他，只見他在街上失魂亂走。寇達請求塔盧陪他回郊區的家去，但塔盧那天忙了一整天覺得特別累，正猶豫著。但是寇達很堅持，顯得非常焦躁，慌亂地比手畫腳，話說得又急又大聲。他問塔盧是否認為省府的公告真能讓瘟疫結束。塔盧認為一紙行政公告當然不足以結束疫情，但除非有意外情形，不然這代表疫情應該將要結束了。

寇達說：「是啊，除非有意外情形。意外情形所在多有。」

塔盧跟他說，省府繼續關閉城門兩個星期，就是防範意外情形發生。

寇達神情依然陰沉焦躁，他說：「省府做得對，因為按照事情發展的態勢，那份宣告很可能是白費工夫。」

塔盧認為這也不無可能，但還是覺得城門應該會很快開啟，生活也會恢復正常。

「就算如此吧，」寇達說：「就算如此，但您所說的恢復正常生活是什麼意思？」

「電影院會上映新片。」塔盧微笑著說。

但是寇達沒笑。他想知道這是不是表示瘟疫不會改變任何東西，城裡一切將如同往常重新開始，就像什麼都沒發生一樣。塔盧認為瘟疫對這城市有所改變，卻也可能並沒改變。當然，居民最大的願望一直都是盼著「就像什麼都沒發生過」，從某方面而言，什麼都沒改變，但從另一方面來說，人們即使再希望也不可能忘得一乾二淨，瘟疫至少會在人心裡留下痕跡。寇達乾淨俐落地說他對人心沒興趣，人心甚至是他最不關切的。他只想知道行政組織本身是否會改變，比如說，所有的政府機構是否會像以前一樣照常進行。塔盧只得回答自己一無所知。依他所見，所有公家機構被疫情搞得一團亂，要重新上軌道想必會有些困難，甚至可能會面臨新的諸多問題，至少會導致舊有的單位必須重整。

「啊！」寇達說：「這有可能，實際上，大家都得全部重新開始。」

這時兩人快走到寇達的家了。寇達這時又充滿精力，竭力樂觀。他想像這城市將要重新活過來，抹去過往，一切從零開始。

塔盧說：「好吧，總之您的事情或許也會告一段落。就某種角度看來，一個新生活即將開啟。」

他們到了寇達家門口，握手道別。

「您說得對，」寇達愈來愈激動：「重新從零出發，這樣很好。」

但就在這時，走廊暗影中突然冒出兩個人。塔盧還來不及聽清楚寇達問這兩個傢伙究竟想幹什麼，這兩個穿著體面、模樣像公務員的傢伙就問他是否就是寇達本人，寇達低低驚呼一聲，轉身便跑，消失在夜色裡，那兩個傢伙和塔盧都還來不及反應。驚愕過後，塔盧問這兩人有什麼事，他們一副謹慎有禮的態度回答說只是想了解一下情況，然後就從容地朝著寇達消失的方向走去。

塔盧一回到家就把剛才這一幕記錄下來，並立即提到他很疲倦（他的筆跡足以證明這一點）。他接著寫道還有很多事要做，但也不能因為百廢待舉而沒做好準備，並自問是否已經準備好。最後——塔盧的筆記也到此結束——，他回答道無論白天黑夜，總有一刻人是懦弱的，而他害怕的就是這一刻。

兩天後，也就是在城門開放的幾天前，李厄醫生中午回到家裡，心想不知會不會收到自己等待的電報。雖然每天工作跟疫情猖獗期間一樣筋疲力盡，但是等待最後解脫的心情消除了所有疲勞。現在他懷抱著希望，因此感到欣喜。人不可能一直維持意志力緊繃備戰，能夠藉由感情抒發來鬆弛抗疫引發的糾結力量，是件幸福的事。如果他等待的電報也帶來好消息的話，李厄將能重新開始。他認為每個人也都會有一個新的開端。

他經過門房前。新來的門房臉貼在玻璃窗上，對著他微笑。上樓梯的時候，李厄腦裡還映著門房那張因疲勞和窮困而蒼白的面孔。

是的，等這一切抽象結束之後，他要重新開始，如果運氣還不壞的話……但一打開門，他母親就迎上來說塔盧覺得人不舒服。他早上起床後，無力出門，剛才又睡下了。李厄老太太相當擔心。

「或許沒什麼嚴重的。」李厄對母親說。

塔盧平躺在床上，頭重重地陷在長枕頭裡，厚厚的毛毯下看得出他厚實的胸膛。他發著燒，頭很痛。他對李厄說他的病徵很模糊，也有可能是瘟疫。

「不，現在還一點都不明確。」李厄檢查完說。

但是塔盧口乾欲裂。在走廊上，李厄對母親說，有可能是瘟疫的初期症狀。

「喔！」她說：「不可能吧，怎麼會是現在！」

她立刻說：「把他留在家裡，貝爾納。」

李厄想了想說：

「我沒有權利這麼做，」他說：「但是城門就要開放了。我想，要是妳不在這兒的話，留下他倒會是我第一個行使的權利。」

「貝爾納，」她說：「把我們兩個都留下吧。你知道我才剛又打了疫苗。」醫生說塔盧也打過疫苗，但可能是太累忽略了注射最近一次血清，也忘了採取某些預防措施。

李厄已走進診間。當他又回到房間來時，塔盧看見他拿著幾瓶大大的血清瓶。

「啊！所以是瘟疫沒錯，」他說。

「不，只是安全措施。」

塔盧一言不發伸出手臂，接受他自己曾為別人施打無數次的血清注射。

「今晚再看看情況。」李厄直視著塔盧說。

「那隔離呢，李厄？」

「根本不能確定您得了瘟疫。」

塔盧吃力地微笑。

「這是我頭一次看到注射血清卻沒下令隔離的情形。」

李厄轉過身說：

「我母親和我會照料您。您待在這裡比較好。」

塔盧沒說話，李厄整理著血清瓶，想等他說話才轉過身。最後，他走到床邊。病人看著他，臉色疲憊，但那雙灰色眼睛很寧靜。李厄對他微笑：

「要是睡得著的話就睡吧。我待會兒再來看您。」

他走到房門口，聽到塔盧叫他，便走回床邊。

塔盧似乎不知該如何啟齒，最後終於說了：

「李厄，必須全盤告訴我，我需要知道。」

「我保證會的。」

塔盧的方頭大臉微微扭曲，擠出一個微笑。

「謝謝。我不想死，會奮戰到底。但若是仗已經輸了，我希望有個好結局。」

李厄彎下身，緊抓著他的肩膀。

「不行，」他說：「想成為聖人，就必須活著。奮戰吧。」

這天的白天裡，原本凜冽的寒冷減低了些，但到下午就下了幾場暴雨和冰雹。黃昏時天空略微清朗，但寒意更加刺骨。李厄晚上回到家，連大衣都沒來得及脫就走進他朋友的房間。他母親正打著毛線，塔盧好像沒有移動過，從他因發燒而蒼白的嘴唇，可看出他正在堅持奮戰。

「怎麼樣呢？」醫生問。

塔盧將厚實肩膀從床上抬起。

「就這樣，」他說：「我輸了。」

李厄俯身檢視。滾燙的皮膚下糾結了淋巴結，胸腔裡積蓄各種雜音，像一只埋在地底的鍛鐵爐。怪異的是，塔盧同時呈現了兩種不同瘟疫的病徵。李厄直起身，說血清還沒完全發揮功效。塔盧本想說話，但一陣高熱衝上喉嚨，把他的話壓了下去。

晚飯後，李厄和母親又回到病人身邊。隨著黑夜來臨，奮戰開始了，李厄知道這場和瘟疫天使的硬仗要持續到清晨。在這場奮戰中，塔盧壯碩的肩膀和厚實的胸膛並不是最好的武器，而是他的血液，也就是剛才李厄幫他注射時針尖下湧出的血，是這血液裡比靈魂還內在的東西，這是任何科學都無法披露的。李厄只能看著朋友奮戰抵抗。他能做的只是催發膿腫、注射藥劑，這幾個月來一次又一次的失敗讓他學會了如何正確看待這些治療的效果。實際上，他唯一的任務就是替藥效生效的這個偶然製造機會，而這個偶然大多數時候都不肯出現，要靠人力激發促成。現在必須激發這個偶然性。李厄見到瘟疫令人驚惶失措的一面。它再次攪亂針對它制定的戰略，在意料之外的地方突然冒出，又在那些似乎扎根的地方突然消失。它又再次令人驚詫。

塔盧一動也不動，對抗著瘟疫。一整夜病魔的襲擊下，他並沒有一次顯出躁動，只是以粗壯的身軀和全然的沉默奮戰。他也沒開過一次口，以這種方式承認他沒有分心的餘地。李厄只能根據他朋友的眼睛觀察他和瘟疫對抗的階段，那雙眼睛時而張開時而閉上，眼皮時而緊緊貼著眼球時而放鬆，眼神時而凝視某個物品時而凝視醫生和他母親。每次醫生和他眼神相會時，塔盧就費力地露出微笑。

有一會兒，街上傳來急促的腳步聲。似乎是被從遠處迫近的轟隆聲追著跑，轟隆聲終於漫流到街上：雨又開始下了，不久便夾雜著冰雹，劈劈啪啪打在人行道上。窗前的大片布窗簾輕輕波動。房間內暗影下的李厄有片刻被雨聲分了心，現在又專心注視著床頭燈照亮下的塔盧。他母親打著毛線，不時抬起頭留心注視病人。醫生現在能做的都做了。雨後，房內更加寂靜，但充斥著一場看不見的戰爭中無聲的喧囂。李厄因失眠而情緒緊繃，恍然在寂靜中聽到整個瘟疫期間纏繞不去的那種輕柔而規律的咻嘯聲。他向母親打個手勢要她去睡覺。她搖搖頭，兩眼炯炯有神，仔細檢查棒針下的一個針眼，不確定是不是打錯了。李厄起身餵病人喝水，然後又回來坐下。

路上的行人趁著雨暫歇，在人行道上疾步前行。腳步聲愈來愈小，走遠了。李厄第一次發現今夜和疫情以前的晚上有著相同之處，很晚了還充滿散步人潮，也沒聽到救護車的鳴笛。這是個解脫了瘟疫的夜晚。瘟疫似乎被寒冷、燈光和人群從城市的黑暗深處驅趕出來，躲進了這個溫暖的房間，打算向塔盧那動也不動的身軀發動最後一擊。它已不再在城市上空揮動，卻在這房間沉悶空氣中輕聲咻嘯。這是幾小時下來李厄聽到的聲音。只能等待這聲音也會在這裡停止，也會在這裡承認失敗。

黎明前不久，李厄俯身對母親說：

「妳該去睡一會兒，八點鐘才能來接替我。睡前要先打個針。」

李厄老太太站起身，放好毛線活，走到床邊。塔盧閉著眼睛已經好一會兒，汗水使他的頭髮鬈曲貼在緊皺的額頭上。老太太嘆口氣，病人睜開眼睛。他看到一張溫柔的臉正俯看著，在高燒的滾流熱浪下，他依舊露出了頑強的微笑。但他的眼睛又立刻閉上了。現在剩下李厄一個人，他坐到母親空出的扶手椅上。街上現在一片死寂。房間裡開始感到清晨的寒意。

李厄打起盹，但是黎明第一輛車子經過就把他從半眠中驚醒。他打個寒顫，看著塔盧，明白與疫病的奮戰也稍稍止息，病人也睡著了。馬車的圈鐵木輪漸漸駛遠。窗外天色還是黑的。醫生走到床前，塔盧兩眼無神地看著他，好像還沒醒過來。

李厄問：「您睡著了，是嗎？」

「是的。」

「呼吸順暢了些嗎？」

「稍微。這代表什麼嗎？」

李厄不作聲，過了一會兒，說：

「沒有，塔盧，這完全不代表什麼。您和我一樣清楚這是早晨的暫時緩解。」

塔盧點點頭。

「謝謝，」他說：「請一定如實回答我的問題。」

李厄在床尾坐下。感到病人的雙腿就在旁邊，又長又僵直，就像垂死者的肢體。塔盧的呼吸聲變得沉重。

「高燒又會再回來，對吧，李厄。」他上氣不接下氣說。

「是的，但是到中午就能確定了。」

塔盧閉上眼睛，似乎在集中力量。他的臉上露出疲乏的神情。他等著高燒復起，而其實高燒已在體內某處翻騰。當他再度張開眼睛，眼神暗淡，只在看到李厄俯身靠近時，眼神才亮起來。

「喝水吧。」李厄說。

他喝了水，頭又倒回床上。

「時間真難熬啊。」他說。

李厄握著他的手臂，但塔盧眼神已轉開，沒有反應。突然間，高燒又起，像衝破了體內的某道堤防一樣，明顯地湧上了他的額頭。塔盧目光轉回醫生，李厄臉湊過去鼓勵他。塔盧還想試著微笑，但牙關咬得緊緊的，嘴唇被一層白沫封住。但在他僵硬的臉上，一雙眼睛依然閃亮著勇氣的耀眼光芒。

七點鐘，李厄老太太走進房間。醫生回到書房打電話到醫院請人代班。他也決定推延看診時間，在診間沙發上躺一會兒，但才剛躺下就又站起來，回到房間裡。塔盧頭轉向李厄老太太，看著雙手合起放在腿上、坐在身邊椅子上縮著的小小身影。他如此專心注視，李厄老太太伸出一隻手指放到自己嘴唇上，並站起身關掉床頭燈。但晨光很快透過窗簾篩進來，沒多久，病人的臉從黑暗中浮現，李厄老太太看見他還一直盯著她。她俯身替他理一理長枕，直起身子時，把手放在他汗濕糾鬈的頭髮上一會兒。這時她聽到一個遙遠而暗啞的聲音向她道謝，說現在一切都沒事了。當她重新坐下時，塔盧閉上眼睛，在那疲弱的臉上，儘管嘴唇緊閉，卻好像又露出微笑。

到了中午，高燒到了頂點。一種像從五臟六腑發出來的咳嗽顫動病人整個身軀，而且開始咳血。淋巴結已不再腫脹，但並未消退，硬得像緊拴在關節凹處的螺絲帽，李厄研判無法動手術切開。一陣陣高燒和咳嗽之間，塔盧還不時看看這兩位朋友。但是很快地，他愈來愈少睜開眼，飽受折磨的那張臉上偶爾顯露的光彩也愈來愈蒼白。這具軀體像經歷一場暴風雨，不時驚跳抽搐，但照亮的閃電次數愈來愈少，塔盧在這場暴風雨深處緩緩飄移遠去。現在李厄只看到一張毫無生氣的面具，永遠失去了微笑。這個他之前如此親近的軀體，現在被瘟疫的長矛刺得千瘡百孔，被非人的痛楚灼燒，被天上吹來仇恨的風翻攪，在他眼前被瘟疫洪水吞噬沉沒，而他對這沒頂束手無策。他只能待在岸邊，空著雙手，心中絞痛，再次感受到，面對這災難，手無寸鐵孤立無援。最後，李厄無力的淚水模糊了視線，沒看見塔盧突然轉身面對牆壁，在一聲虛弱的呻吟中斷了氣，就像體內某處一根主弦斷了。

接下來的這個夜晚，已不再是奮戰，而是沉寂。李厄感覺在這個與世隔絕的房間裡，在這具現在已穿戴整齊的屍身上方，籠罩著一股令人訝異的平靜；數天前的那個晚上，緊接著城門出現衝突之後，在俯視瘟疫上方的那個陽台上也曾出現這樣的平靜。那時，他就想到自己眼見死去的病人床上升起的這種平靜。到處皆是同樣的消停，同樣莊嚴的兩場戰役之間的間隙，同樣的戰後寧靜，都是戰敗後的沉寂。但是現在籠罩著他朋友的這份平靜如此堅實，和擺脫了瘟疫的街道和城市如此緊密相合，李厄真切感到這次是最終的失敗，它宣告了戰爭結束，卻同時把和平變成了一種無法治癒的痛楚。李厄不知道塔盧是否終於找到了平靜，但至少此刻他相信自己將永遠無法獲得平靜，就像一個失去兒子的母親、或一個親手埋葬了朋友的男人一樣，永無消停之時。

外面，夜仍冰冷，寒星掛在清朗冷冽的天空上。半昏暗的房裡，可感到壓迫在玻璃窗上的寒意，冷峻的寒夜噴吐出灰白的氣息。李厄老太太坐在床邊，姿勢和平時一樣，床頭燈照亮她身體右側。李厄坐在房間中央的扶手椅上，遠離燈光。他又想起了妻子，但每次都驅散這念頭。

剛入夜時，行人的腳步聲在寒夜裡清晰響起。

「你一切都安排好了嗎？」李厄老太太問。

「嗯，我打了電話。」

他們繼續沉默地守靈。她不時看看兒子，當他剛好遇到投來的目光，便向她微微一笑。夜晚街上熟悉的聲音相繼傳來，雖然現在還沒正式允許車輛通行，但許多車輛又駛上街頭，車輪快速壓過石板路面，消失又出現。人聲、呼喚聲、再度寂靜、馬蹄聲、兩輛電車彎行時的吱嘎聲、隱約的喧嘩聲、又重回夜晚的呼吸聲。

「貝爾納？」

「嗯。」

「你不累嗎？」

「不累。」

他知道母親此時心裡在想什麼，也知道她愛他。但他也知道，愛一個人沒什麼大不了的，或者至少可以說，愛永遠不夠強烈到能找到適當的字眼表達。因此，母親和他總是默默地愛著彼此。她（或是他）總有一天會死，而終其一生，他們都沒能進一步吐露心中的溫情。同樣的，他和塔盧朝夕相處過，塔盧今晚死了，但他們也沒能真正體會兩人之間的友誼。塔盧，如同他自己所說，輸了這場戰役。但是李厄呢，他又贏得了什麼？他只贏到見識了瘟疫並留存在記憶之中，體驗了友誼並存在回憶之中，懂得了柔情，但這有一天也會成為過去回憶。人在和瘟疫的生死之戰間，能贏到的頂多是體驗和回憶。這或許就是塔盧所說的贏得戰役！

街上又有一輛車子駛過，李厄老太太在椅子上挪動了一下。李厄對她微笑。她說她不累，又立刻接著說：

「你該到山區療養所那兒休養一下。」

「當然，媽媽。」

是啊，他到那裡休養一下，有何不可？這也是個追憶的藉口。然而如果這就是打贏這場戰役的意義，只能以所知、所回憶的活下去，而得不到希望的東西，那該是多麼艱難啊！這無疑是塔盧曾經過的生活，他也意識到這種沒有憧憬的生活是何其貧乏。沒有希望就沒有內心的和平，塔盧認為人無權去判決任何人，卻也知道誰都難免去判決他人，甚至有時受害者正是劊子手，塔盧活在這種撕裂和矛盾之中，從來不知道什麼是希望。難道是因為這樣，他才想做聖人，想透過服務眾人來尋求內心的平和？老實說，李厄對此毫無所知，而這一點也不重要。塔盧給他留下的唯一印象，就是他兩手緊握著方向盤駕著李厄醫生的車子，再來就是眼前這具躺著一動也不動的魁梧身軀。這兩個印象一個是活生生的人，一個是死亡之軀，這就是人生。

無疑是因為這個原因，李厄醫生在那天早上收到妻子去世的消息時，很平靜。他那時在書房裡，母親幾乎是跑著帶來電報，又趕忙轉回去給送信人小費。當她又回來時，兒子手中拿著打開的電報。她看著他，而他卻固執地望著港口上方升起的燦爛晨曦。

「貝爾納。」李厄老太太說。

醫生心不在焉地看著她。

「電報上說什麼？」

「就是那樣，」醫生承認說：「八天前。」

李厄老太太頭轉向窗戶。醫生沉默不語。接著他叫母親不要哭，說他已預料到了，卻還是很難受。只不過，在說這話的時候，他知道這痛苦來得並不突然。好幾個月、尤其這兩天以來，這同樣的痛苦一直持續。

二月裡一個美好的早晨，城門終於開了，居民、報紙、廣播、省府公報一片歡慶。儘管敘事者跟有些人一樣，無法全心投入，但覺得有必要報導城門開放之後的歡欣時刻。

整天整夜舉行盛大的歡慶活動。與此同時，列車在車站裡開始冒出煙，來自遠洋的船隻也朝我們港口駛來，以它們的方式標示出，對那些苦於分離的人們來說，這一天是大團圓的日子。

我們此時能夠輕易想像，這麼多本城市民忍受的分離之苦會演變成什麼樣子。白天裡，進城和出城的列車都載滿旅客。每位旅客都早早訂購好了車票，在過去兩星期的等待期間，莫不心驚膽戰，生怕最後一刻省府會取消原先的決定。此外，有些旅客都快抵達了，卻還抱著忐忑之心，因為即使他們大致清楚自己親人的情況，但對其他人、以及這個城市本身的情況並不知曉，因而賦予奧蘭城一個恐怖的面貌。不過懷抱這種心思的人都是在這段期間並未受到愛情煎熬的人。

那些熱情如火的人，全心全意只有一個念頭。對他們來說，唯一改變的是：在這放逐的幾個月來，他們巴不得時間趕快過去，快點快點過；但他們眼見就快抵達奧蘭城，火車開始煞車準備停下時，卻又反倒希望時間過慢一點，讓它暫且停滯。這幾個月來喪失愛情的感覺既混沌又尖銳，使他們隱隱約約覺得應該要求某種補償，這補償就是讓快樂時光能比當初等待的時光慢上兩倍。那些在房間裡、月台上等待心愛的人到來的人，也同樣焦急不耐、同樣惶然不安，就如同藍柏，他太太幾個星期前已接獲通知，正做好一切準備動身前來。因為這幾個月來的瘟疫已經把愛意和濃情減化為抽象概念，藍柏惶惶不安地等待，等著和支撐自己愛與濃情的那有血有肉的心上人重逢。

他真想重新變回瘟疫初期的自己，那時他恨不得一口氣奔出城外，奔到心愛的人身邊。但是他知道已經不可能了。他改變了，瘟疫讓他轉移了注意力，儘管他拚命想否認，但這感覺像心底隱藏的憂慮繼續纏繞著他。某種程度上，他感覺疫情結束得太突然，心裡沒來得及準備。幸福來得太快，情勢發展比預期來得太過快速。藍柏知道一切會一股腦歸還給他，於是快樂變成一股灼熱，無法細細品嘗。

其實，所有人都或多或少意識到和藍柏一樣的心境，所以這裡應該談談所有人。火車站月台上，雖然他們又開始了私人生活，但彼此交換目光和微笑時，他們還感受到是患難與共的一個群體。但他們一看到火車冒出的濃煙，放逐的心情就在一陣狂亂的難言喜悅之中瞬間消失了。許久之前，許多人在這個月台上開始了遙遙無期的分離，而現在當火車停下來時，在這同一個月台上，分離即將結束，一雙雙手臂歡喜貪婪地擁抱著已忘記的真實肉體形象。藍柏呢，他還來不及看清，朝向他奔來的身影已經貼在他胸前。他張開雙臂抱住她，緊緊抱著她的頭，他只看到一頭熟悉的秀髮，他淚流不止，不知這淚是因為此刻的幸福，或是因為太久以來壓抑的痛苦，淚水至少讓他無法檢視埋在胸前的這張臉，是他朝思暮想的、或相反是張陌生的臉。這個疑慮他之後自然會弄清楚。目前他只想跟周遭所有人一樣，希望相信瘟疫可以來去，但人心不會改變。

他們一對對緊緊依偎著回到家裡，無視身外世界，看起來戰勝了瘟疫，忘卻一切苦難，忘卻了也坐同一班火車前來卻沒人來接的人。這些人長久沒收到親人消息早已心生恐懼，現在正準備回家面對現實。對這些人來說，現在相伴的只有新的傷痛，對那些正因死去的親人而哀思的人來說，情況截然相反，離別之情至此到達高峰。這些母親、妻子、丈夫、戀人失去了一切歡笑，他們心愛的人已在無名亂葬崗裡，或是化為一堆骨灰，對他們來說，瘟疫永遠還在。

但有誰會想到這些孤單的人呢？正午時分，陽光驅散了從早晨開始一直與太陽較勁的寒風，凝止的陽光持續傾瀉在整座城市之上。白晝定住不動了。山丘頂上的砲台在寧靜的天空下不斷轟隆作響。全城的人都跑到街上，慶祝這透不過氣來的一刻：這一刻痛苦已結束，而遺忘尚未開始。

城裡的所有廣場上，大家都在跳舞。一夕之間，交通流量大幅增加，路上汽車變多，街上擠得難以通行。整個下午，城裡鐘聲齊響，迴盪在金光閃耀的蔚藍天空下，各處教堂都正在舉行感恩彌撒。同時間，娛樂場所也擠得爆滿，咖啡館也不再顧慮以後如何，把最後庫存的酒都拿出來賣。每家酒館吧台前都擠滿亢奮的人群，其中還有許多對男女摟摟抱抱，完全不在意別人的眼光。所有人大聲叫喊、歡笑。這好幾個月來，每個人的心處於休眠狀態所儲存的生命熱量，都在這一天釋放出來，恍若劫後餘生的一天。明日才是真正生活的開始，連同一切的日常措施。眼下呢，各種完全不同階層的人往來共聚、如同兄弟。死亡未能實現的平等，解脫的歡喜倒是達成了，至少在這幾小時之內。

但是這種平庸的歡欣熱情遠不足以表達一切，比如說，向晚時分，那些和藍柏一起充斥在街上的人，往往以平靜從容的神態來掩飾一種更細緻的幸福感受。許多對男女、許多家庭的確看起來只是悠閒散步，實際上大部分都是在曾經受苦難的地方進行一場微妙的朝聖巡禮。他們向剛來到的人指出瘟疫留下的醒目或隱藏的痕跡，瘟疫留下的歷史遺跡。有些時候，他們只權充嚮導，一副瘟疫時期閱歷甚多的模樣，只談瘟疫的危險而不提及恐懼。這番樂趣無傷大雅。但另外有些人選的是更扣人心弦的路線，一個滿懷淡淡哀傷恐慌回憶的戀人會對女伴說：「當時就在這裡，我多麼渴望妳，但妳不在。」這些充滿感情的漫遊者很容易認出：一路走在一片喧鬧當中，他們各自私語、互訴衷情，就像一座座小島嶼。他們比十字路口喧鬧的樂隊更彰顯了解放，因為這一對對快樂的愛侶緊緊相依，雖然不多說話，在一片喧嘩中表現出勝利且獨厚的幸福，也同時確認了瘟疫已經結束，恐怖已經過去。他們不顧明顯的事實，雲淡風輕地否認我們曾經活過那人命如螻蟻每天死去的荒謬世界、那名副其實的野蠻、那步步營造的瘋狂屠殺、那只要不是眼下立即需要就無暇去管的恐怖監禁生活、那使沒被瘟疫殺死的人驚愕至極的死亡氣息，他們否認我們曾經是如驚弓之鳥的群體，每天我們其中一部分會被送進火化爐的大口裡，化為油膩的濃煙，而另一部分則被無力和恐懼的枷鎖銬住，等待輪到自己的那一天。

總之，這就是李厄醫生眼前所看到的景象。這一天傍晚，他在這一片鐘聲、砲聲、音樂聲、震耳欲聾的叫喊聲中，獨自朝市郊走去。他的工作繼續，病人是不會休假的。籠罩著城市的秀麗光芒之下，城裡揚起過去熟悉的烤肉和茴香酒的氣味。李厄的四周是一張張仰天歡笑的臉。一對對男女緊偎在一起，臉頰通紅，情意高漲，發出欲望的呼喊。是的，瘟疫結束了，恐怖過去了，這些相擁的手臂確實說明了瘟疫更深層的意義就是放逐和分離。

好幾個月來，李厄發現街上所有行人的臉上都帶著一種類似的神情，今天才頭一次能說出那是什麼。他只須放眼看看四周就會明白。現在瘟疫終於結束，歷經這段時間的物資窮困缺乏，所有這些人都披上長久以來所扮演的角色的外衣，也就是流亡者的角色，這漂泊與遠離故土的生活原本只能從臉上表情看出，現在也能從衣著看出了。自從瘟疫爆發、城門關閉以來，他們過的就是與世隔絕的生活，切斷了能撫慰一切痛苦的人性溫暖。雖然程度不同，這城市裡每個角落的男男女女都渴望團聚，當然對每個人來說，這團聚的性質不盡相同，卻同樣不可能實現。其中大部分是錐心吶喊不在身邊的人，渴望肉體的溫熱、柔情、或是往日的習慣。有些人在不自知的情況下，苦於失去了朋友情誼，無法再經由信件、火車、輪船這些平日的途徑和朋友聯絡交往。還有比較少數、也許像塔盧這樣的人，渴望和連自己也無法明確界定的某個東西產生聯繫，這又似乎是他們唯一的渴望。因為想不出其他適合名稱，他們有時就把這無法明確界定的某個東西稱之為平和。

李厄繼續往前走。愈往前走，他身邊的人潮愈來愈多，喧囂愈來愈大，他覺得好像自己想去的郊區愈往後退。他漸漸融入這巨大的喧鬧群體之中，並且愈來愈明瞭這叫喊聲，而且其中至少有一部分是他自己的叫喊。是的，所有人無論肉體和心靈都備受痛苦，經歷難以忍受的分離、無可挽回的流放、永遠無法滿足的渴望。在這些堆積的屍體之中，在一陣陣救護車的鳴笛聲中，在這個大家稱之為命運的警告聲中，在這恐懼的頑強折磨和人心強烈的反抗中，有一股巨大的哄鬧聲四處流竄，警告著嚇壞的人們，告訴他們應該回去自己真正的故土。對他們所有人來說，真正的故土是在這座窒息城市的城牆之外，在四周山丘散發香氣的荊棘叢裡、在大海裡、在自由的地方、在愛情的重量裡。他們想回到故土，回到幸福，對其他一切不屑一顧。

至於這流放和團聚的渴望究竟有什麼意義，李厄無從知曉。他繼續往前走，被四面八方的人群擠著、打著招呼，漸漸地走到了人比較少的街上，心想這些有沒有意義並不重要，只須看看怎麼做才能回應人們的希望就行了。

現在他知道怎麼做才能回應人們的希望了，在市郊的那些幾乎空無一人的街上，他對這點就看得更清楚了。只在乎區區自己、一心只渴望回到愛戀的家的那些人，有時能夠如願以償。當然，他們當中也有一些失去了自己所等待的人，只能繼續形單影隻地在城裡獨行。有些人還算幸運，因為他們沒有像某些人遭受到兩次分離的痛苦，後者在瘟疫爆發之前，沒能一舉建立愛情，只能在之後好些年的時間盲目追求勉強的和諧，造就許多怨偶。那些還算幸運的人卻往往──如同李厄本人──曾輕率信賴時間：結果從此永別。但另外還有一些人，像藍柏（當天早上醫生和他分手時跟他說：「加油，現在是要做對的時候了」）毫不猶豫找回了不在身邊、原本以為失去了的人。他們至少能幸福一段時間。他們現在知道了，要是有一樣東西人們永遠渴望、而有時也能獲得的，那就是人類的柔情。

至於所有那些追求超於人類之上、連自己都無法想像的某個東西的人，反而是得不到答案的。塔盧似乎找到了他曾說過的那種難以獲得的平和，但他是透過死亡才獲得，死都死了，平和對他又有何用呢。相反地，李厄此時在夕陽餘暉中看到在家門口緊緊擁抱、彼此深深凝視的這些人，他們之所以能獲得想要的，是因為他們僅希求可以靠自己得到的東西。李厄轉上葛朗和寇達住的那條街時，心裡想著：對這些只靠人和人那卑微又偉大的愛就滿足的人，至少不時獎勵一下讓他們獲得快樂，這是天經地義的事。

這篇紀事接近尾聲。現在是貝爾納．李厄醫生承認自己是本書作者的時候了。但是在回溯最後幾個事件之前，他至少想說明一下寫這篇紀事的用意，以及讓讀者明瞭他刻意保持見證者客觀的口吻。在整個疫情期間，他的職業令他得以接觸到大部分的市民同胞，得知他們的感受。這方便他記錄下所見所聞。但是他特意維持適度的內斂保留。大致上，他盡量只敘述自己所看見的，避免把不是瘟疫期間同伴們的想法強加到他們頭上，而且只採用偶然或不幸落到他手上的資料文獻。

他像是在為某個罪行作證的情況下被傳喚的證人，如同一個誠實的證人謹守相當程度的謹慎。但同時，根據他正直的良心，他毫不猶豫地站在受害者這一邊，想跟大家、跟所有市民同胞分擔他們唯一共同確信的東西，那就是愛、痛苦、與放逐。他是如此分擔了他們所有的焦慮，他們其中任何一個人的境遇他都感同身受。

作為一個忠實的證人，他最主要的是陳述行為、資料、以及傳聞。但是他個人想講的、他的期待、他經受的種種考驗，都不能說。就算提到了，也只是為了去了解、或讓人了解市民同胞，並盡可能精準地描繪出他們大部分時間都模糊隱約的感覺。老實說，這種理性的克制對他來說並不難。一旦他想把自己心聲直接攙入成千上萬瘟疫患者的聲音中，就會打住，因為他想到自己的痛苦沒有一項是其他人沒經受的，在這世界上，一個人的痛苦往往是必須獨自承擔的，這倒也是個好處。他絕對必須幫所有人發聲。

但至少有一位市民同胞是李厄醫生無法為其發聲的。那就是塔盧有一天跟李厄談起的那個人：「他唯一真正的罪行，就是打從心裡贊同導致孩童和成人死亡的那個東西。除此之外，其他我都能理解，但這一點，我至多只能原諒他。」這個紀事以他作為句點很恰當，他有顆愚昧無知的心，也就是孤獨的心。

李厄醫生離開歡慶喧鬧的大街，正轉到葛朗和寇達住的那條街時，被警方的警戒線攔下。這出乎他的意料。遠遠傳來的歡慶聲更襯托出這一區的寂靜，他還以為這一區既荒僻又沉寂。他出示了證件。

「不能過去，醫生，」警員說：「有個瘋子正在對人群開槍。不過請您待在這兒，或許需要您的協助。」

這時，李厄看見葛朗正向他走來。葛朗也一無所知。警方不讓他過去，聽說子彈就是從他住的那棟樓裡射出的。遠處，已沒有溫度的夕陽餘暉照耀下，他住的那棟建築門面照得一片金黃。那棟樓周圍直到對面人行道之間，是一大片空地。馬路中央可以清楚看到一頂帽子和一塊髒衣物。李厄和葛朗遠遠看去，可以看到遠在街的另一端也拉上了警戒線，和這條阻擋他們前進的警戒線平行，後方有幾個本區居民匆匆來去。再仔細一看，他們看到幾位警察持槍蹲在那棟樓房對面的幾棟大樓門口。那棟樓所有護窗板都緊閉著，但三樓有扇護窗板似乎半開著。街上一片死寂，只能聽到市中心傳來斷斷續續的音樂聲。

過了一會兒，從房子對面某棟大樓射出兩發子彈，半開的護窗板被擊飛出一些碎片。接著重新恢復寂靜。李厄經過這一整天的喧鬧，遠遠望著這一幕，覺得很不真實。

「那是寇達家的窗戶，」葛朗突然激動地說：「但是寇達已經失蹤了啊。」

「為什麼要開槍呢？」李厄問警員。

「是在和他拖延時間。我們正等著車子運來必要的防護裝備，因為只要有人試圖進入那棟樓的大門，他就開槍。已經有一名員警中彈了。」

「他為什麼要開槍？」

「不知道。當時人們在街上玩樂，聽到第一響槍聲時，還弄不清楚是怎麼回事。等到第二聲槍響，就有人尖叫、一個人受了傷，接下來大家都逃跑了。就是個瘋子吧！」

四周重歸沉寂，時間似乎一分一秒過得很慢。突然間，他們看見街那頭冒出一隻狗，這是李厄許久以來看見的第一隻狗，是隻髒兮兮的西班牙獵犬，可能一直被主人藏匿到今日。牠沿著牆小跑步過來，到了這棟屋子門口，猶豫了一下，一屁股坐下，然後就歪過身來咬跳蚤。警察吹了好幾聲口哨喚牠離開。牠抬起頭，然後下定決心慢慢穿過馬路去嗅那頂帽子。就在這時，從三樓射出一發子彈，狗像餅皮一樣翻了過去，四條腿猛烈掙扎，最後側身躺著，不停抽搐。對面大樓立刻發出五、六槍以示回應，那扇護窗板更被擊得碎片紛飛了。這時又恢復寂靜，太陽低了一些，陰影開始移到寇達的窗口。李厄醫生身後的街上傳來輕輕的煞車聲。

「他們到了。」警察說。

一群警察從他們身後竄出，拿著繩索、梯子和兩個油布包的長形橢圓物體。他們走到這排房屋後面的一條街，在葛朗住的那棟房子的對面停下。過了一會兒，雖然看不到卻能猜想到這些房舍後面起了某些騷動。大家等待著。那隻狗已經一動也不動，倒臥在一灘黑色的血泊中。

突然，從警察占據的屋子的窗戶發出一陣機關槍響。隨著這一陣射擊，他們瞄準的那扇護窗板碎成片片，露出一個大黑洞，李厄和葛朗從他們站的位置看過去，根本辦識不出什麼。射擊停下的時候，從另一個角度一棟距離較遠的房子裡又發動第二波機關槍射擊。子彈勢必打進了窗戶，因為蹦裂出一些磚頭碎片。就在這瞬間，三名警察奔過馬路，衝進大門。幾乎與此同時，另外三名警察也跟著衝了進去，機關槍也停止了射擊。大家繼續等待著。樓房裡傳出了兩聲爆炸，接著一陣嘈雜聲愈來愈大，大家看到一個只穿著襯衫的矮小男人幾乎足不著地被拖了出來，一路不停叫嚷。這時，就像奇蹟一般，所有對著街的護窗板都打開了，窗戶前擠滿好奇的人，四周樓房裡也走出一大群人，擠在警戒線後面。有一會兒，大家看見馬路中央那個矮小男人，腳終於下了地，兩臂被警察反扭到背後。他還在叫嚷，一個警察走上前去，又穩又狠地扎實給了他兩拳。

「那是寇達，」葛朗結巴地說：「他瘋了。」

寇達被打倒在地，那名警察還抬起腳對著他那縮在地上的一團肉體踢了一陣。一群亂烘烘混亂的人群朝著醫生和他的老朋友葛朗走過來。

「讓開！」那名警察說。

這群人走過李厄前面時，他把目光避開了。

暮色愈來愈深之中，葛朗和李厄離開了。原本昏睡的這一區就像被剛才的事件搖醒了似的，偏僻的街上重新充滿喧鬧歡騰的人群。葛朗走到住處樓下，和醫生道別。他要工作了。但臨上樓時，他告訴醫生他已給珍娜寫了信，現在覺得很高興。而且，他又重新開始琢磨他那個句子：「這次我刪掉了所有的形容詞。」

說罷，他露出一抹狡黠的微笑，摘下帽子恭敬地行了個禮。但是李厄心裡惦記著寇達，他朝哮喘老頭家走去的一路上，耳邊都是拳頭打在寇達臉上那一記記沉悶的響聲。或許想著一個犯罪的人比想到一個死去的人還更難受。

李厄到達病患老頭家時，黑夜已完全吞噬天際。從房間裡可以聽到遠處慶祝自由的歡聲，老頭還是處變不驚地把豆子移到另一個鍋子去。

「他們是該好好歡慶，」他說：「一樣米養百樣人，這世界上什麼樣的人都有。醫生，您那位同事現在怎麼樣了？」

一陣陣爆炸聲直傳到耳邊，但這是和平的爆響，是孩子們在放爆竹。

「他死了。」醫生邊說邊為呼嚕作響的胸腔聽診。

「啊！」老人目瞪口呆。

「死於瘟疫。」李厄說。

「是啊，」老人過了一會兒才說：「好人不長命。這就是人生。不過他知道自己追求的是什麼。」

「您為什麼這麼說？」醫生收起聽診器問。

「不為什麼。他不會說些沒意義的話。總之，我很喜歡他。但事情就是這樣。那些人說：『是瘟疫耶，我們經歷了瘟疫。』講得幾乎就像該獲頒勳章似的。但是瘟疫代表什麼呢？只不過就是人生而已啊！」

「記得按時做薰蒸療法。」

「喔！您別擔心。我的命長著呢，而且會看著他們所有人死去。我可懂得怎麼活下去。」

遠處歡樂的呼聲回應著他的話。李厄走到房間中央突然停下：

「我想到上面平台去，您介意嗎？」

「喔，一點也不介意！您想到上面看看人群，是吧？您請便。不過他們都還是一個樣。」

李厄朝著樓梯走去。

「對了，醫生，他們要為這些死於瘟疫的人建造一座紀念碑，是真的嗎？」

「報紙上是這麼寫的。要建一座石碑或一塊紀念牌。」

「我早就料到了。還會發表演說呢。」

老頭笑得喘不過氣來：

「我現在就可以聽到他們說：『我們的亡故者……』說完就轉頭便去大吃大喝一頓。」

李厄已經登上樓梯。寒冷廣闊的天空在房屋上方閃閃發光，山丘附近，星星像火石一般冷硬。今晚和上次塔盧與他為了遺忘瘟疫上來這平台的那一晚並沒有多大差別，只不過懸崖下拍打的海浪更大聲一些。輕盈的空氣靜止不動，並沒有吹來秋日暖風中帶的一股股海水鹹味。城市的隱約喧囂依然在露天平台下像浪花般拍打。但是這個夜晚是解脫的夜晚，而不是反抗的夜晚。遠方，黑暗中發出點點微微紅光，標示出一條條大道和廣場。在這個解放的夜晚，人的欲望變得無可羈束，而這欲望隆隆之聲直傳到李厄耳裡。

正式慶祝活動的第一批煙火從黑沉沉的港口升起了。全城發出了一陣長時間的低聲讚嘆。寇達、塔盧、李厄曾經愛過而現在離開的那些人，所有這些人，不管是去世或犯罪，現在都被遺忘了。老頭說的沒錯，人們都還是一個樣。但這就是他們的力量和純真，此時此刻，李厄超越所有痛苦，覺得自己跟他們融合在一起。天空中五彩的煙火愈來愈燦爛，歡呼聲也愈來愈響、持續愈來愈久，迴盪不已直傳到平台下方。於是李厄醫生決定撰寫這篇在此到達尾聲的紀事，為了不當一個沉默者，為了替這些瘟疫患者做見證，為了至少讓他們遭受到的不公和暴力留下一個回憶註記，也單純為了告訴人們在這場災難中學到的東西：那就是，人的身上，值得讚賞的比應受蔑視的多。

但是他也知道這篇紀事記錄的不會是最後的勝利。它只是一個見證，敘述當時必須做的、也無疑是以後面對暴虐夾著永不疲憊的大軍來襲時必須做的，儘管個人內心撕痛，所有無法成為聖人、也拒絕接受災難肆虐的人，都會盡己所能作為一名醫者。

李厄聽著城裡揚起的雀躍歡聲，心裡卻想著這種愉快歡欣隨時受到威脅。因為他知道歡欣的人群所不知道的事，他知道書上寫著：瘟疫的病菌永遠不會死不會消失，它會在家具和衣物內潛伏數十年，它會在房間裡、地窖裡、旅行箱、手帕紙張裡耐心等待，等著有朝一日瘟疫再度喚起老鼠，送牠們到一座快樂的城市裡赴死，讓那裡的人們再次受害、再次得到教訓。

譯者後記

# 時光擋不住的恐懼，舉世處處奧蘭城

嚴慧瑩

這本《瘟疫》中文譯本於二〇二一年中問世，距離卡繆原著出版的一九四七年，之間相隔了七十多年，相似的場景，同樣的恐懼，只不過這一次，封閉的不僅僅是一座奧蘭城，而是整個世界。

七十多年來研究《瘟疫》的評論者，經常提到這是本寓言式的小說，因為的確鼠疫幾乎絕跡，期間在亞洲肆虐的SARS和在非洲蔓延的伊波拉病毒儘管引起恐慌與傷亡，終究局限在某些地域，卡繆筆下的小小奧蘭城，可以被視為一個縮影、一則寓言。然而，二〇二〇年開始擴散全世界的新冠病毒，將這本小說的寓言變成了寫實，虛構變成了事實。李厄醫生就在你我身邊，記錄著我們周遭發生的疫情與疫情威脅下的人性。面對這場當代最大、最全面的人類衛生慘劇，《瘟疫》成了我們所有人的紀事。

《瘟疫》這本小說屬於卡繆的反抗系列創作（小說《瘟疫》、劇本《正義者》、哲學論述《反抗者》），主旨自然是描繪闡釋反抗的內涵與過程。因鼠疫封城的奧蘭市裡，有彼此戒備的恐懼小市民，有想盡辦法要逃出城的投機分子，有趁機發災難財的守衛或商人，有遲遲不肯正視問題的當局和某些醫師專家，這都是人性；但是卡繆看到的更是傾力救人的李厄醫生、自己兒子染疫但堅持一切按照規矩來的法官奧東、埋首研究血清的老醫生卡斯鐵、擔任卑微但不可或缺的疫情統計工作的小職員葛朗、途經奧蘭但被迫留下的記者藍柏……每個人都盡一己之力抵抗疫情，集合眾人之力反抗病菌，這，也都是人性。經由《瘟疫》，卡繆由「荒謬」提升到了「團結」，由「個人掙扎」到了「集體命運」，由「追求小我」到了「完成大我」，再次展現了他如此心愛、樂觀、韌性的「南方思想」（la pensée de Midi）（有關「南方思想」請見《反抗者》）。

關於《瘟疫》這本書，七十多年來全世界專家學者的評論分析不知凡幾，我有幸作為它的中文翻譯者，只想分享一下翻譯期間的一些心得感想：

二〇二〇年翻譯這本書的期間，正值歐洲疫情爆發，歷經巴黎連續三次封城，從春天封到冬天，國內城與城之間斷絕通路，國與國之間封鎖邊境，往來世界另一個洲更是不可能。每天的生活變得簡單而枯燥，出門要填一張外出事由單，不能超過X時間，不能離開家超過X距離，人對時間與空間的感知都被迫產生改變（真的不再需要時鐘、計算時差，像小說中的老人用兩鍋豆子算吃飯時間綽綽有餘）。這段時間內，每天在書房裡與《瘟疫》相對，翻譯到「災難是常見之事，但是一旦災難落到自己頭上，往往難以置信」這一句，心中一震。的確，下個月去義大利的旅遊計畫早已安排好、幾場展覽表演票早已訂好、暑假回台灣的機位早已買好……人如此自以為是地托大，以為可以預先安排、訂定計畫，以為可以掌握現在籌畫未來，殊不知小小一個病毒就全盤打亂推翻，真令人難以置信！

疫情蔓延，居民的恐慌、物資的短缺、醫療的崩壞慢慢展開，卡繆描述的情況一一實現在現實世界裡。書中的小人物栩栩如生，他們各自有各自的生命故事，各自的考量，卻自願集合在李厄醫生身旁，貢獻微小之力共同抗疫，每個人守住工作本分，無關造神，也絲毫沒有英雄主義色彩，這就驗證李厄鉅力萬鈞的那句話：「對抗瘟疫唯一的方法，就是正直。」一面對死亡，儘管每個人都是孤獨的，但這是所有人共同的命運，是集體的課題。而這集體的反抗、相知、互助，才是人性感人之處。封城期間，每晚八點鐘巴黎市民打開窗戶，為醫療人員的辛勞和勇氣拍手鼓掌，我每天準時在窗戶前拍手，聽著一整條街掌聲回音轟轟，心裡也想到李厄、葛朗、藍柏、寇達……

在每天公布的染疫和死亡人數冷冰冰的數字下，扣人心弦的其實是許多怵目驚心的影像。在翻譯《瘟疫》中諸多段落：舞台上扮演瀕死情境的主角真的疫病發作死在台上，觀眾爭先恐後奔逃出劇院。夜裡一列列奇怪的無人電車，載著棺材沿著海邊峭壁駛向火葬場。足球場改建的隔離營區……眼前走馬燈浮現電視新聞畫面傳播的周遭世界真實發生的影像：空無一人如死城的巴黎市區、紐約中央公園搭起的臨時醫療帳篷、因染疫漂流海上的豪華郵輪、中國武漢上千張病床的方艙醫院、巴西聖保羅緊急挖掘的幾千個墓穴、印度燒屍體的熊熊火堆……虛構成真，感今懷昔，只覺得進入一個黑洞，一陣昏眩，直到翻譯到李厄這句話時方才看到曙光：「李厄醫生決定撰寫這篇在此到達尾聲的紀事，為了不當一個沉默者，為了替這些瘟疫患者做見證，為了至少讓他們遭受到的不公和暴力留下一個回憶註記，也單純為了告訴人們在這場災難中學到的東西：那就是，人的身上，值得讚賞的比應受蔑視的多。」

二〇二一年七月中文譯本在台灣上市時，世界各地連同台灣都還疫情險峻，因此這本書不僅是寓言與寫實，更應是警惕與檢討。誠如書中一句：「習慣於絕望比絕望本身更糟糕」，我們沒有絕望的權利，更沒有習慣於絕望的本錢，而應時時刻刻保持卡繆《反抗者》的中心思想，那就是「我反抗，故我們存在」！

我雖然只是一個譯者，一個語言的橋梁，但衷心希望看不懂法文但能藉由我的翻譯看到卡繆這本書的人，能感受到他傳達的力量。身在亞熱帶的台灣讀者能領略他的「南方思想」，面對疫情團結一心無所畏懼，緬懷逝者關懷傷者，並繼續對生命充滿希望。

國家圖書館出版品預行編目（CIP）資料

瘟疫 / 卡繆 (Albert Camus) 著 ; 嚴慧瑩 譯 . -- 初版 .
-- 臺北市 : 大塊文化出版股份有限公司 , 2021.07
面 ;　　公分 . -- (to ; 124)
譯自 : La Peste
ISBN 978-986-0777-09-3 ( 平裝 )

876.57　　　　　　　　　110009424

LOCUS

LOCUS

LOCUS

LOCUS